作家出版社 & 悬疑世界（上海浩林文化传播股份有限公司）

命运有无限种可能

克苏鲁神话 IV

异界之色

[美]H.P.洛夫克拉夫特 /著

作家出版社

目 录
Contents

H.P.洛夫克拉夫特生平
All H.P.Lovecraft's Life

作者：Setarium

1

　　1890年8月20日上午9点，霍华德·菲利普斯·洛夫克拉夫特出生在罗得岛州首府普罗维登斯城，父母均为早期英国移民的后裔（这一点使重视血统与出身的洛夫克拉夫特在日后十分自豪）。他的父亲温菲尔德·斯科特·洛夫克拉夫特（Winfield Scott Lovecraft），时任格尔汉姆银器制品公司[1]的销售员，时常因生意出行，旅居于美国东海岸。在洛夫克拉夫特三岁时，温菲尔德因梅毒晚期引发精神失常而住院，直至五年后的1898年在波士顿的巴特勒医院逝世。据日后洛夫克拉夫特的书信称，当时他被告知自己的父亲是因工作压力而精神崩溃，所以就医，而洛夫克拉夫特本人是否得知其父入院与死亡的真正原因，今日已不可知。

　　父亲住院之后，抚养小霍华德的重任便落在了其母莎拉·苏珊·菲利普斯·洛夫克拉夫特（Sarah Susan Phillips Lovecraft）与他的两个姨妈，及其外祖父惠普尔·范·布伦·菲利普斯（Whipple Van Buren

---

[1] 格尔汉姆银器制品公司：Gorham & Co. Silversmith，日后改名为格尔汉姆工业公司（Gorham Manufacturing Company），是一家起于普罗维登斯的银制器皿制造商，现为美国规模最大的银与银合金制品生产商之一。

1. 1915年，洛夫克拉夫特的联合业余刊物协会照。

Phillips）——一位在当时颇有名气的富商身上。当时，洛夫克拉夫特家家境富足，五人均住在其外祖父的大宅里。宅邸中专门设有一间藏书室，作为私人图书馆所用，而洛夫克拉夫特童年的绝大多数时间便是在那里度过。也因此，洛夫克拉夫特在孩童时期展现出惊人的文学天赋——他两岁便能背诵诗词，在六七岁时便可写出完整的诗篇。在外祖父的鼓励下，他阅读了诸多文学经典，例如《天方夜谭》、布尔芬奇[1]的《神话时代》与《伊利亚特》《奥德赛》等古典希腊神话，而外祖父也时常给他讲述一些哥特式恐怖故事。这成为了他对恐怖与怪奇的兴趣的源头，同时，对神话的阅读也激发了他对古典文学乃至一切古代文化与事物的爱好。这一爱好最终伴随了他一生。也是在这时，年轻的洛夫克拉夫特自《天方夜谭》中汲取灵感，创造了"阿卜杜·阿尔哈兹莱德"（Abdul Alhazred）这一人物，日后在其笔下成为了《死灵之书》的作者。

少年与青年时期的洛夫克拉夫特常受身心疾病，特别是心理疾病的困扰。他在八岁入学于斯雷特街公学，之后因健康状况数次休学。但这并没有影响洛夫

1. 1892 年，莎拉、霍华德和温菲尔德·洛夫克拉夫特。
2. 1892 年 11 月，幼年洛夫克拉夫特。
3. 日期不明，童年洛夫克拉夫特。

[1] 布尔芬奇：汤玛斯·布尔芬奇（Thomas Bulfinch），19 世纪的美国作家，在 1881 年编纂完成了一部面向大众的普及的西方传说合集《神话时代》。

克拉夫特对求知的渴望，并因对科学的爱好首先自学了化学，而后转向天文学。在兴趣的指引下，洛夫克拉夫特开始自己编辑出版了几期胶版印刷刊物——《科学公报》（*The Scientific Gazette*）（1899—1907）与《罗得岛天文学杂志》（*The Rhode Island Journal of Astronomy*）（1903—1907）——在社区与好友之间传阅。之后，洛夫克拉夫特于赫普街高中就读，并在其中结识了诸多好友。也是在这时，他开始为如《鲍图基特谷拾穗者》《普罗维登斯论坛报》（1906—1908）与《普罗维登斯晚报》（1914—1918）等当地报刊撰写天文学或类似的科普专栏。

1904年，惠普尔因中风去世，而家人对其遗产的经管不当使洛夫克拉夫特家很快陷入了财政危机。因此，洛夫克拉夫特与其母不得不搬离外祖父的豪宅，既而入住于安吉尔大街598号的一座小屋。外祖父的去世，外加失去了自己心爱的家园，使洛夫克拉夫特遭受了沉重的打击，甚至一度令他产生了自杀的念头，不过这时他的求知欲仍远胜于这些消极情绪。然而在1908年，洛夫克拉夫特因自己无法学好高等数学，进而无法成为他理想中的职业天文学家引发了精神危机，又在不久之后演变为严重的精神崩溃，因此在高中毕业前夕退学。虽然他在日后坚称自己获得了高中文凭，但他始终没能完成高中学业，而未能入读

4. 1915年摄。
5. 1919年6月30日，洛夫克拉夫特在普罗维登斯欧茶德大道30号的院内。
6. 1919年6月30日（待考证），洛夫克拉夫特在位于普罗维登斯安吉尔大街598号的家门口。

心仪的布朗大学深造天文学也成了洛夫克拉夫特一生中无法释怀的遗憾。

在退学后的1908年到1913年里，洛夫克拉夫特变成了一位隐士。这是他一生中唯一一段几乎对外界完全封闭的时光，除了继续自学天文学与诗歌创作之外毫无建树——据其高中同窗回忆，当时洛夫克拉夫特很少出门，而当他外出时则会将衣领拉得很高，对任何人，即使是高中时的好友，也会竭力回避。他的母亲也仍被丈夫的死所困扰，因而患上了歇斯底里症和抑郁症，并与洛夫克拉夫特处在一种爱恨交加的关系中——大多数时候她仍会像洛夫克拉夫特小时候那样疼爱他，但有时又会莫名其妙地对他数落谩骂，称他相貌丑陋——这也进一步导致了洛夫克拉夫特的自我封闭，也是他在日后近乎自卑自谦的源头。

将洛夫克拉夫特从避世带回到现实的事件多少有些偶然。在阅读了大量当时的通俗杂志后，他对业余杂志《大船》[1]中的一位名叫弗莱德·杰克森（Fred

1. 1921年7月5日，洛夫克拉夫特和乔治·朱利安·荷坦。
2. 1921年7月5日，洛夫克拉夫特和索尼娅·格林。
3. 1921年7月5日，洛夫克拉夫特和威廉·J.道戴尔在波士顿的布伦瑞克旅馆前。
4. 1921年7月5日，洛夫克拉夫特和威廉·J.道戴尔在波士顿的布伦瑞克旅馆前。

---

[1]《大船》：The Argosy，美国著名通俗杂志，创刊于1882年，是美国第一部通俗杂志。它在1920年与另一份杂志《故事全刊》(The All-Story)合并改名为《大船—故事全刊》(Argosy All-Story)，最终在1978年停刊。众多美国著名科幻与奇幻作家，如E. E. 史密斯、A. 梅里特、埃德加·莱斯·巴罗斯与罗伯特·E. 霍华德均由此起家或在此杂志刊有其作品。

Jackson）的浪漫爱情作品意见甚多，认为它们庸俗不堪，因此写了一封抨击其作品的信。这封信于1913年发表后立刻引来了杰克森的支持者一连串的反攻，洛夫克拉夫特不甘示弱，相继在《大船》和类似业余杂志的来信专栏展开还击。这场激烈的争论引起了当时的联合业余刊物协会（United Amateur Press Association, UAPA）——一个由美国各地的业余作家与杂志出版人构成的组织——会长爱德华·F.达奥斯（Edward F. Daas）的关注，他在不久后邀请洛夫克拉夫特加入了这一组织。洛夫克拉夫特于1914年年初应邀入会，并在1915年自创杂志《保守党人》（The Conservative）（1915—1923）以发表自己的诗作与论文。在后来的岁月中，他又当选为协会会长与首席编辑，也曾在联合业余刊物协会的竞争对手——全国业余刊物协会（National Amateur Press Association, NAPA）任会长一职。参与业余刊物协会是洛夫克拉夫特人生中的一个重要的转折点——这一系列事件不但将他从可能默默无闻的一生中所拯救，他在其中所结识的业余作家也对他多加鼓励，使他重拾了一度遗弃的小说创作。虽然直至1922年他的作品大多仍是诗篇与论文，但是在这段时间里他还是写出了如《坟墓》与《大衮》等具有代表性的早期作品。同时，他也通过这

5. 1921 年 7 月 5 日，洛夫克拉夫特、查尔斯·W.汉斯和 W.保罗·库克。
6. 1922 年，洛夫克拉夫特在布鲁克林。
7. 1921 年 7 月 5 日，刊登于索尼娅·格林的《彩虹》杂志。
8. 1921 年 9 月 7 日，哈罗德·B.门罗和洛夫克拉夫特。

些业余作家协会的联络网认识了日后众多志同道合的好友。

洛夫克拉夫特的母亲因每况愈下的身体与精神状况，在1919年的一场精神崩溃后被送入了其夫曾经入住的巴特勒医院，并于1921年5月24日在一场失败的胆囊手术后离世。虽然在1908—1913年的五年中，洛夫克拉夫特与母亲之间有过些许不和，但他们仍旧保持着亲密的关系，即使在她入院之后两人之间仍有密切的通信来往。毫无疑问，母亲的去世是继外祖父的死以及失去童年家园后，洛夫克拉夫特所再次承受的巨大打击。这使他又一次短暂地陷入了与世隔绝的状态，不过几周后便从中恢复，并在1921年7月前往波士顿参加了一次业余刊物集会。也是在这一场会议中，他遇到了自己未来的妻子索尼娅·格林（Sonia Greene)——一位比自己年长七岁、居住在纽约的衣帽商人。两人一见如故，洛夫克拉夫特还特意在1922年前往索尼娅在纽约布鲁克林的公寓看望她，最终在两年后的3月3日成婚。不过，洛夫克拉夫特的姨妈——他仅存的两名亲人——对两人的交往在一开始便毫不赞同，认为自己的外甥不应被商人的铜臭味所玷污，所以洛夫克拉夫特在婚礼结束之后才向她们传达了自己婚事的消息。婚后，洛夫克拉夫特搬入了索尼娅在布鲁克林的公寓。在这场婚姻的初期，一切看

1. 1921年7月5日，R. 克雷纳、索尼娅·格林和洛夫克拉夫特在波士顿。

似对两人都十分有利：洛夫克拉夫特因其早期作品被杂志《诡丽幻谭》[1]所采纳，正式开始了职业写手的生涯，同时索尼娅在纽约第五大道的衣帽店的生意也蒸蒸日上。

这段时间可能是洛夫克拉夫特生命中唯一的高潮。在初来纽约时，他在书信中将其描绘为"如同仅在梦里才能一见的城市"；而在索尼娅的陪伴下，他的饮食也改善了很多，开始略微发福。对他来说，未来充满了希望，同时在这段时间他也接触了邓萨尼勋爵的作品，并为其中奇伟瑰丽的梦之幻境而着迷，进而写出了如《乌撒的猫》《塞勒菲斯》《蕃神》《伊拉农的探求》等邓萨尼式风格浓厚、奇幻大于恐怖的作品，与之前爱伦·坡式的哥特恐怖风格大相径庭。

---

[1]《诡丽幻谭》：Weird Tales，美国著名的通俗杂志，主要以刊登恐怖与奇幻作品闻名，也是洛夫克拉夫特作品面向大众的主要途径。在20世纪20年代至30年代初，洛夫克拉夫特的恐怖小说、克拉克·阿什顿·史密斯的奇幻小说，以及罗伯特·E.霍华德的"蛮王柯南"剑与魔法奇幻冒险系列是杂志社的三大顶梁柱。同时，这部杂志也是众多当时的年轻作家，如弗里茨·雷柏（Fritz Leiber）、雷·布拉德布里、亨利·库特纳、奥古斯特·德雷斯与罗伯特·布洛克的起家之所。《诡丽幻谭》于1954年停刊，但在80年代至90年代经历了屡次复兴，并在2000年后以不定期电子杂志的形式持续至今。

2. 1922年4月11日，弗兰克·贝尔科纳福·朗、洛夫克拉夫特和詹姆斯·F.莫顿在纽约福特汉姆的爱伦·坡小屋。

夫妇两人在这一段时间里也合作完成了一篇名为《马汀海滩的恐怖》的小说。

不过好景不长，两人不久便遭遇了困境。索尼娅的衣帽店因经济原因破产，她本人也不堪重负而病倒，不得不在新泽西的一家疗养院养病；洛夫克拉夫特因不愿搬去芝加哥而拒绝了《诡丽幻谭》杂志副刊的编辑职位，并试图在其他领域寻找工作，但他并没有在其他领域的工作经验，加之年龄偏高（三十四岁），所以一筹莫展。1925年1月，索尼娅应聘前去克利夫兰工作，而洛夫克拉夫特则因廉价的房租搬去了人种杂居的布鲁克林雷德胡克（Red Hook）区，落脚于一间单人公寓中。

尽管洛夫克拉夫特在纽约结交了许多朋友——弗兰克·贝尔科纳福·朗、莱恩哈特·克莱纳，以及诗人萨缪尔·洛夫曼等——他仍因与日俱增的孤独感，以及在移民潮中无法找到一份适合自己的工作，只能靠撰写毫无文学价值的庸俗文章以及代写与修订工作勉强度日，这一切所带来的挫败感令他日渐沮丧。洛夫克拉夫特十分看重出身与血统，并因自己对早期殖民时代的认同感，认为盎格鲁-撒克逊文明是世界上最为先进的文明。此时，自己作为一名盎格鲁-撒克逊人的后裔，面对来自东欧、中东以及世界各地的移民大潮却几乎无法维生，这使他对自己眼中的"外

1. 1922 年 8 月，洛夫克拉夫特在马萨诸塞州马格诺力亚的海岸。
2. 1924年(待考证)，洛夫克拉夫特在纽约。
3. 1925 年，在布鲁克林的克林顿街 169 号前面。

国人"逐渐产生了偏见与抵触，而他作品的主题也由起初对家乡的怀念（《避畏之屋》，1924年，取材自普罗维登斯）转向了消沉与厌世（《他》和《雷德胡克的恐怖》均写作于1924年，前者表达了他对纽约的厌恶，而后者更像是他对外来移民的恐惧与憎恨之情的宣泄）。最终在1926年，他在与朋友的书信中声明自己正在计划返回普罗维登斯，随后下定了回家的决心；虽然洛夫克拉夫特在书信中仍称对索尼娅爱慕有加，但他的姨妈依然坚决反对两人的婚事。于是，洛夫克拉夫特与索尼娅的婚姻（其中两人相处的时光仅有三年）于1929年终结。离婚后，索尼娅在加利福尼亚定居，并在那里度过了余生。

洛夫克拉夫特在1926年4月17日返回普罗维登斯，入住布朗大学以北的巴恩斯街10号。这一次他并没有像在1908年一般使自己在默默无闻中消亡——直到1937年去世为止，这最后的十年是洛夫克拉夫特生命中最为高产的时光，也是在这十年里，他脱离了之前爱伦·坡或邓萨尼勋爵的风格，明确地在作品中建立了独属于自己的笔风。在他的写作生涯中最具有代表性的作品——《克苏鲁的呼唤》《疯狂山脉》《印斯茅斯的阴霾》《敦威治恐怖事件》《查尔斯·德克斯特·沃德事件》与

4. 1925年（待考证），洛夫克拉夫特抱着弗兰克·贝尔科纳福·朗的猫菲利斯。
5. 1927 年 8 月 21 日，亚瑟·古迪纳夫、洛夫克拉夫特和 W. 保罗·库克在古迪纳夫位于佛蒙特州西博瑞特波罗的家门前。
6. 1928 年 9 月，洛夫克拉夫特和弗莱斯·特奥顿在佛蒙特州。

《超越时间之影》均是这十年间的产物。同时，作为坚定的古典爱好者，他也时常沿着北美东海岸旅行，到访一个又一个古城镇的博物馆与历史遗迹，最远曾前往加拿大的魁北克城。也是在这时，他通过数量惊人的书信联络，认识了诸多在当时仍处在事业初始阶段的年轻作家，如在他死后大力推广其作品、为保持其作品流传而功不可没的奥古斯特·德雷斯与唐纳德·汪德雷，20世纪60年代著名科幻与奇幻巨头弗里茨·雷柏，《惊魂记》（*Psycho*）小说原作者罗伯特·布洛克等，并鼓励他们积极创作，同时无偿为他们修改文章。洛夫克拉夫特也是在这时结识了大名鼎鼎的罗伯特·E.霍华德——"蛮王柯南"系列的作者。两人进而成为了好友，在书信之间对如人类文明的发展等主题展开了诸多讨论，而两人的作品也因此相互影响。但洛夫克拉夫特终究心仪于生养自己的土地——新英格兰地区与普罗维登斯城，于是，它们也成为了他这十年内作品灵感的源泉。同样也是在这时，他开始对美国以及世界上所发生的一切产生了兴趣：因大萧条对经济与政治的影响，他开始支持罗斯福的"新政"并逐渐成为了一位温和社会主义者，但同时对古典文化以及英国王权的认同又使他对墨索里尼的法西

1.1930年(待考证)，洛夫克拉夫特坐像。
2.1931年，洛夫克拉夫特在布鲁克林。
3.1931年(待考证)，弗兰克·贝尔科纳福·朗和洛夫克拉夫特在布鲁克林。
4.1931年7月11日，弗兰克·贝尔科纳福·朗和洛夫克拉夫特在布鲁克林玩"拳击"。

斯主义[1]产生了好感（不过他却鄙视希特勒，认为希特勒不过是效仿墨索里尼哗众取宠的小丑），并持续了对从哲学到文学，再到历史与建筑学知识的自学。

不过，洛夫克拉夫特一生中最后的数年间却充满了艰辛。1932年，他的一位姨妈——安妮·E.菲利普斯·加姆威尔（Annie E.Phillips Gamwell）病故，洛夫克拉夫特便于1933年再次迁居至学院街66号，与另一位姨妈、母亲的姐姐莉莉安·D.克拉克（Lillian D.Clark）同住。而他后期的作品因其长度与词句之复杂，向杂志社的推销开始逐渐变得困难。加之洛夫克拉夫特表面上处世态度波澜不惊，但私下里对其作品受到的批评却十分敏感，尤其是《疯狂山脉》在科幻杂志《惊奇故事》（Amazing Stories）中首先惨遭大篇幅修改，进而饱受看惯了浮夸的"太空歌剧"式科幻作品的读者的猛烈抨击，这对洛夫克拉夫特的打击巨大，使他几乎产生了放弃写作的念头。同时，在他生命中最后的几年里，外祖父留下的家产已然消

5. 1931年(待考证)，唐纳德·汪德雷、洛夫克拉夫特以及弗兰克·贝尔科纳福·朗在纽约。
6. 1931年，弗兰克·贝尔科纳福·朗和洛夫克拉夫特在布鲁克林。
7. 1931年7月11日，弗兰克·贝尔科纳福·朗和洛夫克拉夫特在布鲁克林。

---

[1]墨索里尼的法西斯主义：墨索里尼在上台之初组织修复了诸多意大利境内古罗马时代的遗迹，希望重现罗马帝国的荣光。这一举动，外加一些其他政策博得了一批国外古典主义者的好感，似乎洛夫克拉夫特也位列其中。

耗殆尽，洛夫克拉夫特被迫又回到了在纽约时期的老本行，以代写与修订工作挣取收入，依靠廉价的罐头食品（有时甚至是过期的罐头食品）度日。在这段时间里，他唯一的慰藉来自与自己保持通信的友人们——1935年，居住在美国东海岸的朋友陆续前来拜访洛夫克拉夫特，而他也在1935年夏季南下至佛罗里达州探望好友罗伯特·巴洛，之后在秋季迎来了巴洛北上的旅行。

1936年，挚友罗伯特·E.霍华德自杀身亡，这使得洛夫克拉夫特在震惊与悲伤之余备感疑惑。但当年冬季的旅行，以及业余刊物协会同好威廉姆·L.克劳福德决定将《印斯茅斯的阴霾》以书籍形式出版仍为他带来了些许惊喜——即使这个版本错误连篇且漏洞百出，篇幅与正规书籍相比也只能算是小册子，但这仍是洛夫克拉夫特在活着时唯一以书籍形式出版的作品。

艰辛的生活，以及长期因财务窘境而养成的糟糕的饮食习惯，终于在1937年年初使洛夫克拉夫特一病不起。他的病情在年初开始迅速恶化，仅用了几个星期便使他因难以忍受的疼痛而无法自由行动。因此他推掉了诸多写作任务，其中包括一项来自英国出版商、很可能会使其从通俗杂志写手转为主流作家的项目。当友人们在2月底拜访洛夫克拉夫特时，他已经因剧痛而卧床不起，并终于在3月10日入住普罗维登斯的简·布朗纪念医院。1937年3月15日早晨7点15

1. 1933年(待考证)，洛夫克拉夫特在普罗维登斯的布朗大学的范·温克尔大门前。
2. 1936年7月18日或19日(待考证)，洛夫克拉夫特和毛利斯·W.莫。
3. 1935年，洛夫克拉夫特在普罗维登斯圣约翰教堂墓地。

分，在入院五天后，霍华德·菲利普斯·洛夫克拉夫特因小肠癌与世长辞，终年四十六岁。

因其生前并不十分出名，在洛夫克拉夫特死后，他的作品面临着被遗忘的危险。而他那些以通信而结识的朋友在此刻则帮了他的大忙——奥古斯特·德雷斯与唐纳德·汪德雷为了使洛夫克拉夫特的作品保持流通，不惜自己出钱成立出版社出版他的作品，使他的作品能够流传至今；众多曾受他鼓励与指导的作家在日后都为纪念洛夫克拉夫特写下了回忆录。不过，洛夫克拉夫特能有今日的影响力且受世人敬仰，除了友人的不懈努力与其作品的独特性，以及其中超越时代的洞察力是有着无法分割的关系的。诚然，他的一些作品的主题在今日看来早已不被时代所接受，而他的笔风也有些迂腐，但其中对于人类过度探索未知的警示，以及在人类无法企及的未知边缘所徘徊的恐惧却是永恒的——无论在史蒂芬·金脍炙人口的小说中，还是在克里夫·巴克笔下光怪陆离的扭曲异界里，抑或在托马斯·黎哥提对形而上的黑暗的探寻中，我们都能看到洛夫克拉夫特的影子。可能正如洛夫克拉夫特自己在他的著名论文《文学中的超自然恐怖》中所提，黑暗题材终于在今日成为了大众瞩目的焦点。但无论如何，洛夫克拉夫特早已与世长辞，如今只有他的作品留下供众人品析。

4. 1935年（待考证），洛夫克拉夫特在佛罗里达（待考证）。

兰道夫·卡特的供述
The Statement of Randolph Carter

作品最初于1920年发表在《漂泊者》5月刊。

作品写于1919年12月。讲述了克苏鲁神话中最著名的调查员兰道夫·卡特的一次经历，也是洛夫克拉大特第一次以该人物为主角创作故事。本故事的内容来源于洛夫克拉夫特的一场梦，他曾在信件中向朋友讲述过这场梦的内容，后来又在内容开头增加了一部分叙述，最终以供词的形式完成了这篇稿件。此后，洛夫克拉夫特还以兰道夫·卡特为主角创作了《银钥匙》《梦寻秘境卡达斯》《穿越银匙之门》等故事。

先生，我再说一次，你对我的审讯是毫无意义的。如果你愿意，你可以永远把我扣留在这里，如果你必须要有一个犯人来满足你所谓的正义感，你可以关押甚至处决我；但除了刚才所说的，我无法提供更多的信息了。我能记起来的每件事，都原原本本坦白出来了，不带有一丝一毫的歪曲和隐瞒。如果说还有什么不清楚的地方，那是因为我脑中有一团阴云，这团阴云和模糊且真实的恐惧感让我产生了混淆。

我再说一次，我完全不知道哈利·沃伦发生了什么。尽管我觉得，也可以说是十分希望他已经安息了，如果这个世界上真的还有如此幸运的事情的话。在过去的五年里，我确实和他是最亲密的朋友，也是他研究未知世界的恐怖事物的合作者。虽然我的记忆有点混乱，但我并不否认你的目击证人指出，我们曾在那个可怕的夜晚的11点30分，出现在盖恩斯维尔，朝着大柏树沼泽地走去。当时我们拿着手提式电灯、铲子和连接着某个设备的奇怪线圈。我甚至可以确定，这些东西在那个极为恐怖的场景中全都派上了用场，那种恐惧感，简直刻进了我的骨子里。但后续的事情，甚至于为什么我会独自一人昏倒在沼泽地旁，我一无所知。我能记起的全部事情，刚才都已经告诉你不止一遍了。你们表示那片沼泽地的附近，并没有一个如此恐怖的场景存在。对于此，我只能说，那都是我曾经看到过的东西。我不确定那到底是噩梦还是幻觉，尽管我一直希望那只是个噩梦或者幻觉。总之，在我们消失的那可怕的几个小时中，我所能记起的事情只有这些。至于哈利·沃伦去哪里了，大概只有他自己，也或许只有那些我无法形容的无名怪物可以解释了。

我先前也说过，我知道哈利·沃伦做的那些奇怪的研究，也曾经参与了其中一部分工作。他收藏了许多罕见的、诡异的禁书，我曾经读过其中几本用我通晓的语言写成的，但那仅仅只是藏书中的一小部分，更多的是用我看不懂的语言撰写而成。我认为大多数的书应当是用阿拉伯语写成的，但是那本以恶魔的灵感写就的书，那本造成现在这种可怕境地的书，那本装在他的口袋里、随他一同消失的书，则是用一种我闻所未闻的语言写成的。沃伦从不肯告诉我那本书里究竟讲了什么。至于我们到底在研究什么……我是不是要承认自己再次陷入了混乱？但不得不说，无法理解这些事情对我来说，反而是种幸运，因为那些研究实在是太可怕了。大多数情况下，我只是单纯地爱好而不是狂热地痴迷。沃伦总是对我颐指气使，有时我甚至有些怕他。我记得在这件可怕的事发生的前一晚，沃伦一直在侃侃而谈自己的理论，谈到有些上千年的尸体不会腐坏，而是保持着血肉俱存的状态在坟墓中安稳长眠时，他脸上扭曲的表情令人不寒而栗。不过现在我已经不怕他了，因为他大概早已见识过超出我认知范围的恐怖事物。目前，我只是替他害怕。

　　我再说一次，我并不知道那天晚上我们到底要去干什么。可以确定的是，肯定和沃伦随身带着的那本书有关。那本用古怪文字写成的书是他一个月前从印度带回来的，但我发誓我真的不知道我们那晚到底要去找什么。目击者声称，他看到我们在半夜11点30分的时候，出现在盖恩斯维尔，并朝着大柏树沼泽地走去。这应该没有错，但我确实记不清了。我记忆深刻的场景只有一个，而那个场景发生在午夜，大概率是午夜过后很久了。因为我记得透过氤氲的水汽，一弯残月正挂在夜空。

　　那里有一片古老的墓地，古老到让我仅仅是看到那些从远古岁月里遗留至今的符号，就浑身颤抖不已。墓地在一片潮湿且深的凹地里，那里长满了杂草、苔藓，和许多奇形怪状的植物。空气中充斥着一种若有似无的恶臭，我的思绪有点飘散，竟以为那是被风化的石头所散发出的腐败气味。我们所及的每一处都充斥着腐朽与荒废，我觉得我们就像是猎物一般，贸然闯进这片持续了几个世纪的死寂。这个想法让我有些不安。在山谷的边缘上，一弯残缺的新月正透过从那些未知的地下陵墓中飘散出的令人厌恶的水汽，窥视着我们。透过这道摇摆不定的微弱月光，我隐约分辨出那一排排古董石板、骨坛、碑，以及陵墓的外墙。它们全都濒临倒塌，上面长满了青苔，被水汽浸润着，或隐或现地藏在那些茂盛的奇怪植物后面。我至今还清楚地记得，我在这个墓地里所做的事情。第一幕场景是我和沃伦来到一座坍塌了一半的陵墓前，然后放下了身上所背的一些重物。接着，我拿起一盏手提式电灯和两把铲子，我的同伴也拿了一盏同样的灯，以及一个便携式通信电话。我们谁也没有出声，仿佛我们早就知道自己要做什么一样。我们毫不犹豫地拿起铲子，开始清理周围的杂草，接着将覆盖在那座平坦古墓上的泥土清理下来。当墓穴表层的三块花岗岩被我们整个挖出来后，我们后退了几步，仔细观察了墓穴周围的环境，而沃伦似乎还思索了一会儿。很快，他又回到坟墓旁边，把铲子当作杠杆，试图将距离旁边的石头废墟最近的那块花岗岩撬起来，那堆石头废墟看上去十分像是坍塌了的纪念碑。但他没能成功，于是他看向我，示意我过去搭把手。终于，在我们的共同努力下，石板总算是松动了。我们一鼓作气，将石板抬起来掀倒在一旁。

移开石板后，一个黑色的洞口出现在我们面前，从洞中喷涌而出的恶臭气体，惊得我们倒退了好几步。过了一会儿，我们再次靠近洞口，发现洞中的气味已经不那么令人难以忍受。我们手中的电灯照射到洞中的一部分阶梯，阶梯上流淌着泥土深处渗出的恶心液体，两侧则是湿润的硝化墙壁。这时，我的记忆中首次出现了声音。尽管被可怖的东西包围着，但沃伦依然用极其温柔的、丝毫不受周遭任何影响的镇定男高音对我说："很抱歉，但我不得不要求你留在这里。"他说："如果我让你这样的神经衰弱者进入里面，那真的是一种犯罪。虽然你读过那些古书，也从我这听说了不少事情，但你依然无法想象我即将看到的东西。卡特，这是魔鬼的工作，如果一个人没有足够坚强的意志，我怀疑他看到下面的一切之后，根本无法活着出来。我无意冒犯你，天知道我有多想让你跟我一起。但另一方面，这又是我自己的事情，我不能让你这样一个极度敏感紧张的人卷入死亡和疯狂中。说真的，你根本无法想象那些东西。不过我保证，我会时刻通过电话跟你联系，你看，我们带了足够长的电线，可以让我一直走到地心再返回来。"

在我的印象里，我一直认真地听他说这番话，我也记得我极力抗议和埋怨，似乎我极度想要陪自己的朋友进入那座未知的墓穴深处。但沃伦似乎铁了心，甚至曾威胁我说，假如我继续坚持，他就放弃这次探险计划。这个威胁奏效了，毕竟只有他一个人掌握了事情的关键。尽管我还记得一些事情，但却早已忘了我们要寻找什么东西。在确保我依照他的计划同意留在地面后，沃伦拿起那卷电线，并对连接在上面的设备做了调试。在他点头示意后，我拿走了其中一套设备，坐在了洞穴附近一块褪色的古旧墓碑上。然后沃伦和我握了握手，背起那卷电线，转身消失在那座难以名状的埋骨洞中。起初，我还能看到他手中的电灯散发出的光亮，也能听到他放出电线时的沙沙声，但很快，光亮便消失在暗处，仿佛是在石阶上遇到了拐角一般。接着，放线的沙沙声也消失了。我独自坐在外面，被这些仿佛带有魔力一般的电线束缚在这个未知的深渊前，残月若有似无的光洒在上面，电线表面的绝缘层泛起了一层绿色的光。

在这座古老荒凉的死亡之城中，我被一片孤独的死寂包围着，脑中浮现出许多惊悚悚阴森的幻想和错觉。而那些怪异的巨石和神坛此刻似乎也有了知觉，开始展现它们恐怖的个性。在漆黑的长满杂草的凹地深处，潜伏着一些虚无的阴影，有时凑成一支队伍，像是进行一些亵渎的游行仪式一般，掠过山腰上那些腐朽的墓穴入口。这些阴影绝不可能是天上那弯苍白的残缺新月所投下的。我频频借着电灯的光看手表上显示的时间，惴惴不安地守着电话听筒。但在将近一刻钟的时间，我听不到任何声音。接着，听筒里忽然传来一阵微弱的咔哒声，我立刻焦急地呼唤我的朋友。虽然我十分担心他，但我依然没有做足心理准备，去听那些从未知墓穴里传出的话语。哈利·沃伦的声音从没有像现在这样颤抖，充满警惕，不久之前，他还用那样镇定的语气跟我说话，但此时他却用比最响亮的尖叫声还要有震撼力的沙哑低语，在墓穴深处说道：

"天哪！要是你能看到我所看到的东西……"

我不知如何回答，只得一言不发地继续等待。很快，沃伦极度激动的声音又传了出来：

"卡特，这太可怕了！这怪物……真是令人难以置信！"

这次，我没有选择继续沉默，而是对着话筒兴奋地问出了一系列问题。虽然我的内心依然恐惧万分，但我仍不断重复着问："沃伦，那是什么？那是什么？"

　　我朋友的声音再度传了出来，依旧沙哑，充满惊惧，只不过此刻还显现出一丝绝望：

　　"我不能告诉你，卡特！这根本无法想象！我不敢告诉你，没有人在知道它之后还能活着！天哪！这东西是我做梦都没有想过的！"话筒里又安静了下来，只剩下我颤抖着声音语无伦次地不停发问。接着，沃伦更加恐惧不安的声音传了出来：

　　"卡特！天啊，快，把石板盖上，然后逃出去！如果一切还来得及的话！快跑！扔下所有东西逃到外面去！这是你唯一的机会了！照我说的做，没时间解释了，快！"

　　我听着他的话，却只会机械地重复问那些疯狂的问题。周遭全是墓穴、黑暗和阴影，而在我的脚下，则出现了某种超出人类想象极限的危险。但此时此刻我的朋友所面临的危险，远比我大得多，我在这样的恐惧中，甚至感受到一丝模糊的怨恨，或许沃伦以为我会在这种情况下抛下他逃命。听筒中传出更多的滴答声，接着停顿了一下，沃伦发出了一阵惨叫：

　　"卡特！跑啊！天哪！快把石板重新盖上！跑啊！"

　　听到我那遭受到巨大惊吓的朋友说出的这几句孩子气的话，我体内的某种潜能被激发出来。我脑中忽然冒出一个想法，于是我冲着听筒大声喊道："沃伦！坚持住！我下来了！"但听了我的话后，沃伦发出了一阵绝望至极的尖叫：

　　"不要！你不会明白的！太晚了，这都是我的错。快把石板盖回去，然后快跑！你现在什么事也做不了，任何人都无能为力！"

　　他的语调再度变了，这一回听上去柔和了许多，像是认命了一般。但在我看来，依然透露出对我的焦虑："快走！不然就太迟了！"

　　我试图不去理他，试着克服着身体上的僵硬，好履行刚刚我说过的话，到下面去救他。但直到他的声音再次传出来，我依然呆立在原地，被巨大的恐惧掌控着。

　　"卡特！快走！没用的，你必须马上离开！一个总比两个强……那块石板……"他停顿了一下，更多的滴答声传来，接着沃伦微弱的声音再次传来，"马上就结束了……你不要为难了，快把这个该死的洞口盖上，逃命去吧！不要浪费时间了，卡特，我再也见不到你了。"说完，沃伦微弱的声音变成了大叫，渐渐变成了尖叫，声音里充满了经年累积的所有恐惧。

"我诅咒这些恶魔！天哪！快跑！快跑！快跑啊！"

接着就是无边无际的沉寂。我不知道自己在那里呆坐了多少时间，对着电话低语、大喊、尖叫。我一遍又一遍地喃喃自语道："沃伦！沃伦！说话啊，你还在吗？"

接着，那令人难以置信、无法想象，几乎无法描述的东西，那足以超越一切的恐怖到来了。我之前说过，在沃伦最后的声音消失后，似乎有上千年的时间过去了，恐怖的死寂中，只有我的哭喊声。但接着，听筒中再次传出了滴答声，我立刻竖起耳朵，仔细聆听。然后我再次试图呼叫沃伦："沃伦，你还在吗？"听筒中传来了应答，这个回答让我整个人都陷入了阴云之中。先生，我不会去描述那个东西，不，那个声音。或者说，我不会冒险去详细地描述它。因为在我听到第一句话的时候，就失去了意识。从那时起直到在医院醒来前，我脑中都是一片空白。我该怎么说呢？那声音低沉、憋闷、黏稠、空远、神秘诡异、完全不是人类所能发出的……我该怎么说？那是我最后记得的事情，也是整个故事的结局。我听到那个声音，也知道了更多的事情。我站在凹地里那片神秘的墓地里，周遭布满了碎裂的石块、坍塌的坟墓、繁茂的杂草和有毒的雾气。就在这样的情境下，我听到了那个声音。我看到那些无形的阴影在那弯被诅咒的残缺新月下群魔乱舞，同时那个声音从这座被打开的墓穴深处传了出来。它说：

"你这蠢货，沃伦死了！"

树
The Tree

———————————

作品最初于1921年发表在《试验》10月刊。

作品可能写于1920年春天。从洛夫克拉夫特对历史细节的描写，可以推断出故事的创作背景是在公元前4世纪中叶。这是一篇将克苏鲁元素与悬疑文学结合的作品。文中除了制造紧张的氛围之外，还通过友情刻画了人性之卑劣，引发读者深思。

"命运自有其安排。"

在阿卡迪亚的麦那鲁斯山翠绿的山坡上，有一处废弃的宅子，环绕在其周围的是一片橄榄树丛。在宅子的附近有一座坟墓，曾几何时，墓地中屹立着许多高大精致的雕像，但如今也像这座宅子一样，成了一堆废墟。在坟墓的一端，有一棵巨大且形状怪异的橄榄树，它生命力极强，有力的根部甚至将大理石推到了一边。当月光照在这棵橄榄树上时，它看上去就像是姿势怪异的人或是死状扭曲的尸体，因此就连许多当地人也不敢在夜间从这里经过。麦那鲁斯山是可怕的潘神的居所，他有许多奇特的朋友。许多天真的村民以为，潘神和他的朋友与这棵树一定有着什么可怕的联系，然而住在附近小屋的养蜂老人却告诉了我一个截然不同的故事。

那是许多年前的事了。当时，山坡上那座宅子刚刚建成，十分富丽堂皇。宅子里居住着两位雕塑家，他们是卡洛斯和穆西德斯。他们的名声遍布吕底亚[1]和尼亚波利[2]，人们对他们的手艺赞不绝口，但没有人能说出到底谁的技术更胜一筹。卡洛斯所雕刻的赫尔墨斯[3]像被立在位于柯林斯的一座大理石神庙中，而穆西德斯所雕刻的帕拉斯[4]像则树立在雅典的

---

[1]小亚细亚中部的 个古国，接近爱琴海。

[2]那不勒斯古时的叫法。

[3]古希腊神话中宙斯与阿特拉斯之女迈亚所生的儿子，奥林匹斯十二主神之一，为众神传令的使者，商业、旅者和畜牧之神。

[4]指雅典娜，古希腊神话中的智慧女神和战争女神，奥林匹斯十二主神之一，奥林匹斯三女神之一。帕拉斯的名称最早见于《荷马史诗》中的《伊利亚特》。

帕特农神庙[1]附近的一根石柱上。所有人都非常尊敬他们，尽管艺术家们常常会因为艺术成就而相互嫉妒，但卡洛斯和穆西德斯之间的亲如手足的友情却并未受到丝毫影响，这也使人们感到无比的惊讶与佩服。

尽管卡洛斯和穆西德斯之间的关系十分亲密，但他们的个性却大相径庭。穆西德斯沉迷于在泰耶阿[2]城中彻夜寻欢作乐，而卡洛斯则更喜欢待在家中，躲开奴隶们的视线，溜进橄榄林深处的阴凉地方。在那里，他可以沉浸于脑中的奇幻想象中，构建出种种表达美的方式，再将它们一一付之于日后的大理石雕刻中，使之成为永恒的存在。有些闲散的人会说，卡洛斯是去和树林里面的神灵交流，而他的雕塑正是参照他所遇到的法翁[3]和德律阿德斯[4]的形象所创作的，他从不描摹活的模特。

卡洛斯和穆西德斯实在是太有名了，因此当锡拉库扎[5]的僭主[6]慕名而来时，没有人感到意外。这位僭主计划在自己的城市里树立一座价值连城的堤喀[7]女神雕像，于是他派了使者来到卡洛斯和穆西德斯这里，提出了僭主的要求。雕像必须规模巨大，且拥有高超的工艺，完成之后将会是城中的奇迹，吸引无数的游客前来膜拜。他们中无论哪一个，只要作品被选中，便会获得超乎想象的嘉奖。而为了这至高无上的荣誉，卡洛斯和穆西德斯势必陷入互相竞争的境地。两人之间情同手足的友情早已为人所知，因此这位狡猾的僭主推测，他们必定不会向对方隐瞒什么，而是会相互帮助，并给对方提供许多改进的建议。这样一来，就会诞生两座前所未有的精美雕像，而其中更胜一筹的那座雕像将使人们做过的最美丽的梦也黯然失色。

卡洛斯和穆西德斯欣然接受了这个请求，在随后的日子里，奴隶们的耳中便只听得到源源不断的凿刻声。两人都没有刻意向对方隐瞒自己

---

[1] 雅典卫城最重要的主体建筑，帕特农神庙之名出于雅典娜的别名。

[2] 古希腊时的一座城市。

[3] 农牧之神，半人半羊的形象。

[4] 希腊神话中的树神。

[5] 意大利西西里岛东部的一个港市。

[6] 古希腊称篡位者为僭主。

[7] 古希腊命运女神。

树

的作品，但也从不对外展示。因此，这两座从最初就被禁锢的雕像是如何由一块粗糙的大理石，经由他们的双手，变成绝美的艺术品的过程，无人知晓。

夜晚的时候，穆西德斯依旧会去泰耶阿城中玩乐，卡洛斯也依然喜欢独自一人到橄榄林的深处待着。但渐渐地，一向光彩耀眼的穆西德斯忽然失去了往日的活力，不再快乐。人们都觉得十分不可思议，总在茶余饭后议论着。毕竟对于一位艺术家来说，能拥有这样一个获得最高荣誉和艺术成就的机会，是多么难得和令人期待啊！但一连几个月过去了，穆西德斯依然垂头丧气，丝毫没有表现出任何期待和兴奋的模样。

一天，穆西德斯终于说出了自己闷闷不乐的原因：卡洛斯生病了。大家这才恍然大悟，毕竟他和卡洛斯的感情异常深厚，卡洛斯的病势必会让他难过无比。得知这个消息之后，许多人都去看望了卡洛斯，大家发现，虽然卡洛斯的脸色苍白，但精神却很好，神情显得平和快乐。这也使得他的目光比穆西德斯显得更有魅力，因为穆西德斯看上去一直心烦意乱，忧心忡忡。他焦急地把卡洛斯身边的奴隶全都赶走了，亲自来照顾自己的朋友。他守在卡洛斯身旁，亲手给他喂食。那两座尚未完工的堤喀女神雕像被厚厚的帷幕覆盖着，谁也没有再去动过它们。

卡洛斯的身体状况愈发糟糕，一日比一日虚弱无力。医生困惑不已，尽管他尽了最大的努力，同时穆西德斯也在全心全意地照料着，但仍旧无济于事。卡洛斯希望大家可以经常带他到那片他喜欢的树林中去，到那里之后，他便把所有人都支开，自己待在那里，仿佛只希望和那些别人看不到的东西交流。虽然穆西德斯觉得比起自己，卡洛斯更亲近树林中的法翁和德律阿德斯，但他仍遵从他的意愿，将他独自留在那里。终于，卡洛斯的生命快要走到尽头了，他开始谈及一些生死之外的事情。穆西德斯一边聆听，一边哭泣。听完之后，他承诺会为卡洛斯建造一座比摩索拉斯[1]陵墓还要精致华美的陵墓，但卡洛斯只是摇着头，让他不要再提有关雕刻和建造的事宜，也不想要豪华的陵墓。如今，他只有一个愿望，就是从几棵指定的橄榄树上折下几根树枝，在他死后埋葬

---

[1] 位于哈利卡纳素斯，在土耳其的西南方。

在靠近他头部的地方。一个夜晚，卡洛斯一个人静静坐在黑暗的橄榄树林中，死去了。

穆西德斯悲痛不已，他为自己的挚友修建了一座美得无以言表的大理石坟墓。坟墓上面雕刻着精美的浅浮雕，展示了极乐世界中的一切辉煌景象。这世上除了卡洛斯，再没有人能像穆西德斯一样雕刻出如此精美绝伦的作品。穆西德斯自然也没有忘记卡洛斯的嘱咐，他从树林中的橄榄树上折下几根小树枝，埋在了靠近卡洛斯头部的地方。

穆西德斯起初非常哀伤，一直沉浸在对卡洛斯的哀悼中。后来，他便开始克制自己的感情，全心全力投入到堤喀女神雕像的雕刻中。除了卡洛斯和穆西德斯之外，锡拉库扎的僭主没再选择其他人来参与这项雕刻工作，因此那份至高无上的荣耀如今便全部落在了穆西德斯身上。雕刻似乎成了他宣泄情绪的方式，他每天都沉浸在工作中，连过去所痴迷的夜间作乐也抛之脑后，如今他每个夜晚都待在卡洛斯的坟墓旁边。而卡洛斯的坟墓靠近头部的地方，则渐渐生长出一棵小橄榄树。这棵树的生长速度非常快，形状也奇特无比，每个看见它的人都不由得发出了惊叹。而穆西德斯对这棵树的感情似乎十分复杂，既为之着迷，但又带着抵触和排斥。

在卡洛斯死后的第三年，穆西德斯派出一个使者告诉僭主，雕像已经全部完成了，此刻就放在泰耶阿城的广场上，而街头巷尾的人们也在交头接耳地议论着这件事。同时，卡洛斯坟墓旁的那棵橄榄树已经长得十分茂盛，且异常高大，比林中所有的橄榄树都要高大许多，其中一根十分粗壮的树枝甚至延伸到了穆西德斯雕刻雕像的房间上部。许多人慕名来看这棵异乎寻常的大树，同时也对穆西德斯所雕刻的堤喀女神雕像和精美的墓碑赞美不已，穆西德斯几乎没什么独处的时间了。事实上，自从他呕心沥血将雕像完成之后，就非常恐惧一个人待着。因为冷峻的山风吹过那片橄榄树林和卡洛斯坟墓旁的大树时，会发出一种可怕又怪诞的声音，仿佛是有人在含糊地低语。

僭主派来的使者们到达泰耶阿城的当天晚上，天空一片漆黑。毫无疑问，他们是来带走堤喀女神雕像，并赐予穆西德斯至高无上荣誉的，他们也因此受到了当地人极为热情的款待。当晚夜深之时，一阵狂风席卷了麦那鲁斯山，那些从锡拉库扎赶来的人万分庆幸自己在寒风侵袭之前得以入住城内。他们说起自己那位英明的僭主，说起如今城邦的繁荣，并为穆西德斯能够有幸为僭主雕刻雕像而感到高兴。泰耶阿城的人们则表示，穆西德斯是一位心地极为善良的人，他因为卡洛斯的去世而悲痛不已，并感慨道，即使雕刻出如此完美的女神雕像，获得了至高荣誉，也无法抚慰他痛失挚友的心。如果卡洛斯还活着的话，这项荣誉很可能就不是穆西德斯的了。他们又谈到卡洛斯坟墓旁的橄榄树，这时，呼啸的风声越发可怕了，于是锡拉库扎人和村民们都开始向埃俄罗斯[1]祈祷。

第二天一早，在太阳升起之后，领事引领着僭主的使者们向山坡上穆西德斯的房子走去。然而奇怪的是，经过昨晚一整夜的狂风席卷，山坡上出现了一片废墟，奴隶们的哭喊声不绝于耳。那座穆西德斯曾经生活和工作、被橄榄树林所包围、有着金碧辉煌柱廊的大厅的地方，如今只剩下断壁残垣和坍塌的庭院，隐隐透露出一种物是人非的凄凉和哀伤。卡洛斯坟墓旁的那棵橄榄树上新长出了一根巨大无比的新树枝，如今正垂直悬在曾经华丽的柱廊上，将那些原本华美宏伟的大理石建筑彻底毁灭了。所有人都被眼前这一幕吓坏了，他们仔细观察完废墟，又看向那棵巨大无比的可怕的树。这棵大树竟然与人体形态诡异地相似，树根则深深埋在穆西德斯为卡洛斯精心建造的坟墓里。人们仔细地搜寻穆西德斯的房屋废墟，但越搜寻内心的恐惧感越甚。无论是穆西德斯还是那座已完成的绝美女神雕像，都不见了踪影。废墟中一片混乱，两个城邦的领事失望至极，锡拉库扎的使者们不得不空手而回，泰耶阿人则永远失去了能享有如此盛名的艺术家。最后，锡拉库扎人在雅典重新获得了一座十分精美的雕像，而泰耶阿人则在广场上建起一个大理石殿，用来纪念穆西德斯非凡的才华和美德，以及他和挚友卡洛斯手足般的情谊，以此来安慰自己。

而卡洛斯坟墓旁的那棵大橄榄树则一直生长在那里，老养蜂人说，有时候夜风吹过，树枝之间会互相低语，不断重复着一个词："Οἶδα！Οἶδα！"（我知道！我知道！）

---

[1] 希腊神话中的风神。

埃里希·赞恩之曲
The Music of Erich Zann

作品最初于1922年发表在《全国业余作家刊物》3月刊。

作品写于1921年12月。洛夫克拉夫特本人非常喜欢这个故事，这也是他创作过的唯一一个发生在法国的故事。本文将展示洛夫克拉夫特的宇宙观。在我们的感知范围之外还存在着另一个世界，虽然看不见，但是它就在我们身边。

我十分仔细地查阅了这个城市的所有地图，但再也没能找到奥赛尔街。据我所知，地名会随着时间的变化而变化，所以我不但查阅了现在的所有地图，还深入研究了这个城市漫长的过往，并亲自考察了任何与我所知道的奥赛尔街相关的街道，无论那是条什么街。但令人沮丧的是，无论我怎么努力寻找，都无法找到那座房子和那条街道，甚至是那片地带。然而在过去的几个月里，我这个玄学专业的穷学生，曾在那个地方偷听到埃里希·赞恩演奏的曲子。

　　我的记忆似乎出现了偏差，我并不否认这一点，住在奥赛尔街的那段时间，无论是我的身体状况还是心理状态，都糟透了。我记得自己未曾带过任何一个熟人到那里去过，尽管我所认识的人也极为有限。可我依然无法接受自己再也找不到那个地方的事实，毕竟那里距离我的学校只有不到半小时的路程，并有着非常与众不同的怪异特征，任何人只要去过一次，就不会轻易忘记。即便如此，我也从未找到一个知道奥赛尔街的人。

　　在我的印象里，奥赛尔街在一条黑色河流的对面，河的堤岸上遍布用砖石修建的陡峭仓库，上面还隐隐约约能看到窗子。河上有一条用深色石材建造而成的笨重的石桥。河的两岸常年被阴影笼罩着，仿佛是被工厂浓烟永远遮蔽的太阳一般。河水里也一直弥漫着我之前从未闻到过的恶臭气味，这也许可以帮助我再度找到那个地方，因为只要再一次闻到那股气味，我立刻就能分辨出来。桥的另一边是一些用鹅卵石铺就的街道，上面还设有铁轨，再往前一点是一段上坡路，起初十分平缓，但到了接近奥赛尔街的时候，就变得诡异地陡峭起来。

我从未见过像奥赛尔街这样狭窄陡峭的街道。它看上去几乎像是一面峭壁，任何交通工具都无法在上面行驶。某些地方甚至是用几段阶梯连接起来的。走到坡的顶端，是整条街的尽头处，那里矗立着一堵爬满常春藤的高墙。街道的地面上铺着不甚规则的地砖，有的是平整的石砖，有的是鹅卵石，有的则是铺满灰绿色植被的裸露的土地。街两边的房屋十分高大，有着尖尖的屋顶，看上去古老得不可思议。它们向前、向后、向两侧疯狂倾斜着。偶尔会有街两边的房屋同时向前倾斜过来，几乎在街道上方交汇在一起，好像是一道拱门一般。显然，这些古怪的房屋挡住了大部分照射下来的阳光，同时，还有好几架天桥在上方悬跨着，将街道两边的房屋连接起来。

　　街上的居民也给我留下了极其深刻的印象，最开始我以为他们全都沉默寡言，不过后来我觉得他们应当全部都十分苍老了。我不知道自己为什么会来到这条街上居住，然而我搬过去的时候，也有些身不由己。我曾在许多贫困的地方住过，但总是因为钱的问题而被迫搬走。最后，我找到了已经瘫痪了的布兰特名下这间摇摇欲坠的房子。从街道最开始数起，它是第三栋，也是最高的一栋。

　　我的房间在五楼，由于整座房子几乎是空的，我的房间也就成了五楼唯一有人居住的房间。我刚搬进来的那天晚上，头顶上的尖顶阁楼里传出一阵阵奇怪的音乐。第二天，我向老布兰特问起这件事，他告诉我说那是一位德国老低音提琴手在演奏。他是个有点怪的哑巴，签字的时候总是用埃里希·赞恩这个名字。他每晚都会到一个廉价剧院的管弦乐队里演奏。老布兰特继续说道，赞恩希望从乐队回来之后，还能继续演奏，所以才选择了这个位于高处，几乎与人隔绝的阁楼。在阁楼的山墙上有一扇窗户，那是这条街上唯一能够越过尽头那堵高墙，可以一览墙后景色的地方。

　　自那以后，我每晚都能听到赞恩的演奏声。虽然这极大扰乱了我的睡眠，但他所演奏的曲子里所独有的怪异却让我印象极其深刻。我对艺术知之甚少，但却依然十分肯定，他所演奏的曲子和我之前所听到过的音乐没有任何相似之处。也正是如此，我觉得他是一位独特的天才作曲家。我越听他演奏的曲子越着迷，差不多一周之后，我决定去认识一下这位老人。

一天晚上，当他再次从剧院返回时，我在走廊里拦住了他，告诉他我想认识他，还在他演奏的时候陪在他身边。他矮小、瘦削，有些驼背，衣着破旧，蓝眼睛，长相怪异，头几乎秃了，看上去有些像萨蒂尔[1]。起初，我的话似乎有些激怒和惊吓到了他，但很快，我溢于言表的友善打动了他。赞恩有些勉强地示意我跟着他，我与他一起走上那道摇摇欲坠、吱呀作响的黑暗楼梯。他的房间在这个陡峭的人字形阁楼的西侧。房间很大，加上极为简陋和疏于整理，所以看起来更为宽敞。整个房间内只有一个狭窄的铁床架、一个脏兮兮的盥洗盆、一张小桌子、一个大书架、一个铁制乐谱架和三把老式椅子。地板上散乱地堆着乐谱，墙壁上都是裸露出来的木板，可能从来都没有抹过石膏。屋里充斥着厚厚的灰尘和蜘蛛网，让整个房间看上去更为荒废，不适于居住。很显然，在埃里希·赞恩眼中，所有的美好都藏在一个遥不可及的想象世界里。

那个哑巴老人示意我坐下，然后关上了门，把巨大的门闩插上，接着点燃一根蜡烛，用以补充他手里拿着的那根蜡烛所发出的微弱的光芒。接下来，他把那张被虫蛀得千疮百孔的遮布拿下来，拿起盖在下面的低音提琴，用一种尽可能舒适的姿势坐了下来。他并没有使用乐谱架，而是凭着脑中的记忆开始演奏。在接下来的一个多小时内，我全身心沉浸在那首我闻所未闻的旋律中，这一定是他独创的曲子。像我这种对音乐一窍不通的人来说，想要准确描述出这首曲子的特征几乎是不可能的事。那是一种赋格曲调，里面夹杂着循环往复、极具吸引力的片段。不过对我来说，这首曲子中显然缺失了某样东西，那是先前我待在自己房间时，所听过的一种更为怪异的曲调。

我十分清楚地记得那些曲调，就仿佛有人经常在我耳边哼唱，或是对我隐隐约约吹着口哨一般。因此，当眼前这位演奏者放下琴弓时，我立刻询问他能否演奏一些这样的曲子。当我说出要求时，埃里希·赞恩那张酷似萨蒂尔的布满皱纹的脸忽然变了，方才演奏时平静和百无聊

---

[1] 古希腊神话中半人半兽的森林之神。

赖的表情消失，取而代之的是最初我和他搭话时的惊吓与生气的古怪神情。有那么一瞬间，我以为这是老人惯有的喜怒无常的情绪，于是便试着用口哨吹了一段之前夜间听到过的曲子，想让他从那种怪异的情绪中清醒过来，并说服他继续演奏。但意外的是，当那个哑巴音乐家辨认出口哨的旋律时，他的面孔忽然扭曲起来，脸上的神情说不出是喜还是怒。同时，他伸出长长的瘦削的冰冷右手捂住了我的嘴，阻止了我拙劣的模仿。他接下来的举动更加怪异，只见他仿佛受到了极大的惊吓一般，瞥了那扇唯一被窗帘遮起来的窗户一眼，仿佛害怕有什么东西会忽然从那里冲进来一样。这个动作着实十分荒唐，因为这座阁楼是附近最高的建筑，即使是经由隔壁的屋顶也无法到达，那扇窗户更是这条街的最高处，因为门房曾告诉我，这里是唯一一处可以看到尽头高墙另一边景象的地方。

而他这一瞥，也让我想起了布兰特的话。脑中那些变化无端的念头忽然驱使我想要到窗边看一看，看看山顶另一侧的景色，那应当是一幅由万家灯火与月光照亮的屋顶组合而成的、无比炫目的辽阔景色。整条奥赛尔街的居民中，只有这个倔强易怒的音乐家才能看到这幅景色。于是我朝着窗户走去，想拉开那些不伦不类的帘子。但那位哑巴房客像是受到了极大的惊吓一般暴跳起来，甚至比先前来得还要强烈。这一次，他把头转向大门的方向，两只手用力把我往门边拖。我登时开始彻底厌恶起这个房间的主人来。我命令他放开我，并表示会即刻离开。他这才松开了双手，看到我脸上的愤怒与嫌恶，他的情绪才渐渐平息下来。接着，他的双手再度施力，迫使我坐在一张椅子上，但这次明显多了些许理智和礼貌。然后他绕过堆满杂物的桌子，在另一边拿起一根铅笔，用外国人才有的生硬法语写了许多句话。

他最后把纸条交给我，上面写满了请求我谅解与忍耐的话语。赞恩表示自己的年岁已经非常大了，非常孤独，而他所演奏的音乐以及其他一些事情给他带来了十分诡异的恐惧感和精神紊乱。他很高兴我愿意听他演奏曲子，也希望我可以时常登门拜访，并谅解他的奇怪举动。但他同时也表示不愿意向他人演奏这些怪异的旋律，甚至不愿有第二个人听到这些曲子，也不愿外人随意碰触他房间的东西。在这次见面之前，他根本不知道我能在自己的房间里听到他的演奏声。鉴于此，他问我能否去和布兰特商议一下，搬到靠下的、不会听到他在夜间演奏的房间去。他甚至表示，愿意承担因此所带来的租金上的差额。

当我一句句阅读这些糟糕无比的法语时，不禁对这位老人增添了几丝宽容。他和我一样，都在承受着身体和心理上的双重折磨，而我的玄学课程则教导我要心怀仁慈。这时，透过一片静谧，一阵细碎的声音从窗外传了进来，大概是百叶窗被风吹动，相互刮擦发出的声音。但出于某种难以名状的原因，我和埃里希·赞恩几乎同时惊得跳起来。我读完纸上剩余的内容，和房间的主人握了握手，像一对朋友一样分别了。第二天，布兰特便给我换了一间昂贵得多的房间。房间在三楼，两边的邻居分别是一个上了年纪的放贷者和一个受人尊敬的室内装潢商。和五楼一样，四楼也是空无一人。

那之后不久，我便发现，赞恩似乎并不欢迎我，至少不像劝我从五楼搬走时所表现的那样强烈。每当我上门拜访，他总会显得心不在焉，演奏也毫无活力。我们的会面多在夜晚，白天的时候他通常在睡觉，并且不允许任何人到他房间里去。我对他的好感并未增加，唯一吸引我的只有那些怪异的音乐和那扇窗，我极其渴望能透过窗户看一看外面的景色，看看墙的另一边，那些我没有见过的山坡，还有闪光的屋顶与塔尖。有一回，我趁着他到剧场演出，悄悄爬上阁楼，却发现门被锁上了。

但我还是成功地在夜间偷听到了哑巴老师演奏的曲子。最初，我会踮着脚尖爬上五楼，然后大着胆子爬上吱呀作响的楼梯，来到位于顶端的阁楼。我经常偷溜进狭窄的走廊里，躲在那扇锁上的门外，透过被遮盖住的钥匙孔偷听到里面一些怪异的声音。这些声音给我带来一种难以名状的恐惧感，那种时有时无的奇异与萦绕不散的神秘感让人不寒而栗。并非是那些声音让人恐惧，它们本身并没有什么可怕的，但它们带给人的感觉却是前所未有的，完全不同于地球上的任何一种事物。在那些声音中时而穿插进来的间隔段，让整首音乐听起来仿佛是一组交响乐曲，我很难想象这仅仅是一名演奏者所演奏出的。我越发肯定，埃里希·赞恩是一个有着强烈爆发力量的天才。几周后，音乐变得更加狂野，而那位老音乐家看上去更加憔悴和神出鬼没，我甚至觉得他更加可怜。他开始断然拒绝我再去拜访他的阁楼，即使我们在楼梯间偶遇，他也会有意识地躲开。

一天晚上，当我正躲在门外偷听时，里面的低音提琴声忽然高音大作，化为一团吵闹混乱的声音。这样的嘈杂让我不禁开始怀疑自己的理智，那扇锁着的门背后传来的一切，不正是证明了此时此刻里面正在发生某些恐怖的事吗？那是只有哑巴才会发出的口齿不清的叫喊，是只有在极端恐惧或痛苦的时候才会发出的可怕叫喊。我几次三番地敲门，但始终无人应答。无奈之余，我只得在黑暗的走廊里等待，因为恐惧与寒冷而不断颤抖着，直到我听到里面那位可怜的音乐家借助椅子试图从地上爬起来，我想他大抵是刚从昏迷中醒来，于是我又开始敲起门来，同时安慰一般地大声告诉他我是谁。我听见赞恩似乎是跌跌撞撞地跑到窗边，将窗户与百叶窗都关上，接着才跌跌撞撞着来到门口，有些迟疑地打开门，请我进去。这一次，我从他脸上看到了颇为真实的快乐与安慰，当他犹如一个孩子抓住母亲的衣角一般紧紧抓住我的外套时，我从他脸上扭曲的表情中看到一丝安心。

可怜的老音乐家摇摇晃晃地将我按进椅子里，接着自己坐到另一把椅子里，旁边的地上胡乱扔着他的低音提琴和琴弓。他就这么一动不动地在椅子里坐了片刻，有些怪异地点着头，脸上显露出一种热情却又受到惊吓的矛盾表情，似乎也在小心聆听着什么。又过了一阵子，他似乎感觉安全了，便绕过椅子，在桌边写了一张简短的便条交给我。之后又回到桌边，开始飞快地写着什么。他在纸条上恳求我可怜可怜他，同时为了满足我的好奇心，要我待在房间里，等他用德语写下完整的前因后果，以便向我解释清楚那些一直困扰他的恐惧与奇异之事。于是我耐心地坐在那里，看着他手中的铅笔飞快地在纸上舞动着。

约莫过了一个多小时，那位老音乐家仍旧在纸上飞快地写着，旁边堆积的纸张也越来越多。忽然，我看到他的身子猛地一震，仿佛受到了某种巨大的惊吓。然后他直接望向已经拉上窗帘的窗户，浑身发抖，似乎在聆听着什么。接着，我似乎也听到了什么声音，那并不是什么恐怖的声音，而是一种仿佛从极其遥远的地方传来的琐碎低音音符。或许是附近另外一个音乐家正在演奏，也许他就在与我们相邻的某个房子内，也许是在高墙的另一边，那个我一直未能看到过的地方。然而，这个声音对于赞恩来说似乎非常恐怖，只见他忽然扔下手里的铅笔，站起身来，拿起地上的低音提琴，开始疯狂地演奏起来。狂烈的乐曲顿时撕开了夜晚的宁静。除了在门外偷听的日子，我从未亲眼看过他用提琴演奏如此疯狂的曲子。

我完全无法描述埃里希·赞恩在那个可怕的夜晚所演奏的曲子。那比我以往偷听到的任何乐曲都让人害怕，这一次，我清清楚楚看到他脸上的神情，并意识到他之所以这样做，是因为极端地恐惧。他正在努力地用这样的乐曲声，将某些东西挡在外面，或是淹没掉某些其他声音。尽管我感觉到那是极其恐怖的事物，但我无法想象那到底是何种程度的恐怖。接着，乐曲开始变得荒诞狂乱，甚至歇斯底里，但依然保留着我所认识的那个老音乐家所拥有的卓越天分。我认出了那个曲调，是剧场里所流行的一首狂野的匈牙利舞曲。过了好一阵子，我才意识到，这是我第一次听到赞恩演奏别人的曲子。

音乐声越来越大，越来越疯狂，那把低音提琴甚至开始绝望地尖叫。大颗汗珠从老音乐家头上滴落，他的身子扭动得仿佛是一只猴子，一边演奏一边不住地看向拉着窗帘的窗户。从他演奏出的疯狂曲子中，我仿佛看到一群萨蒂尔与巴克斯[1]的信徒，幽灵一般地在云雾、烟尘和闪电组成的深渊中疯狂地旋转舞动着。接着，一种更刺耳雄厚的声音传入我的耳中，那不是低音提琴所奏出的，而是来自遥远的西边。比起眼前低音提琴疯狂的曲调，它显得更为冷静、更有目的性，充满了不屑与嘲讽。

与此同时，窗外狂风呼啸，百叶窗开始在夜风中不断发出刮擦声，仿佛是在给屋内的演奏配乐。赞恩手中的低音提琴所发出的刺耳声早已超出了它的音域范围，我从未想过，一把低音提琴竟然能发出这种声音。百叶窗的刮擦声也越发强烈起来，似乎挣脱了某种束缚，开始猛烈撞击窗户。在不断的撞击下，窗户的玻璃随之炸裂开来，寒风顺势涌

---

[1] 古罗马神话中的酒神，对应古希腊神话中的狄奥尼索斯。

入，将蜡烛的火苗吹得噼啪作响，同时将桌上赞恩写好的那叠纸吹散。我看向赞恩，只见他已经不再刻意去看窗户，他蓝色的眼睛鼓胀着，呆滞无神，仿佛失明一般。先前疯狂的演奏也变成了一种盲目机械、没有辨识性的放纵狂欢，无法用文字来形容。

　　接着，房间里再度掀起一阵更为猛烈的风，它带着那些手稿，朝着窗户飞去。我拼命追向那些飞舞的纸张，但在我跑到窗口之前，它们就已被狂风带走了。这时，我忽然想起自己一直想透过这扇窗户看看外面的景色，毕竟在奥赛尔街上，只有这扇窗户能看到高墙另一边的山坡，以及它所连接着的城市景象。尽管这时候外面已是一片漆黑，但城市中总归会亮着灯火，我也期待能看到风雨中下方城市的景致。房间的烛火还在噼啪作响，低音提琴仍随着夜风疯狂演奏着。在这片背景乐中，我透过这扇位于最高处的窗户望出去，却没能看到山坡下的城市，也没有看到记忆中熟悉亲切的万家灯火，而是一片无边无际的黑暗虚无。那是一片无法想象的世界，里面充斥着变化的旋律和曲调，与地球上现存的任何事物毫无相似之处。我站在那里，满心恐惧地向外张望，夜风忽然吹熄了阁楼里燃着的两根蜡烛，我陷入了一片无穷尽的未知黑暗中。我的面前是一片混沌与喧闹，身后是疯狂演奏、发出魔鬼般号叫的低音提琴。

　　我在黑暗中蹒跚着走回屋中，却发现无法点亮任何一根蜡烛。我茫然地在黑暗中摸索着，撞到桌子，踢翻了一把椅子，最后回到原来的地方。令人毛骨悚然的尖厉音乐在黑暗中持续演奏着，为了拯救自己和埃里希·赞恩，无论现下是何种力量在掌控，我都决定要试一试。有什么冰冷刺骨的东西从我身上拂过，我吓得尖叫起来，但那些尖厉的低音提琴声压过了我的叫声。忽然，琴弓在黑暗中撞到了我，我立刻意识到那个老音乐家就在我旁边。我试探着，摸索到赞恩所坐的椅背，接着摸到他的肩膀，我开始用力摇晃他的肩膀，试图让他恢复理智。

　　赞恩没有回应我，仍在疯狂地演奏着低音提琴，丝毫没有变缓的趋势。我继续顺着他的身子摸索到他的头，将他机械晃动的头停下来。接着我在他耳边大喊着，告诉他必须马上从这可怕的黑暗，以及那些未知的怪物中逃离。但他没有回应我，也没有停止演奏。这时，疯狂诡异的夜风倒灌进阁楼里，似乎正在黑暗与喧闹中舞动。我摸索到赞恩的耳朵，忽然打了个冷战，僵住了。带着这种不知从何而来的恐惧，我继续摸到了他僵硬的脸，那张冰冷、凝滞、没有半点呼吸的脸，以及那双鼓胀着的呆滞的眼。大概是出于某种奇迹，我摸索着找到了阁楼的房门和门上那个巨大的门闩，我打开门，疯狂地向外逃去，逃离那个黑暗中僵硬冰冷、双眼无神的东西，逃离那把被诅咒的低音提琴所发出的恐怖号叫。在我逃跑的时候，那号叫声甚至还在快速增强。

我连滚带爬，冲下那道似乎没有尽头的楼梯，穿过黑暗的房子，像只没头苍蝇一般冲进外面那条狭窄陡峭、遍布台阶和古旧房屋的街道。我慌不择路，跑过鹅卵石路，穿过那条在陡峭峡谷之间的恶臭河流，那晚所经历的一切仿佛变成了恐怖的阴影，如影随形。我迄今记得，在我逃出来时，外面没有风，也没有月，城市中的灯火如常闪烁着。

尽管进行了严谨详细的调查和搜索，但我始终没能再次找到奥赛尔街。但无论是对于再次找到奥赛尔街，还是那叠写满字的纸张最终消失在虚无的深渊中，我都没有感到太过遗憾。尽管那些消失的纸张，是唯一能解释埃里希·赞恩之曲的手稿。

猎犬
The Hound

————————

作品最初于1924年发表在《诡丽幻谭》2月刊。

作品写于1922年9月。这篇小说第一次提到了虚构的《死灵之书》，并在文中确认了作者是阿拉伯疯子阿卜杜·阿尔哈兹莱德。因为洛夫克拉夫特是以炫耀和自嘲的态度来写这个故事，故而本文的恐怖气息更加浓郁，集合了多种元素——盗墓、鬼怪、克苏鲁和悬疑。但是也因文中的过度描写而受到广泛诟病。

I

　　远方传来某种巨型猎犬微弱的叫声，呼气声和拍打声如噩梦般钻进我的耳中，折磨得我痛苦不堪。那绝不是梦，我恐惧得简直要发疯了。已经有太多的事发生了，以至于我现在产生了这些仁慈的怀疑。圣约翰的尸体残缺不全，我知道那是什么造成的。正因为如此，我知道自己也将面临同样的被撕碎的命运，这个想法所造成的恐惧几乎涨破了我的脑袋。沿着那条无边无际的诡异幻境中的走廊，无形的涅墨西斯[1]席卷黑暗，驱使我走向毁灭。

　　但愿上天能宽恕我们的愚蠢和病态，以至于走上了这样一条诡异的命运之路。我和圣约翰厌倦于眼前碌碌无为和平凡的生活，即使是不断外出探险，不久之后也失去了最初的新鲜感。于是我们开始踊跃地参加每一场有关美学和思潮的运动，这样可以使我们在百无聊赖的生活中得到一丝喘息。象征主义之谜和对前拉斐尔派[2]的狂热都让我们全身心投入了一段时间，但每种新鲜事物所带来的快乐和吸引力很快就消失了。只有颓废的阴郁哲学能够长时间吸引着我们，而只有不断增加研究的深度才能让这种吸引力持久不衰。但很快，连波德莱尔[3]和于斯曼[4]也无法让

[1] 古希腊神话中的复仇女神。
[2] 1848 年在英国兴起的美术改革运动。
[3] 19 世纪最著名的现代派诗人，象征派诗歌先驱。
[4] 19 世纪法国小说家，西方现代主义文学转型中的重要作家，象征主义的先行者。

我们提起兴趣，最后，我们发现只有直接的超自然冒险和刺激，才是我们最需要的。也正是这种可怕的情感需求，让我们走上了这条可悲的道路。即使我现在处于这样一种恐惧的境地，我依然为此感到十分羞愧和耻辱，因为我们做了人类最可怕最极端的暴行之一：盗墓。

关于我们这些骇人听闻的探险活动，我不能讲述太多细节，也不能透露我们在巨石房子中所建成的无名博物馆中所陈列的可怕的战利品名目。我们孤独地住在那里，没有雇用任何仆人。那个博物馆是一个极度过分的、亵渎神明的地方，我们用魔鬼般的审美标准，以一种近乎疯狂的收集癖模式，将大量的恐怖和腐朽之物聚集一堂，以满足我们猎奇和不安于平凡的心思。那是一个深藏在地下的秘密房间，那里有用黑陶和黑玛瑙雕刻而成的巨翼魔鬼，咧开的嘴巴里吐出诡异的橙绿色光芒。红色的裹尸布与黑色的帷幔交织在一起，在隐藏的送风管的吹动下，跳着千变万化的死亡之舞。我们心中所渴望的一切气味都可以经由这个管道随时送进来，有时是葬礼上那些苍白的百合花的味道，有时是想象中死去的东方国王庙堂中的麻醉香，有时的气味——我迄今想起来还会不寒而栗，那就是被掘开的坟墓中让灵魂都为之战栗的恶臭！

在这间令人作呕的房间墙壁周围，陈列着一箱又一箱的木乃伊，还有那些由标本师精心制作而成的、栩栩如生的标本，以及从世界上最古老的教堂墓地中挖出的墓碑。墙壁上遍布着壁龛，里面摆放着不同形状的头骨，以及处于不同腐败分解阶段的头颅。在这些展示品中，有名门望族腐烂的秃头，也有刚下葬的孩子们戴着金发的新鲜头颅。这里的雕塑和绘画全都是围绕着恶魔为主题创作的，其中不乏有一些是出自圣约翰和我的手笔。有一个用晒黑的人皮制成的上了锁的皮包，里面装着一些未知的、难以名状的画，据说这些画是戈雅[1]的作品，但无法考证。这里还有很多令人不快的乐器，弦乐器、铜管乐器和木管乐器，圣约翰和我有时会用这些乐器奏出一些病态的、不和谐的音调，或是一些可怕的恶作剧般的声音。在那些镶嵌着黑檀木的柜子里，放着许多令人难以想象和疯狂的盗墓工具，这些工具几乎凝结了人类所有的疯狂和变态。这

---

[1] 西班牙浪漫主义画派画家。

些战利品正是我所不敢提及的，谢天谢地，在自我毁灭之前，我鼓起勇气摧毁了它们。

我们掠夺这些不可明说的收藏品的过程总是充满艺术性，令人难以忘怀。我们不像那些普通的庸俗盗墓贼一样只追求利益，而是只选择在特定的心情、景色、环境、天气、季节和月色下进行。对于我们来说，这些活动是最精致绝妙的美学体现，我们近乎苛刻地追求每一个细节的完美性。一个不恰当的时机、一束不和谐的光线，又或是在挖掘湿润草地时的一次失手，都能完全毁掉我们挖掘这些深埋于地下的不祥的秘密时所获得的狂热快感。我们疯狂地追求小说中描述的那些新奇刺激的场面，且永远不知餍足。在这些活动中，圣约翰总是充当打头阵的角色。最终，也是他将我们带入了那个可笑的、被诅咒的地方，自此我们便被无法摆脱的可怕厄运缠上了。

究竟是怎样邪恶的命运诱使我们来到那个可怕的荷兰墓地？我想一切都源于一个诡异的暗黑传说：一个盗墓贼从一个巨大的墓穴中挖出一件拥有强大力量的东西，随后这件东西伴随着与之相关的一些传闻，又被埋葬了长达五个世纪之久。如今命数已定，我又回想起当时的情形。那是一个秋夜，苍白的月亮斜挂在空中，在坟墓上投下长长的可怖影子；奇形怪状的树阴沉沉地耷拉着枝叶，垂在荒芜的草地和支离破碎的石板上方；一群群巨大的蝙蝠迎着月亮飞去；古老的教堂墙壁上爬满了常春藤，仿佛是一根巨大的手指矗立在那里，直指灰色的天空；远处一隅紫杉下，闪着磷光的昆虫飞舞着，犹如一团死亡的火焰；霉变的泥土、植被，还有一些难以描述的气味，混着从远处沼泽地和海上吹来的夜风袭来；最糟糕的是，还有一只巨大的猎狗不停地发出低沉的吠声，我们既看不到它，也无法确定它的所在位置。我们甫一听到吠声，便想起了那些民间流传的传闻，整个人抑制不住地发起抖来。因为传闻中的那个盗墓贼，似乎陷入了与我们相同的境地，而他在几个世纪前就被某种不知名的怪物活生生撕碎了。

我依旧记得当时我们是如何挖掘这座坟墓的，以及在那样的坏境下所感受到的刺激与战栗：墓穴、苍白的月光、可怖的影子、形状怪异的树、巨大的蝙蝠、古老的教堂、飞舞的磷火、恶心至极的气味、缠绕的夜风，还有那若隐若现、无法辨别方位的奇怪吠声，以至于我们后来甚至无法确定它是否真的存在。接着，我们挖到了一个比潮湿的泥土更为坚硬的东西，那是一个腐朽的长方形盒子，上面包裹着深藏在泥土中、未见天日的矿物质。它的坚硬程度与厚度超乎想象，但由于年代太过久远，我们最终还是将它撬开，得以近距离观赏里面封存的东西。

尤其令人惊讶的是，尽管已经过去了五百多年，这座墓穴依然保存完好。墓穴中的骸骨虽然被杀死他的东西咬碎了几处，但仍然紧密地组合在一起，令人讶异。我们凝视着那颗白森森的头骨，上面长着长而坚硬的牙齿，还有空洞的眼窝——那里曾闪烁着和我们一样狂热阴森的目光。在这位长眠者的脖子上，戴着一个设计奇特且富有异国情调的护身符。那是一小块绿色的翡翠，上面用精湛的东方雕刻工艺雕刻着一只蜷缩着的带翅膀的猎犬，也许是一只长着犬类面孔的狮身人面兽。它带给人的感觉是极度不快的，让人瞬间就联想到死亡、兽性和恶毒。它的底座周围刻着铭文，我和圣约翰都无法辨认出来；它的底部，刻着一个形状怪异、形容可怖的骷髅，仿佛是制造者的印记。

第一眼看到这个护身符时，我们立刻就有了占为己有的心思：单单是这一样宝贝，就足以犒慰我们挖掘这个墓穴的所有辛劳。即使它的形状特质不是我们所熟悉的，但我们依旧强烈渴望能得到它。而当我们仔细观察它时，我们发现它似乎并非是个全然陌生的物品。对于那些正常学者所了解的文学艺术范畴来说，这的确十分罕见，但我们曾在一个叫作阿卜杜·阿尔哈兹莱德[1]的阿拉伯疯子所写的《死灵之书》中看到过；它是中亚一个无法触及之地——冷原[2]的食尸术的恐怖标志。正如那个古老的阿拉伯恶魔学者所描述的那样，护身符上的面孔显示了被折磨至死的人的灵魂最后的模样。

我们拿起那块绿色的玉佩，最后看了一眼它的主人那惨白、眼窝

---

[1] 根据洛夫克拉夫特的创作，《死灵之书》创作于公元8世纪，作者是阿卜杜·阿尔哈兹莱德，他被称为"疯狂的阿拉伯人"。

[2] 洛夫克拉夫特作品中的一个虚构之地，上面有许多类似食尸术等邪恶之术。该地区在本篇内首次出现，之后还出现在《疯狂山脉》和《梦寻秘境卡达斯》中。

空洞的脸，然后将墓穴填埋恢复成原状。圣约翰把这块掠夺来的玉佩装进口袋，我们匆匆离开了那个令人厌恶的地方。离开的时候，我们似乎看到巨大的蝙蝠全都降落在我们刚刚填埋的地方，仿佛在寻找什么被诅咒的、罪恶的食物。但秋夜的月光太过昏暗微弱，我们无法看得十分确切。第二天，当我们从荷兰返回家中的时候，好像再次听到了从远方某个地方传来猎犬微弱的吠声。但秋风一直在耳边作响，我们无法确定是否真的听到了什么。

Ⅱ

我们回到英格兰还不到一星期的时间，奇怪的事情便发生了。我们生活在一个荒凉的、人迹罕至的荒原上的古老庄园里，过着与世隔绝般的生活。没有朋友，也没有仆人，只有寥寥的几间房，所以我们鲜少被访客的敲门声所打扰。然而现在，我们却时常被夜里出现的窸窣声所困扰，不仅出现在门的附近，也出现在窗户的周遭，从楼上到楼下，无一幸免。有一次我们发现照在图书室窗户上的月光，被一个巨大的物体遮挡住了，周围随之变得昏暗起来，有时我们能听到一阵呼气声或是拍打声从不远处传来。但每一次的调查都没有结果，我们开始把这一切归结于幻觉，那晚在荷兰的教堂墓地中听到的微弱的吠声扰乱了我们的心绪。那枚翡翠护身符被放在我们博物馆的壁龛里，有时我们会点燃一些有奇怪香味的蜡烛，摆放在它前面。我们在阿尔哈兹莱德的《死灵之书》里读到了许多相关的内容，以及食尸鬼的灵魂和象征它的物件之间的关联，所读到的一切都令我们极度不安。接下来，真正的恐怖降临了。

19××年9月24日夜里，我听到有人敲我的房门，起初我以为是圣约翰，便请他进来，但回应我的却是一串尖笑。我打开门，发现走廊空无一人。我把圣约翰叫起来，他对此毫不知情，于是我们开始真正忧心起来。也正是在那天晚上，从荒原另一端传来的隐隐的吠声变成了令人恐惧的现实。四天后，当我们两人都在那个隐藏的秘密博物馆时，从通往博物馆的唯一楼梯大门外，传来了一阵小心翼翼的低低的抓挠声。我们有些惊慌失措，毕竟除了对未知事物的恐惧，我们还担心这些可怕的收藏品被外人发现。我们关掉所有的灯，走到门口，忽然将门打开；接着就感到一阵莫名的气流涌动，混杂着逐渐远去的沙沙声、窃笑声和窃窃私语声钻入耳中。我们谁也没有试着去分辨自己到底是神志不清还是在做梦，又或是这一切都是真实发生的。我们仅仅发觉，那些窃窃私语声显然是用荷兰语交谈的，这个发现毫无疑问将我们打入了恐惧的地狱。

从那以后，我们陷入了不断增长的恐惧和疯狂中。一般来说，我们坚持认为，由于我们长时间生活在这样一种超自然的兴奋中，导致我们发了疯。但有时，我们更愿意把自己当作是遭遇了戏剧般令人毛骨悚然的厄运的受害者。奇怪的现象越来越多。我们这座孤零零的房子似乎因为某种邪恶的存在，重新活了起来。每天晚上，魔鬼般吠声在荒原上飘荡，与狂风交织在一起，越来越清晰响亮。10月29日，我们在图书室窗下松软的土地上，发现了一串难以形容的脚印。它们就像是成群结队的巨大蝙蝠一样，在古老庄园里神出鬼没，数量日渐增加，令人既困惑又害怕。

这样的恐惧在11月18日到达了顶点，当晚，圣约翰从远处的火车站步行回家时，被某种可怕的食肉动物抓住并撕成了碎片。我在房中听到了他的惨叫声，急忙循着声音赶到那个可怕的现场。刚好听到一阵扇动翅膀的气流声，看到月光下那个犹如黑色乌云一般的模糊黑影。我的朋友在我同他说话时，就已经奄奄一息了，他甚至无法清楚地回答我的问题。他嘴里一直魔怔地念叨着："护身符……那该死的护身符……"接着他便断气了，整个人变成一摊毫无生气的血肉模糊的东西。

第二天午夜，我把他埋葬在我们房子附近一个不起眼的花园中，并在旁边喃喃自语了一段他生前最喜欢的一种邪恶仪式。当我说完最后一句魔鬼的祝辞时，远处的荒原传来一阵猎犬微弱的吠叫声。月亮升起来了，但我根本不敢抬头看。当我发现幽暗的荒原上有一个巨大且模糊的影子在一个个土丘之间徘徊游弋时，我立刻闭上眼睛，整个人扑倒在地上。也不知过了多久，我战战兢兢地站起身来，跌跌撞撞回到屋中，对着壁龛中那枚翡翠护身符疯狂地叩拜起来。

我不敢再独自居住在这座荒原的老房子里，于是第二天，我把博物馆中剩下的邪恶陈列品深埋于地下后，一把火焚毁了宅子，之后便带着这枚翡翠护身符出发去了伦敦。但仅仅只过了三个晚上，我便又听到了猎犬的吠声。还不到一星期，我便察觉到有一双诡异的眼睛总在夜晚盯着我。一天晚上，我在维多利亚河堤上散步，想呼吸呼吸新鲜空气，但很快我便看到一个黑色的影子遮住了水中路灯的倒影。接着一阵强风从我身边席卷而过，我明白，我将会面临和圣约翰一样的可怕命运。

第二天，我把翡翠护身符小心翼翼地包好，然后启程去了荷兰。尽管我不确定，把这样东西归还给它沉睡的主人会有什么后果，会不会让我就此摆脱这个厄运，但至少去尝试一下，因为这是我能想到的最符合逻辑的方式了。但那只猎犬到底是什么，它为什么一直追随着我，则不得而知了。我们第一次听到它的吠声是在那个荷兰墓园中，接着发生的每一件事，包括圣约翰临死前的低语，都表明这是那枚护身符所带来的诅咒。因此，当我在鹿特丹的一家旅馆中发现，小偷将这枚我唯一能获救的希望偷走时，我整个人陷入了绝望的深渊。

当晚，犬吠声异常清晰响亮，第二日早上，我从报纸上得知，在这个城市最贫穷的地区，发生了一起神秘的凶杀案。住在那里的暴民们都吓坏了，因为这起案件仿佛是血腥死神降临在那座房屋中一般，其罪恶程度超过这个区域中所发生过的最恶劣的罪行。在其中一个脏乱的贼窝中，一家人都被一种不知名的东西撕成了碎片，最让人诧异的是，它并没有留下任何痕迹。周围的居民都说，那晚有一种接连不断的、微弱低沉的吠声萦绕在周围，似乎来自一只巨大的猎犬，甚至压过了往常最吵闹的醉汉的声音。

但最后我还是再次站在了那个腐朽的教堂墓地上，冬天苍白的月光在地上投下可怕的阴影，光秃秃的树木阴郁地低垂着，枝条奋拉在结了霜的枯草地和断裂的石板上。夜风从冰冻的沼泽和寒冷的海上咆哮着席卷而过，长满常春藤的教堂依然矗立在那里，就像是一根手指直指着阴暗的天空。吠声此时已经十分微弱了，并在我靠近那个曾经被我亵渎过的古墓时完全停了下来，原本盘旋在古墓周遭的一大群蝙蝠也受到惊吓一般纷纷散去。

我不知道自己为什么还要到那里去，只是不住地祈祷着，嘴里喃喃自语着，向里面长眠着的白森森的骸骨疯狂恳求和道歉。但无论是为了什么，我半是绝望半是受到某种奇怪的意志控制一般，开始疯狂地挖掘那些已经被冻得僵硬的草皮。挖掘的过程比我想象中要顺利得多，除了其间有一只秃鹫倾斜着冲破寒冷的空气，落在地上疯狂地啄着墓穴周遭的土壤，让我无法继续手里的工作，我不得不用铁锹打死了它。终于，我再次挖出了那个腐朽的长方形棺木，并掀开了它那潮湿的被硝石土包裹的棺盖。这也是我做出的最后一件还保有理智的事。

在这个古老的棺木中，蜷缩着那具被我和圣约翰掠夺过的骸骨，它被一群巨大、强壮、沉睡着的蝙蝠簇拥着，不再是当时我们看到的那般光洁和平静，而是遍布凝结的血液，被血肉和毛发附着着。带着磷光的眼窝仿佛感知到我的到来一样斜睨着我，扭曲的嘴巴中露出带血的尖牙，似乎是在嘲笑我这场注定躲不掉的厄运。就在此时，一阵低沉的、讽刺的，来自某种巨型猎犬的吠声传来，紧接着我看到在它血淋淋的肮脏爪子上拿着的，正是那块被我丢失的致命护身符。我尖叫着，疯了一般地逃走了，但很快，我的叫声变成了一阵阵歇斯底里的笑声。

疯狂乘着星与风，古老尸体的尖牙和利爪重新变得锋利，魔鬼[1]神庙的黑色废墟上，狂欢的蝙蝠盘旋徘徊，死亡与鲜血凌驾于夜空……现在，那具将死未死、血肉无存的可怕怪物的叫声越发响亮，它那对诡异蹼翅发出的拍击声越来越近。面对这无以名状的恐惧，唯有我手中这把左轮手枪能使我获得永久的遗忘和解脱。

---

[1] 原文是 Belial，意为魔鬼，在《新约全书》中是魔鬼撒旦的别名。

不可名状
The Unnamable

————————

作品最初于1925年发表在《诡丽幻谭》7月刊。

　　作品写于1923年9月。这是洛夫克拉夫特创作的第一个将背景设定在阿卡姆的故事，也是他创作的第一个与兰道夫·卡特有关的故事。本文通过小说的形式，晦涩地回应了那些不相信克苏鲁神话的人：世界上一定存在着不可名状之物。也可视作洛夫克拉夫特对自己创作风格的一种调侃。

一个秋日的傍晚，我们坐在阿卡姆老墓园中的一座17世纪的荒废坟墓上，开始思索那些不可名状的事物。我望着墓园中央那棵巨大的柳树，它粗壮的树干几乎将一个碑铭早已模糊不清的坟墓吞没。我突发奇想，它埋在这片遍地尸骸的古老土地下的巨大根须，一定吸取了那些阴森恐怖、不可明说的养分。但我的朋友随即反驳我说，这里已经将近一个世纪没有人下葬了，除了普通的养料之外，没有什么东西可以滋养这棵柳树了。接着，他又表示，我总是在谈一些"不可名状"或"不可明说"的事情，这其实十分幼稚，不过倒是与我在作家圈子里低下的地位十分相称。我偏爱在故事的结尾用一些声音或是场景，将故事中的英雄吓得无力起身，让他们无法鼓起勇气用语言或是想象去描述所经历的事情。他说，我们只能通过五感或是宗教直觉来了解事物，因此，不可能去谈论那些无法用准确的定义或是正确的神学教义，尤其是公理会[1]的信条、修正过后的传统理念，以及阿瑟·柯南·道尔[2]爵士补充的内容来清晰描绘事物或是景象。

　　我总是懒得和这位朋友——乔尔·曼顿争辩。他是东部高中的校长，出生成长于波士顿，和所有的新英格兰人一样，他对生活中出现的那些微妙的弦外之音视而不见，并因此自鸣得意。他笃定只有那些客观的、正常的经历才具有美学意义，艺术家们不该只偏爱用行为、狂喜和惊奇去激发强烈的情感，而是通过准确翔实地描摹日常事物来保持平和

---

　　[1]　信奉基督新教公理宗的传教组织，起源于16世纪的英国及清教徒。

　　[2]　阿瑟·柯南·道尔晚年信奉唯灵论，并以此为主题写了好几部小说。

的兴趣和对美的鉴赏。他尤其反对我全身心地去研究那些神秘的、无法解释的事物，尽管他比我更相信超自然现象和事物的存在，但却不愿承认它们在文学创作中已经是司空见惯了。对于他那清晰、务实又极具逻辑性的思维来说，从每日单调的生活中抽离出来，在习惯和厌倦了实际存在的那些陈旧模式之后，抛却习惯和常规，将图像进行创造性而又戏剧化的重组，并从中获得无比的乐趣，简直是件不可思议的事。在他看来，一切事物和情感都有固定的范畴、性质和因果。尽管他隐隐察觉，人们内心有时也会抓取到某些没有几何形状、无法分类、毫无用处的事物，但他相信自己有理由画下一道分界线，将那些普通人们无法理解和经历的事物排除在外。此外，他坚信没有什么东西是真正"不可名状"的，对他来说，这听上去有些不明智。

尽管我明白，和一个一直生活在阳光下，且安于现状的传统人士进行这些充满想象力的、超自然的争论是毫无意义的，但今天下午的谈话中有什么东西触动了我，让我比平时有了更大的辩论热情。那些腐朽坍塌的石碑板块，那些年代久远到令人生畏的树木，那些古老城镇中时常有女巫出没的古旧屋顶，全都成了鼓励我的精神寄托，促使我更专注于捍卫自己的工作，而我马上就要把自己的旗帜插到对方的领地了。其实，想要反击并不难，因为我知道乔尔·曼顿实际上对那些老妇人嘴里的迷信说法，以及那些早就被久经世故的人摒弃的观念持半信半疑的态度。他相信那些远方的弥留的人会忽然出现，相信已故的人会在那些曾经映照过他一生的窗户上留下属于自己的印记。于是我强调，这些乡下老祖母们口中的传说是可信的，这世上的确存在某些与自己所对应的物质分开的，像是幽灵一般的东西。这个观念使我们相信这世上存在一些超越所有正常概念的现象，因为如果一个死人可以将自己清晰的，甚至可触碰的形象传送到半个地球开外，或是将这些形象保存几个世纪之久，那么认为荒废宅邸里也存在诡异且有自我意识的事物，或是古老墓地里挤满了世代留存下来的，虽然没有形体但有意识的事物，又怎么能算得上是荒谬可笑呢？并且，既然灵魂可以打破物质法则的限制，而让自己现身，那么去想象那些死去的事物活着的模样，也许它们根本没有形状，又怎么能说是夸大其词呢？这对于在旁观察的人类来说，就是一种彻头彻尾的、令人毛骨悚然的不可名状。我不无热情地向朋友保证，那些所谓描述此类现象的常识，都只不过是缺乏想象力和思维灵活性的愚蠢行为。

　　暮色将至，但我们谁也不愿停止讨论。可曼顿似乎对我的观点无动于衷，同时也对自己的观点深信不疑，并急于反驳我的观点，这无疑也是他成为一名优秀教师的原因之一。而我对自己的想法同样充满自信，且不愿被人击败，因此也继续不断还击。夜色降临，远处的窗户开始透出若隐若现的星星点点的灯光，但我们依旧没有起身。我们在坟墓上寻到的座位十分舒适，我知道我这位无趣的朋友一定不会介意，在我们身后不远处的古旧砖墙上，由于根基松动而出现的洞穴般的裂缝，以及那座位于我们和最近的一条有光的道路之间的，早已荒废欲坠的17世纪老宅中的浓厚的黑暗。于是，在黑暗中，在那座荒废古宅旁边的坍塌坟墓上，我们继续谈论着不可名状之物。在朋友结束了对我的嘲讽之后，我讲述了那个被他嘲笑最甚的作品背后隐藏的可怕证据。

　　我那个故事名叫《阁楼的窗户》，发表在1922年1月的《耳语》杂志上。在很多地方，尤其是南部和太平洋地区，由于那些懦弱胆小的人的抱怨，书商们甚至将杂志从摊位上撤了下来。但是在英格兰，却没有引起强烈的反响，人们只会对我夸张的描述耸耸肩。有人断言，从生物学的角度来说，这种事根本不可能发生；只不过是又一个疯狂的乡间传说而已。容易受骗的科顿·马瑟[1]也曾误将类似的故事写进他那本内容混乱的《基督在美洲的业绩》中，但这些传说往往缺少证据，因此他没敢把这件恐怖事件发生的具体地点写进去。而我将这些零散的古老神秘故事再度发挥创作时，所使用的手法也让人无法接受，完全就是出自一个轻浮的、信口胡来的糟糕作家之手。马瑟的确提到过那个东西的诞生，但除了一些哗众取宠的人之外，没有人相信那个东西后来竟然长大了，它的精神与肉体俱存，并且在每个夜晚都躲在窗户后面，窥视着房间里的

---

[1]　1678年毕业于哈佛学院，一生主要从事布道工作，做了不少学术研究，发表了许多论著，涉及历史、传记、自然和哲学等，《基督在美洲的业绩》是他历史方面最重要的著作。

人，或是躲在某座房子的阁楼里。直到几个世纪后，有人透过窗子看到了它的模样，结果却因为无法用语言来描述它的模样，惊惧得头发都白了。所有这一切故事都是彻头彻尾的垃圾，就连我的朋友曼顿也毫不犹豫地这样认为。然后我告诉他，我在一堆家族文件中，发现了一本写于1706年到1723年的古旧日记，日记所在的地方就距离我们现在坐着的地方不到一英里。我的祖先中，的确有一位的胸部和背部上有日记中所描述的伤疤。我还告诉他其他人对那个地区的恐惧，以及对于这种恐惧世代相传的传说：1793年，曾经有一个男孩进入一座废弃的房子，想要查看某些可能存在的痕迹，结果却莫名其妙地发疯了。

这件事情太过于诡异，以至于一些敏感的学生们在谈及清教徒时代的马萨诸塞州时，总会不寒而栗。人们对表象之下的暗涌知之甚少，但那些隐藏的可怕烂疮依然时不时在某些恐怖片段中冒着腐烂的气泡，翻滚至表面。对巫术的恐惧就像是一道光线，将人们脑中被压抑的、不断翻腾的思绪照亮，但这也只不过是小事一桩。那时没有美的概念，我们也无法从建筑和家族遗物，以及狭隘的恶毒布道中看到自由。但是，在这件生锈的铁制束身衣中，却潜伏着许多胡言乱语的恐怖、堕落和扭曲的恶魔崇拜，这可谓是不可名状的典范了。

科顿·马瑟所著的第六卷书并不适于在入夜后阅读，在这本恶魔般的书中，他直截了当地进行了公然诅咒。他宛如一个严厉的犹太人先知，但语气又简洁镇定得无人可及，他讲述了那头野兽的出现——那个只有一只浑浊不清的眼睛，比起人更像是野兽的东西。而那些总是高声尖叫的醉鬼们如果也有一只这样的眼睛，肯定会被人们绞死。他讲述了这么多，却没有写后来发生了什么，甚至连暗示也没有。也许他并不知道，也许他知道但不敢记录下来。有的人知道，但没有人敢公之于众。人们经常低声谈论某座房子里通往阁楼的楼梯被锁了起来，那座房子属于一个破产且没有后嗣、深陷痛苦的老人。他曾给一座众人唯恐避之不及的坟墓立了一块空白的石板碑。没有任何公开的证据显示人们为何要谈论这些，或许有人追根溯源，能找出足够的传说，但所得到的真相足够让胆小的人浑身血液凝固。

这一切都被我发现的那本祖上流传下来的古旧日记记录了下来：

那些关于出现在窗边，或是出现在树林附近的荒芜草地上的长着一只浑浊眼睛的怪物的悄声谈论的闲言碎语，还有那些诡异含糊的传说。我的祖先曾在一条黑暗的山谷小路上被这个东西袭击过，那东西在他的胸前留下犄角冲撞的痕迹，在他的后背留下了像是猿类的爪子抓挠的伤痕；当人们在被那东西踩踏过的泥土上找寻痕迹时，发现了一些像是裂蹄印和类人猿爪印混杂的痕迹。曾经有一个驿传者说，他在黎明前稀薄的月光下，看到一个老人在草甸山追逐呼喊着一个可怕的大步行进的无名之物，许多人都相信了他的说辞。1710年的一个晚上，那个没有子嗣的破产老人被埋在了自己那座宅子的后面，就挨着那块空白的墓碑。于是，一些奇怪的传言也跟着流传起来。没有人曾打开过那扇通往阁楼的上锁的门，而是将整座房子保持原样，人们太过于恐惧，干脆将这座宅子废置了。当屋内有声音传出来时，人们便开始瑟瑟发抖地谈论起来，并祈祷阁楼那扇上锁的门足够结实。随后，牧师的住宅里发生了一件极其恐怖的事，没有人生还，甚至没有留下一具完整的尸体，于是人们放弃了希望。随着时间的不断流逝，这些传说渐渐变得诡异起来，甚至掺杂了鬼怪的色彩。但我觉得，那个东西如果是个活物的话，现在肯定已经死了。但这段往事却依旧萦绕不散，令人恐惧，它是那么隐秘，以至于更加让人觉得毛骨悚然。

在我讲述这些故事的时候，我的朋友曼顿逐渐沉默起来，我想应当是这些故事触动了他。当我停下来时，他并没有笑我，而是相当严肃地问起那个在1793年发疯的男孩的事，那个男孩可能是我小说中主人公的原型。我向他讲述了那个孩子为什么会到那座早已荒废且无人问津的房屋去，因为他相信窗玻璃上会残留一些不为人所轻易察觉的影像，映射了那些曾经坐在窗边的人们。那个男孩走上了那座可怕的阁楼，想透过窗户看一看里面，因为传说有人曾看见过窗户后面有东西，但最后他疯了一般尖叫着从里面跑了出来。

在我讲述的过程中，曼顿依旧保持着沉思，但逐渐恢复了先前那副仔细分析的状态。为了继续和我讨论，他十分勉强地承认世界上的确存在非同寻常的怪物，但他也提醒我，在自然界中，即使是最病态扭曲的事物也不是"不可名状"的，没有什么东西是不能通过科学方式描述的。我十分钦佩他清晰的思维和坚持，随后又补充了一些我从一些岁数已高的老人那里收集来的更深入的信息。我坦白地告诉他，那些后来流传的关于鬼的传说，其实与一些比任何生物都要可怕的怪物有关。它们有着巨大的如野兽一般的形体，有时肉眼可见，有时却只能通过触摸来得知它们的存在。它们在没有月亮的夜晚飘荡着，出没在那座老房子里。老房子后面的地窖中，以及那片在房子附近，有着无字墓碑和新生树苗的墓园。无论这些幽灵是否像那些坊间传说一样，曾经顶撞或是扼死过任何人，它们都留下了强烈而持久的影像。尽管最近的两代人已经差不多遗忘了与之相关的大部分事，或许是因为没有什么人再刻意思考这些事了，但一些年纪非常大的当地人依然对此怀有隐隐的恐惧感。就美学理论而言，如果人类的思维所反映出的是怪诞扭曲的事物，那么应该怎么用清晰的语言来描述这种来自恶毒和扭曲混乱，如同邪恶云雾一般的幽灵呢？这本身就是对自然的一种病态的亵渎。或者说，假如一个已经死去的，噩梦般的杂生怪物的大脑投射出它的灵魂，那么这种云雾般的恐怖不正是完美的、令人尖叫的不可名状之物吗？

时间已经很晚了。一只悄然无声的蝙蝠从我身边擦过，我相信它也碰到了曼顿，虽然我看不见，但能感觉到他抬了抬手臂。这时，他开口说道：

"可是，那座有着阁楼窗户的房子迄今依然存在，并且荒废着吗？"

"是的，"我回答，"我见过那座房子。"

"你在那里有没有找到什么东西？阁楼里或是别的什么地方。"

"屋檐下有些骸骨。那个男孩可能看到的就是这些，如果他足够敏感的话，仅凭这些就可以把他吓疯，根本不需要玻璃窗上残留的影像。如果那些骸骨是来自同一个东西，那么它一定是一个令人歇斯底里、精神错乱的怪物。把这样的骸骨留在那里，是对上帝的一种亵渎，所以我拿了一个袋子返回去，将它们装起来埋在了房子后面的坟墓里。那里有一个洞口，我直接把它们扔了进去。别觉得我是个傻子，你真应该亲眼看看那个头骨，它长着四英寸的角，却有一张和你我一样的脸。"

曼顿此时已经靠得很近了，我能感到他确确实实打了个哆嗦，但他的好奇心却丝毫未减。

"那些窗玻璃呢？"

"全都不见了。有一扇窗户连同整个窗框都不见了，就连一些窗户上菱形小框中的玻璃都不见了。那些窗框都是1700年之前的样式，我认为它们已经在一百多年甚至更久之前就没有玻璃了，不知道是不是那个男孩打碎了它们，如果他真的能坚持到那时候的话，传说里也没提到过这件事。"

曼顿再次陷入了沉思。

"卡特，我想去看看那座房子。它现在在哪里？无论有没有玻璃，我都想去亲眼看看。还有你埋下骸骨的那个坟墓，以及那座没有刻碑文的坟墓。这件事肯定有点恐怖。"

"你之前确实看到过它，就在天黑之前。"

我朋友的反应比我想象中的还要紧张，在一系列无害的戏剧化的讲述之后，他神经质地躲开了我。实际上，他发出了一阵古怪的喘息声，将先前的压抑之情释放出些许，但更可怕的是，他的喘息声得到了回应。因为当他的喘息声在夜空回响的时候，我听到从一旁漆黑的地方传来一阵吱吱嘎嘎的声音，接着便察觉到是那座被诅咒的老房子上的一扇窗被打开了。因为其他窗框早就脱落了，因此我很快便意识到是阁楼上那扇玻璃早已破碎脱落的窗框。

接着，一股阴冷恶臭的气体从那个可怕的方向袭来，紧接着是一阵刺耳的尖叫声，从离我不远处的埋葬着人和动物的可怕坟墓中传了出来。下一秒，我被一个形状不明的庞然大物从坐着的可怕位置上撞了下来，摔在了这可恶墓地中盘根错节的泥土上。与此同时，坟墓里传来一阵令人窒息的喘息声和呼啸的风声，我不由得想象着弥尔顿笔下那些被诅咒的畸形的魂灵大军就居住在这样没有光线的阴暗之处。一阵冰冷刺骨的寒风席卷而过，周遭松动的石砖和灰泥开始吱嘎作响，我还没来得及弄明白是怎么回事，就幸运地昏迷了过去。

尽管曼顿比我年轻一些，但显然适应力比我更强，虽然伤得更重，但我们几乎是同时醒了过来。我们并排躺在病床上，不久便得知自己正躺在圣玛丽医院里。工作人员带着好奇心围拢过来，告诉我们是如何被送进来的，希望可以帮助我们恢复记忆。我们也从他们口中得知了事情的经过，一个农夫在中午的时候，发现我们躺在草甸山后面一个偏僻的田地里，那里距离古老的墓园约有一英里的距离，据说过去曾是一个屠宰场。曼顿的胸口有两道严重的伤口，背部有几处不太严重的割伤或抓伤。我的伤没有那么严重，但浑身都布满了奇怪的伤痕，有些像是鞭子抽打的痕迹，有些是被冲撞过的挫伤，甚至还有一个裂开的蹄印。显然，曼顿知道的要比我多，但他没有告诉那些疑惑而好奇的医生们一字半句，而是先问清楚了我们受伤的来龙去脉。之后，他表示我们是被一头凶猛的公牛撞伤的，尽管他怎么也描述不出那头公牛的具体模样和位置。

待那些医生和护士们离开后，我怀着敬畏之心低声问道：

"天哪，曼顿，究竟是什么东西把你伤成这样？"

他耳语般说出了那个我隐隐想到的东西时，我整个人一阵头晕目眩，甚至没有力气为此雀跃——

"不、完全不是那样的……它简直到处都是，像是一团胶质，又像是一团黏液……它有不止一种形状，大约有上千种……那太过于恐怖了，我根本无法记住……我还看到了它的眼睛和一块污渍。它是地狱、是大旋涡、是最令人憎恶的东西。卡特，它是不可名状的！"

异界之色
The Colour out of Space

————————

作品最初于1927年9月发表在《惊奇故事》第6期第2卷。

作品写于1927年3月。许多评论家都在猜测查尔斯·福特对本文的影响，因为他的作品提及了许多陨星和相似源头的外星生物入侵情节，可洛夫克拉夫特是直到3月底才开始阅读福特的《诅咒之书》。美国著名评论家埃德蒙·威尔逊通常不看好洛夫克拉夫特的作品，但这次发现书中所描述的原子辐射对生物影响的情节极具价值。本作品是洛夫克拉夫特最具有独创性的代表作之一，既阐释了他"最古老最强烈的恐惧来源于未知"的著名观点，又以完全超出人类理解范围的奇异生物抓住了恐怖文学的根本。

在阿卡姆的西边，群山起伏，山谷中生长着从未有人涉足过的茂密森林。山谷狭窄而黑暗，树木都诡异地倾斜着，窄细的溪流涓涓流过，却从未得到过阳光的照拂。平缓的山坡上，坐落着古老的破旧农场。在大型岩脊的背风处，有一些被苔藓覆盖的低矮房屋，古老的新英格兰的秘密永久地潜伏其中。不过现在这里早已空无一人，宽大的烟囱摇摇欲坠，贴着木瓦的一侧危险地悬在低矮倾斜的屋檐外。

原先的居民早已离开了，外来人也不会长居于此。法裔加拿大人曾试着在此居住，意大利人也曾尝试过，波兰人来了，很快又离开了。究其原因，并不是因为某些可以看到、听到或可以处理的事物，而是因为一些想象中的东西。这个地方总会给人带来不甚美好的联想，让人整晚都睡不安稳。这也正是让外来者敬而远之的原因，毕竟老安米·皮尔斯从未告诉过他们发生在过去那些奇怪日子里的事。头脑有些不大正常的安米是这些年唯一一个留下来的人，或者说，是唯一一个提及那些奇怪日子的人。他之所以敢这么做，是因为他就住在一大片旷野和环绕阿卡姆的公路旁边。

曾经有一条公路穿过山谷，一直延伸到现在荒凉的石楠丛。但人们现在已经不再使用它，而是新修了一条蜿蜒至遥远的南方的路。在原野上的杂草丛中，依然可以找到旧路的痕迹，即使有多于一半的部分凹陷下去，积满雨水成为蓄水池，但仍有部分痕迹被保存下来。不久之后，这片黑暗的森林将会被砍伐殆尽，枯萎的石楠丛被水淹没，蔚蓝的水面倒映着天空，在阳光下泛着涟漪。那些神秘的奇怪时光将会成为最深奥的传说之一，和古老神秘的海洋，以及原始地球上所有的奥秘一起被埋藏在水底。

当我进入这片山丘和谷地去勘测新的水库时，人们纷纷告诉我这是一块邪恶之地。在阿卡姆时，他们便这样告诉过我，那是一个十分古老的小镇，到处充斥着女巫的传说。在我看来，所谓的邪恶一定指的是几个世纪以来，祖母们在孩子们耳边低声讲述的故事。"被诅咒的荒野"对于我来说是个相当奇怪和夸张的名字，我甚至猜不到它是如何进入清教徒的民间传说中的。但当我亲眼看到西边那片错综复杂的黑暗峡谷和山坡时，除了那些古老神秘的传说外，我不再对此有任何怀疑。我到达这片荒野时正值早晨，但阴影却一直潜伏在那里。这些树木太过于茂密了，无论对于哪种英格兰木料来说，它们的树干都太过于庞大了。被树木覆盖的昏暗山谷静得出奇，地上遍布潮湿的苔藓和成年累月的腐烂物，踩上去软绵绵的。

在开阔的地方，尤其是那条老路附近的山坡上，分布着一些小农场。有的农场中，建筑物依然矗立在那里，有的地方只剩下一两座建筑，有的则只剩下一个孤零零的烟囱或是快要被埋没的地下室。到处都是杂草和荆棘，矮树丛中时不时传出鬼祟的野兽发出的沙沙声。一切都笼罩在不安和压抑的阴影下，让人有一种不真实和怪诞感，仿佛透视和明暗对比中的某些重要元素消失了。我不再好奇为什么外来者不愿长居于此，显然这并不是个可以让人安然入睡的好地方。这里的景色和萨尔瓦多·罗萨[1]笔下的风景画太像了，和恐怖故事中被封禁的木刻画太像了。

即便如此，这里也远远好于那片被诅咒的荒野。当我偶然间来到一个宽阔的山谷底部时，我看到了这片荒野，而我终于理解了这古怪的名字，因为没有别的名字更能形容这里，也没有第二个地方能配得上这个名字。这仿佛是诗人亲眼看到这块特殊的区域后，特意创造的名字。我一边注视着眼前的一切，一边想着，这一定是一场大火肆虐后的结果。五英亩[2]的荒野灰蒙蒙的，在天空下延伸至远处，仿佛是被酸性物质腐

---

［1］ 萨尔瓦多·罗萨（1615—1673），17世纪意大利巴洛克最狂野的创新派画家。

［2］ 1 英亩 =4046.86 平方米。

蚀掉的树林和田野的一块秃斑。可奇怪的是，这里为什么没有新的东西生长出来呢？它大部分区域位于古道路的北面，但也有一小部分延伸到了南面。我从心底滋生了一种抗拒的情绪，不愿靠近这个区域，但最终因为工作的需要，我还是穿越了这片荒野。这片荒野上没有任何植物生长，只覆盖着一层细微的粉尘和灰尘，似乎从未有风吹散过它们。荒野周遭的树都呈现出一种病态、发育不良的状态，许多枯死的树木或立或腐烂在地里。当我匆匆穿过这片荒野时，我看到右边散落在地上的旧烟囱砖块和一个古老的地窖，还有一口巨大幽深的废弃水井，从井中飘散出的浑浊的蒸汽和太阳光线诡异地互动着。相比之下，远处那漫无边际的黑暗林地显然更让人容易接受，我也不再对阿卡姆人那些恐怖的传说感到惊奇。这附近既没有房屋，也没有任何建筑废墟，即使在过去，这也一定是个荒凉偏废的地方。黄昏降临时，我不敢再从那个不祥的地方穿过，而是沿着南边那条迂回曲折的小路回到了镇上。我隐隐希望天空中能够聚集起一些云朵，因为对于上方空洞深邃的天空的恐惧似乎已经渗入我的骨髓。

晚上，我向阿卡姆的老人们打听关于那块荒野的事，以及许多人口口相传的"诡异的日子"究竟是什么。然而，我最终只得知这些古怪的事情发生的时间并不遥远，但除此之外，一无所获。这并不是一个古老的传说，而是讲述这些事情的人亲身经历过的事情。这件事发生在19世纪80年代，当时有一家人失踪或是遇害了。讲述者并没有说得十分精确，并且他们都告诉我不要相信老安米·皮尔斯所讲的那些疯狂的故事。在得知他所独居的古老旧屋周围的树木是最先开始茂盛起来之后，我第二天早上便去拜访了他。那是一个古老得令人有些惧怕的地方，散发着久经岁月的老房子所特有的一种微弱的古怪气味。我接连不断地敲了很久的门，这位老人才察觉到，他拖着有些迟疑的步子走向门口，我意识到他内心并不想见我。他并不像我想象中的那样虚弱，但眼睛却诡异地低垂着，脏乱的衣服和花白的胡子让他看上去十分疲惫和消沉。我不知道如何才能让他开口讲述那些故事，只得以工作为借口，告诉他我所做的一系列调查事项，并隐晦地问了一些关于这个地区的问题。他比我预想中的要机智和博学得多，不知不觉中，他已经像我交谈过的其他阿卡姆人一样，完全理解了我所说的东西。他和我在即将建造的水库附近认识的那些乡下人不同，对他来说，似乎清除掉几英里的古老森林和农田并没有什么不妥，不过，如果不是因为他的房子位于水库规划的范围之外的话，也许他也会抗议和抱怨。他在这个古老黑暗的峡谷里生活了一辈子，如今这里面临即将被毁灭的厄运，他所表现出的也仅仅只有宽慰和如释重负。它们最好的归宿就是沉于水底，最好是在那些诡异的日子里就沉于水底。说完，他沙哑的声音变得更加低沉了，身子也向前倾了过去，右手的食指颤抖着指点着，那副模样令人难以忘记。

　　也就是在那个时候，我听到了这个故事，他零乱的声音断断续续地讲着，时而尖锐，时而低语，尽管在夏天，但我还是忍不住一次又一次地打起冷战。在他杂乱无章的讲述中，我不得不经常打断他，把他拉回到话题中，他还时常穿插一些科学的观点，大概是仅凭对学者教授们的谈话所残留的记忆得来的，或者是在逻辑和连贯性出现状况时，在这些空缺断层间补充一些东西来连接它们。当他讲完之后，我不再怀疑为何人们纷纷说他头脑有些不正常，也不再好奇为何阿卡姆的人们不愿多谈关于那片荒野的原因了。我赶在太阳落山之前回到了旅馆，因为我一点都不想顶着满天的星辰在外面行走。第二天，我便回到波士顿，辞去了工作。我无法再走入那片黑暗混乱的古老森林和山坡，也无法再次面对那片灰蒙蒙的枯萎荒野了，还有位于散乱的石头砖块废墟旁边的那口幽深黑暗的水井。水库很快就会修建起来，这里一切古老的秘密都会随之永远被安全地淹没在水底。即便如此，我也不愿再在夜晚的时候拜访那个村庄，至少不会在星辰漫天的时候过来。并且，我无论如何也不会饮用来自阿卡姆这座新城的水。

　　老安米说，一切要从那块陨石的坠落开始说起。在此之前，除了女巫审判之外，再也没有别的疯狂的传说。这片位于西部的森林的可怕程度甚至还不及密斯卡托尼克[1]地区的一个小岛的一半，魔鬼曾在那里的一

---

[1]　指克苏鲁神话体系中专门研究非正常事物的密斯卡托尼克大学，位于阿卡姆镇。

个古怪的、比印第安人的历史还要古老的石头祭坛旁进行女巫的审判。这片森林中从没有鬼魂出没，黄昏时分的情景虽然奇异但并不可怕，直到那些诡异的日子来临。某天中午，天空中忽然出现了一朵白色的云，接着从空中传来一连串的爆炸声，然后便从森林深处的山谷中升起一股烟柱。到了晚上，阿卡姆的所有居民都听说有一块巨大的石头从天上掉了下来，就陷在内厄姆·加德纳院子中水井旁边的地里。那栋整洁的、位于肥沃的花园和果园中的白色房子，就是后来被诅咒的荒野的所在地。

内厄姆来到镇上，把石头的事情告诉了镇上的村民们，在路上还顺便拜访了安米·皮尔斯。安米那时候只有四十岁，对所有诡异离奇的事都记得极为清楚。第二天一早，内厄姆和他的妻子便陪同密斯卡托尼克大学的三位教授，一起去看了那块来自未知宇宙的奇怪访客。令人惊讶的是，内厄姆表示这块石头没有前一天大了。它缩小了，内厄姆指着裂开的地面上那个棕色的大土堆，以及前院中那口古井旁边被烧焦的草地说。但教授表示石头是不会缩小的。石头的热度并没有消退，内厄姆还说，这块石头在夜间会发出微弱的光。教授们用地质专用的锤子敲了敲，发现它出奇地柔软。事实上，它几乎和塑料一样柔软，于是教授们选择凿下一小块，带回学院进行测试。他们从内厄姆的厨房找来一只旧桶把样本装了起来，因为即使只是一小块，它的热度丝毫没有降低。在回去的路上，他们在安米家稍作歇息，皮尔斯夫人发现那块样本碎片越来越小，甚至把桶底烧坏了。但那块样本本身就不大，也许他们在采集的时候就比原先设想的要小。

第二天，当然，所有这一切都发生在1892年6月份，那几位教授再度兴奋地来到了这里。路过安米家时，他们告诉了安米发生在那件样本上的怪事。他们把它放在一个玻璃烧杯中，但随后那块石头连同烧杯一起消失了。教授们谈论着这种奇怪的石头与硅之间的亲和度。在一切都合乎规律、井然有序的实验室内，这块样本所发生的变化令人难以置信。把它放在木炭上加热时，没有出现任何反应，也没有释放出任何气体；把它放在硼砂珠中，又呈现出百分之百的阴性；随后他们又证明了它在任何温度下都不会挥发，包括在氢氧吹管也是如此。在铁砧上，它又表现出极强的可塑性，在黑暗中会发出相当明显的光。在整个过程中，它的温度都没有丝毫冷却，很快，整个学院都为之兴奋起来。当把它加热后放在分光镜下，它呈现出许多不同于任何正常的已知光谱上的颜色，大家兴奋地谈论着这些刚被发现的新元素和奇特的光学特征，以及科学家们面对未知事物感到困惑时经常谈及的那些话题。

尽管它本身的温度就很高，但他们还是将它放在坩埚中，用各种试剂进行了测试。水和盐酸都对它不起任何作用，甚至将硝酸和王水与它混合，也只是在嘶嘶作响中飞溅出一些液体，但丝毫没有对它造成任何损伤。安米对于这些专业事物的回忆显得有些吃力，但是当我提及一些常见溶剂的使用顺序时，他最终还是想起来了。他们使用了氨水、烧碱、酒精、乙醚，令人作呕的二硫化碳和其他十几种试剂。然而，随着时间的流逝，尽管石头的重量在缓慢减少，温度似乎也有所降低，但各种溶剂仍无法和它产生反应，也无法将它攻克。毫无疑问，这是一种金属物质。首先，它具有磁性。用酸性溶剂浸泡过后，这块陨石铁的表面上似乎出现了魏德曼花纹[1]的模糊痕迹。在将它冷却到一定程度之后，便将后续的步骤转移到玻璃烧杯中继续进行。在实验过程中，他们把所有由原始样本制成的碎片都集中在一个玻璃烧杯里。第二天早上，碎片和烧杯消失了，只在原先摆放它们的木架上留下一块被烧焦的痕迹。

这些都是教授们路过安米家时告诉他的，于是他再次和那些教授们一起去看了那块天外来客，但这次，妻子并没有陪他一起去。那块石头确确实实地缩小了，就连一向博学的教授们也无法否认这一事实。水井边那块逐渐缩小的石块周围的褐色区域，除了塌陷的地方，都变得空荡荡的。前一天还有足足七英尺宽，现在只有不到五英尺了。石头热量不减，教授们好奇地观察着它的表面，并用锤子和凿子取了更大的一块样本。这一次他们凿得很深，当他们凿下一小块石头时，发现这块陨石的核心部分和其他部分并不是同一种物质。

---

[1] 也称为汤姆森结构，是八面体陨铁的铁陨石和一些橄榄陨铁中发现的独特的长镍－铁结晶，包括一些交织的锥纹石和镍纹石形成的带状物。

他们发现，似乎在石块的中心，镶嵌着一个巨大的彩色球体。球体的颜色就像是某些奇特的流星光谱中的色带一般，根本无法用语言来描述，只能通过类比才能称其为颜色。球体的质地十分光滑，轻轻敲击时显得很脆，里面似乎是空心的。一个教授用锤子狠狠砸了一下，球发出砰的一声，接着便爆裂开来。里面并没有喷出什么物质，并且整个球体在碎裂之后也消失得无影无踪。那里留下一个直径大约为三英寸的球形空间，大家本以为，随着外面石块的减少，很可能还有其他的球体出现。

但这个猜想显然落空了，他们试图用各种钻探的方法找寻更多的球体，但最终一无所获。于是，教授们带着新获取的样本离开了，这些样本和先前的样本一样令人疑惑不解：可塑、散发热量、有磁性、会发出微弱的光、在强酸溶剂中稍稍冷却、具有未知的光谱、在空气中会逐渐消减、和含硅的化合物会发生作用并最终一起消失，除此之外，它没有任何其他已知物质的特征。实验的最后，大学中的科学家们不得不承认，他们无法确定这块陨石的特质。只知道这不是地球上的物质，而是来自外太空的一块碎片。它具有外太空特有的属性，并且遵从外太空的规律。

当晚下了一场大雷雨，第二天，当教授们再度赶到内厄姆家中时，眼前的景象令他们十分失望。这块石头本身具有磁性，加上内厄姆说它一直在吸收闪电，因此它一定具有某种特殊的导电性。一个小时内，闪电六次击中了前院的犁沟，然而当雷雨结束后，那口古井周遭只剩下一个坑坑洼洼的坑，塌陷的泥土几乎将它的一半都掩埋上了。在经过一系列毫无结果的挖掘之后，科学家们证实这块石头彻底消失了。整个探究过程宣告失败，科学家们只好回到实验室继续对保存在铅制容器中正在缓慢消失的碎片进行研究。那些碎片只存在了一周的时间，然而直到它们消失，科学家们也没有任何有价值的发现。它们消失之后，并未留下一丁点残余的痕迹。以至于教授们甚至开始怀疑自己是否真的亲眼看到了那些来自深不可测的外太空的神秘遗物，那是来自另一个宇宙，来自其他物质、力量或存在物所留下的诡异信息。

在学校的支持下，阿卡姆的报纸对这件事大肆宣扬，还派出记者对内厄姆·加德纳以及他的家人进行了采访。至少有一家波士顿的日报社也派了记者前来采访,内厄姆很快便成了当地的名人。内厄姆那时候大约五十岁,身材瘦削,性情温和,与妻子和三个儿子生活在山谷中一个舒适宜人的农场里。他和安米交情很好,经常来往,他们的妻子也是如此;这么多年以来,安米对他一直赞美有加。他似乎对自己一家如今受人关注的情况十分骄傲,在接下来的几个星期里,他时常谈及那块陨石。那年的七八月十分炎热,内厄姆在他那块横跨查普曼斯河两岸的十英亩的牧场上辛勤劳作,他那咔哒作响的马车在乡间阴暗的小路上留下很深的车辙。这一年的劳作让他感觉比以往任何一年都要疲惫,他开始真切体会到了年龄的增长所带来的力不从心。

紧接着,水果和农作物收获的季节来到了。梨和苹果渐渐成熟了,内厄姆对外宣称,自己的果园得到了前所未有的大丰收。水果个头惊人,并且有着非同寻常的光泽,由于产量太过丰盛,内厄姆又定制了额外的木桶准备存放即将丰收的水果。但随着果实的成熟,巨大的失望也随之而来。那些表面看起来光鲜亮丽的美味果实,根本无法食用。原本清香甘甜的梨和苹果中掺杂着苦涩和怪异恶心的味道,即使只咬了一小口,也会让人长时间感到反胃。各类瓜果和西红柿也是如此,内厄姆只好悲伤地看着自己所有的水果都损失掉了。他将前后的事情联系起来,认为是先前坠落的那块陨石污染了土壤,但幸运的是,他将大多数农作物种在了公路旁的高地上。

那年的冬天来得很早,天气十分寒冷。安米和内厄姆见面的次数比之前少了,并且发现他开始面露忧心之色。他的家人也是如此,开始变得沉默寡言起来,并且也不再按时到教堂礼拜或是参加乡村里各种社交活动。尽管他们一家都表示身体状况一直欠佳,并隐隐感到不安,但却始终找不出症结所在。后来,内厄姆自己给出了一个较为明确的说法,出现在雪地上的一些脚印让他感到心神不宁。这只不过是冬天常常出没的红松鼠、白兔子和狐狸留下的脚印,但这位忧心的农民表示,自己看到了一些不太符合自然规律的东西。他并没有说得很具体,但他笃定那些生物并没有寻常松鼠、兔子和狐狸的习性特点。安米起初并未将这些话放在心上,直到一天晚上,他驾着雪橇从克拉克街角回来时,路过了内厄姆家。当时一轮明月当空，一只野兔忽然从马路上蹿过，那只兔子跳跃的距离似乎比他自己或是他的马还要远。假如他没有及时拉紧缰绳勒住马，马儿几乎已经被吓得跑掉了。从那以后，安米便开始相信内厄姆所说的话，并对加德纳家的狗在早上总是一副害怕的模样，有时还瑟瑟发抖这件事感到奇怪。再后来，它们甚至连吠叫的精神都没有了。

2月份的时候，麦格雷戈家的男孩们在草甸山猎捕土拨鼠，他们在距离加德纳家不远的地方抓到一只十分奇特的土拨鼠。它的身体比例似乎产生了一些难以形容的诡异变化，脸上也出现了一种土拨鼠本不该有的表情。孩子们吓坏了，立即将它丢了出去，这件怪事很快便传到了镇上。并且所有的马匹都会刻意避开内厄姆家的房子走，这已经成了一件公认的事，于是一种传言很快便在人们之间传播起来。

人们纷纷表示内厄姆家周遭的雪融化得比其他任何地方都要快，而在3月初的时候，人们就曾在克拉克街角的波特百货店里讨论过这些诡异的事情。斯蒂芬·莱斯早上开车经过加德纳家的时候，发现对面森林中的臭菽破土而出，一直蔓延到公路的另一边。在此之前，人们从未见过如此巨大的臭菽，它们有着极其怪异的颜色，根本无法用语言来形容。它们的形状也十分奇特，所散发出的气味让马儿都忍不住喘起粗气来，也让斯蒂芬震惊得无以为继。当天下午，有几个人开车去看这些异常的植物，他们一致认为，这些植物不应当存在于健康的世界中。内厄姆家收获的那些坏掉的水果再度被提起，于是内厄姆家的土壤有毒的说法便悄然扩散出去。当然，这一切全都归咎于那块陨石，几个村民想起先前大雪中的教授们发现了这块陨石的蹊跷之处，于是便将这件事告诉了他们。

教授们在某天拜访了内厄姆，但并不是因为那些疯狂的传说和故事，这与他们所研究和推断的情况完全不符。这些植物的确十分怪异，所有的臭菽无论是形状，还是颜色和气味都不同寻常。也许是陨石中的某些矿物元素渗入到土壤中造成的，但这些物质很快便会被冲刷走。至于那些脚印和受到惊吓的马匹，当然也只不过是乡间传闻而已，陨石坠落这样的现象势必会引起一番像这样的讨论。在这些传言面前，秉信严肃科学的人的确无能为力，毕竟迷信的乡下人什么都相信，什么都敢说。因此，在那段诡异的日子里，教授们全都不屑一顾地离开了。只有一位教授，在相隔一年半后替警察局分析两小瓶尘土时回忆起，那些臭菘所特有的颜色与大学分光镜下陨石碎片所呈现出的异常光频十分相似，并且与嵌在陨石内部的那个易碎的球体也很相似。在样本分析的过程中，这些样本最初也出现了相同的奇异光频，但最终却消失了。

内厄姆家周围的树早早便发了芽，到了晚上，枝条都在风中不祥地来回摇曳着。内厄姆十五岁的二儿子撒迪厄斯斩钉截铁地表示，即使在没有风的时候，那些枝条也会不断摇摆，但即使是八卦如斯的人们也都不相信这件事。但空气中的确有一股不安的气息，盘桓不去。加德纳一家渐渐有了偷听的习惯，尽管不是特意去听那些不可名状的东西。但更准确说来，这个习惯是在他们意识不那么清晰的时候产生的。不幸的是，这种情况出现的频率越来越高，最后，大家纷纷认为"内厄姆一家有些不大正常"。新长出的虎耳草也呈现出一种奇怪的颜色，虽然和臭菘的颜色不同，但显然是属于同一种类型的，对于初见它们的人来说，也是见所未见的。内厄姆摘了一些花，拿到阿卡姆去，将其展现给公报的编辑看，但那位要员只是写了一篇关于这些花的幽默文章，暗暗嘲讽了乡下人对此的深深的恐惧。那些生长过快、体形巨大的黄缘蛱蝶应当与虎耳草有着某种联系，但内厄姆错就错在他把这件事告诉一个对此不屑一顾的城里人。

4月的时候，村民之间的疯狂行为更甚，他们不再从内厄姆家旁边的公路上经过，最终导致这条路被完全弃用。原因在于那些植物。所有的果树都开出了色彩奇异的花朵，颜色怪异的花遍布石质土壤和附近的牧场，只有植物学家才能把这些植物和当地原有的植物群联系起来。除了绿色的草地和树叶外，到处都是诡异的颜色，生长茂盛、色彩艳丽的植物充斥着各个角落，而这些病态的色彩在地球上的任何一个角落都不曾有过。兜状荷包牡丹变成了一种邪恶的威胁物，血根草带着扭曲的色彩肆意生长。安米和加德纳夫妇对大多数的色彩都有一种挥之不去的熟悉感，他们不约而同都想到了陨石中那个易碎的球体。内厄姆把作物都种植在十英亩的牧场和高地上，自家房子周围的地却全部都空了出来。

他知道即使是在那里种植也是在做无用功，并希望夏天生长出的这些奇怪的植物能将土壤中的毒素全都吸收干净。现如今，他已经做好了面对一切的心理准备，而且也已经习惯了周围有什么东西等待他去倾听的感觉。当然，邻里全都躲避着他的房子让他内心十分煎熬，他的妻子更是备受折磨。孩子们白天都在学校，这使得他们受到的影响微乎其微，但那些流言蜚语也足够让他们恐惧无比。撒迪厄斯是孩子们中最为敏感的一个，也因此受到的影响最大。

　　5月的到来也伴随着各类昆虫的出现，内厄姆的住所开始充斥着各类昆虫的鸣叫，爬行动物也随处可见，这不得不说是个噩梦。大多数动物的外形和动作都不太寻常，而它们惯于在夜间活动的习性也与人们先前所熟知的规律大相径庭。加德纳一家开始在夜间观察起周围来，从各个角落随机观察寻找着什么，但谁也说不出究竟是在观察着什么。也正是在那个时候，他们终于承认，撒迪厄斯关于摇摆的树木的说法是正确的。加德纳夫人是第二个看到这个现象的人，她透过窗户，看到月光下一棵枝繁叶茂的枫树在摇动着树枝，但当晚的的确确没有一丝风。这一定是树汁顺着枝条滴落的缘故。一切生长在此的东西都开始变得陌生又诡异起来。然而下一个看到怪事的却不是加德纳家的人，毕竟他们已经对一切见怪不怪了。一天晚上，一个从博尔顿来的胆小的磨坊商由于对乡间传说的陌生，从内厄姆家旁边经过，结果看到了他未曾看到的东西。他的这段经历被阿卡姆的公报用一篇简短的文章刊登了出来，所有的村民，包括内厄姆在内都是从这篇文章中得知的这件事。在那个漆黑的夜里，就连车灯都显得十分昏暗，但山谷中的一个农场周围，却并没有那么黑暗，大家都知道那一定是内厄姆家。远处那些朦胧却又清晰可见的光全都是从草地、花朵、树木等植物上散发出来的，就在这时，谷仓附近的院子里，有一小团磷光正在悄然移动着。

　　草地似乎一直都没有受到影响，因此奶牛也被散养在房子附近的草场上，但到了5月底，牛奶也开始变质了。内厄姆不得不把牛群全都赶到了高地上，这才止住了问题的进一步蔓延。渐渐地，草地和树叶以肉眼可见的速度变化着。所有青翠色的植物全都变成了灰色，并且变得异常脆弱。如今，安米成了唯一会上门拜访的人了，但他来的次数也越来越少。在学校放假之后，加德纳一家就彻底与外界切断了联系，只是偶尔让安米替他们到镇上去办些事情。他们的身体每况愈下，精神状态也逐渐消沉下去，因此，当人们得知加德纳夫人发疯的消息后，谁也没有感到奇怪。

这件事发生在6月，也就是那块陨石坠落一周年的时候，那个可怜的女人一直对着空中飘浮的某个东西大喊大叫。在她的胡言乱语中，无法辨认出任何一个具体的名词，全部都是动词和代词。所有的东西都在动、在变化、在飘浮；她的耳朵在脉冲的作用下隐隐作痛，但这些脉冲又不全然是声音。有什么东西被带走了……她被什么东西掏空了身子……有种不该出现于此的东西正紧紧缠绕在她身上……必须有人来阻止这些……夜晚没有真正静止的东西……墙壁和窗户都在变化。内厄姆并没有把她送到精神病院，而是任由她在房子周遭自由活动，何况她也没有伤害自己和其他人。即使她脸上的神情发生了变化，他也依旧无动于衷。但孩子们却开始害怕她，撒迪厄斯被她做出的鬼脸差点吓得昏厥过去，内厄姆这才决定把她锁在阁楼上。到了7月，她已经不再说话，并开始四肢着地爬行，那个月还没结束，内厄姆惊讶地发现，自己的妻子在黑暗中会散发出微光，就像是房子周遭的那些植物一样。

在这之前不久，马儿也受到了惊吓。夜里有某种东西惊到了它们，导致它们在马厩中发出剧烈的嘶鸣声和不断踢踏的动静。没有什么能让它们平静下来，因此当内厄姆打开马厩的门时，它们全都像森林中受惊的鹿一般窜逃出去。内厄姆足足花了一星期的时间才找回四匹马，然而这些马匹已经全然失控，并且已经没有任何用处了。有什么东西入侵了它们的大脑，为了让马匹不再痛苦不堪，内厄姆不得不将它们全都射杀掉。内厄姆向安米借了一匹马来运送干草，但却发现它不肯接近谷仓。它畏缩着，颤抖着，发出恐惧的嘶吼声，内厄姆没有办法，只得将它赶到院子里，然后几个人再合力把马车推到草垛附近，以便于晾晒干草。与此同时，植物也渐渐变灰、变脆。曾经颜色如此奇异的花朵，如今也变成了灰色，树上的果实全都变得又灰又小，食之无味。紫菀和黄花开出了扭曲畸形的灰色花朵，前院的玫瑰、百日菊和天竺则看起来十分邪恶，仿佛是亵渎神灵的东西，于是内厄姆的大儿子泽纳斯将它们尽数铲除了。那些奇怪的鼓胀的昆虫也大约是在那个时候死去的，就连离开蜂巢飞往树林中的蜜蜂也无一幸存。

到了9月，所有的植物都迅速腐败化成了灰色的粉尘，内厄姆担心这些树木在土壤中的毒素被吸收干净之前就会全部枯死。他的妻子现在不时就会发出可怕的尖叫声，以至于他和孩子们整日都处在紧张不安的状态中。他们现如今已经完全避开与他人的接触，即使学校已经开学了，孩子们也没有再去上学。作为他们家为数不多的到访者之一，安米是第一个发觉井水已经变质了的人。井水散发出一种邪恶的味道，那既不是臭味也不是咸味，安米建议他的这位朋友到高地上再挖一口水井，直到土壤恢复如初为止。但内厄姆却没有理会这个建议，因为那时他已经对所有诡异和不愉快的事麻木了。他和孩子们仍旧机械地、无精打采地饮用着被污染的井水，吃着寡淡无味的难吃饭菜，在那些漫无目的的日子里做着一系列单调乏味又徒劳的琐事。加德纳家中的每个人脸上都是一副麻木的、听天由命的神情，仿佛一半的灵魂已经走向了那个由两列守卫把守的世界，走向某种熟悉且明确的厄运归途。

撒迪厄斯在9月的时候曾经去过一次水井，之后便疯了。他提着水桶走向井边，回来时手里却是空的，不断挥舞着手臂尖叫着，又或是吃吃傻笑着，小声喃喃着说"水中有不断移动的颜色"。一家中有两个人疯了，但内厄姆却对此表现得十分无畏。他由着撒迪厄斯在外面游荡了整整一周，直到他开始跌倒受伤，内厄姆才将他关进阁楼，与他的母亲只隔了一道走廊。他们在各自上了锁的房间内不断尖叫着，十分恐怖；尤其是对于小默温来说，他觉得他们无疑是在用不属于地球上的可怕语言交流着。默温的想象力愈发变得丰富和可怕起来，哥哥曾是他最好的玩伴，自从哥哥被关起来后，他内心的不安情绪更甚了。

几乎是在同一时间，家畜们也开始死亡。家禽先是变成了灰色，接着很快便死掉了，剖开后就会发现它们的肉变得又干又硬，还散发着恶臭。猪的长势十分喜人，但忽然就开始发生一些无法解释的可怕变化。它们的肉自然也无法食用，内厄姆彻底束手无策了。当地的兽医没人愿意靠近他的房子，从阿卡姆赶来的兽医也表示对这样的症状感到困惑。

这些猪的颜色很快就开始变灰，皮肉变脆，在完全死亡之前就化成了一堆碎片，并且眼睛和嘴巴都发生了奇异的变化。这种情况着实令人费解，毕竟它们从未吃过那些被污染的植物。紧接着，奶牛也遭了殃。奶牛身上的某个区域或是整个躯干开始发生诡异的萎缩，随后整个身体便散架了。和那些猪一样，它们同样经历了变灰和变脆的过程，最终的结果自然是死亡。这不可能是那些毒物造成的，因为所有的一切都发生在被锁上的密闭的谷仓内。也不可能是被那些到处游荡的带有毒素的动物咬伤的，毕竟地球上还没有什么动物可以穿透如此坚硬牢固的建筑物。这一定是一种自然疾病，但没有人能猜出到底是什么样的疾病会造成这样的后果。当收获的季节来临的时候，这个区域连一只动物也没有了，家畜和家禽全都死了，狗也跑得无影无踪。加德纳家的三只狗在一夜之间消失无踪，从此再也没有人见过它们的踪迹。家中的五只猫早就没了踪影，但没有人注意到它们的离开，毕竟这个地方连老鼠都没有了，此前也只有加德纳夫人宠着这些优雅的猫咪。

　　10月19日这天，内厄姆跌跌撞撞来到安米家，带来了一个可怕的消息。可怜的撒迪厄斯死在了阁楼的房间里，并且死因难以名状。内厄姆在农场后面被围栏围起来的家族墓地内挖了一个坟墓，将儿子的尸体埋了进去。应当没有东西从外面进入撒迪厄斯的房间，因为装有铁栅栏的窗户和上了锁的门都完好无损，就如同谷仓内发生的那些事一样。安米和他的妻子极力安慰着这个备受打击的男人，但很显然他们自己也吓坏了。加德纳一家和他们所接触到的一切，似乎都被一种强烈的恐惧笼罩着，那座房子里的每个人都散发着一种来自未知世界的气息，无法名状或者根本不可名状。安米极不情愿地陪内厄姆返回家中，并尽力安慰了哭得歇斯底里的小默温。泽纳斯倒是不需要什么安慰。只是近来他什么事也不做了，只是呆呆坐在那里，目光空洞，等候父亲的差遣，眼前的情景让安米觉得命运对自己简直太仁慈了。阁楼里时不时会传来微弱的声音，回应着小默温的哭闹声，内厄姆对疑惑的安米解释说，妻子也变得越发虚弱了。夜幕降临时，植物开始散发出微弱的光芒，树木也开始在无风的状况下开始摇摆，安米终于借口脱身了，即便是多年的深厚友情，也无法使他待在那个地方。安米的确是幸运的，因为他并没有那样丰富的想象力。即使事情已经发展至此，他的思维也没有过多地发散。假如他把周围的所有征兆相互联系起来，再加以认真思考的话，他一定难逃变成疯子的命运。暮色中，他匆匆忙忙往家赶去，耳边还回荡着那个疯女人和那个焦虑的孩子可怕的尖叫声。

三天后，内厄姆一大早就失魂落魄地闯进安米家的厨房内，安米那时正巧不在家，于是他断断续续向皮尔斯夫人讲述了那个恐惧的事情，着实吓坏了皮尔斯夫人。这次是小默温，他失踪了。他在晚上提着提灯和水桶去打水，但再也没有回来。他这些天以来一直非常虚弱，也不知道自己要做什么，对眼前所有的东西大喊大叫。那时，内厄姆只听到外面传来一声疯狂的尖叫，但他还没有来得及跑过去，孩子就已经不见了。内厄姆本以为提灯和水桶一起消失了，他在树林和旷野中找了整整一宿，天亮时，内厄姆拖着沉重的步伐回来，在水井附近发现了一些十分奇怪的东西。那里有一团像是被压扁了的铁块的熔化物，这肯定是那盏提灯，旁边有一根弯曲的横木把手和一根弯曲的铁箍，都呈现出半熔化的状态，似乎在暗示这就是那只水桶的残存物。这就是整件事情的经过，内厄姆陷入了沉思中，皮尔斯夫人更是脑中一片空白，当安米回来听说了此事后，也未能做出任何推测。默温失踪了，这件事即使是告诉给周围的人也无济于事，所有人都在躲避着加德纳一家。同样，告诉阿卡姆的那些城里人更加无用，他们只会对这一切嗤之以鼻。撒迪厄斯死了，如今默温也失踪了。某种东西正在悄然地一步步侵入，等待人们感知和发现它。内厄姆自觉时日无多，假如他的妻子和大儿子泽纳斯能幸存的话，他希望安米可以照顾他们。这一定是一种审判，虽然他也想不出究竟是为什么，因为扪心自问，他一直都遵循上帝的旨意生活，问心无愧。

两个多星期过去了，安米再也没有见过内厄姆，他担心会出什么事情，于是说服自己克服了内心的恐惧，到加德纳家去探望。大烟囱内并没有像往常那样冒出烟来，这时，安米才意识到这里发生了最糟糕的事情。整个农场已经变得令人震惊不已，地上铺满了灰色的枯萎的草和树叶，从古老的墙壁上垂下来的藤蔓只剩下脆弱的残枝，光秃秃的大树伸展着枝干立在11月灰色的天空下，散发出一种莫名的恶意，安米能感觉到这种恶意来自那些发生了某种微妙变化的倾斜枝干中。但所幸内厄姆还活着。但他的身体已经十分虚弱了，躺在低矮厨房的一张长沙发上，但好在意识还很清醒，可以对泽纳斯做出一些简单的指示。房间里冷得要命，当内厄姆发觉安米冻得直发抖的时候，他哑着嗓子喊泽纳斯多添一些木柴。这里的确急需木柴，那个宽敞的壁炉里空空如也，冷风顺着烟囱吹了进来，把烟灰吹得到处飘散。过了阵子，内厄姆问安米添了木柴之后是否感觉暖和一些了，安米这才看清楚他的状况。最粗壮结实的绳子也有断裂的时候，这个不幸的农夫此刻看上去十分悲哀可怜。

安米想方设法地进行询问，但始终没能得到任何关于失踪的泽纳斯的任何确切讯息。"在井里，他住在井里……"这是那个头脑混乱的父亲给出的所有信息。接着，安米忽然想到了他那个发了疯的妻子，于是又转而问起关于他妻子的事情。"娜比？怎么？她就在这里啊！"可怜的内厄姆略显惊讶的回答，让安米立刻意识到他必须自己去寻找了。他从胡言乱语的内厄姆躺着的沙发旁离开，然后取下挂在门旁边的钉子上的钥匙，一路沿着吱嘎作响的楼梯走上了阁楼。阁楼上十分逼仄，并且静得出奇，令人莫名感到不快。眼前一共有四扇门，只有一扇是上了锁的，安米把钥匙挨个插入锁孔尝试，在试到第三把钥匙的时候，锁被打开了，又经过一番摸索，安米推开了那扇低矮的白色房门。

屋内一片昏暗，因为窗户实在太小了，还被粗糙的木制栅栏遮住了一半，安米根本看不清楚木头地板上究竟有什么东西。屋里有一种让人难以忍受的恶臭味，他不得不先退到另一个房间，喘了几口气之后才重新进入这个房间内。当他再度踏进那扇门时，他看到角落里有个黑乎乎的东西，等他看清楚了那东西的模样时，他吓得尖叫起来。与此同时，他感到窗户被一片阴影遮住了，下一秒，他便被一股可恶的气流冲撞了一下。各种诡异的颜色在他眼前不断跳动着，如果不是眼前极大的恐惧让他的思维凝滞了，他一定会想起陨石里那个被教授用地质专用锤敲碎的球体，想起春天里生长出的那些病态的植物。此时此刻他脑中想到的全都是眼前这个亵渎神明的怪物，显然这个怪物遭遇了和撒迪厄斯以及那些家畜相同的无以名状的命运。更恐怖的是，这个东西一边瓦解一边以肉眼可见的缓慢速度移动着。

安米没有向我详细地描述这个场景，角落里那个缓慢移动的怪物也没有再度出现在他所讲述的故事中。有些事情注定是不能被提及的，有时人性的本能行为会遭遇到这种规则残忍的审判。我猜阁楼上那个房间内已经没有什么会活动的东西了，如果让那种东西留下来，那才是罪无可恕，足以使任何有责任心的人遭受一辈子的折磨。除了安米这个迟钝的农夫外，任何人看到这幅情景都会被吓得晕厥或者疯掉。但安米却意识清醒地穿过那扇低矮的房门，将那个被诅咒的秘密再次锁了起来。现在急需解决的是内厄姆的问题，他需要吃饭和照料，然后送到一个可以得到妥善看护的地方。

当安米从昏暗的楼梯上走下来时，他听到下面传来砰的一声。他甚至觉得这是被扼制的一声尖叫，他开始紧张起来，不由得回想起先前在那个可怕的房间里冲撞过他的湿冷的气流。他那时的尖叫声和进入房间的举动究竟唤醒了什么东西？一种莫名的恐惧感油然而生，安米止住脚步，他听到下面依然有声音传来。显然，那是一种沉重的拖拽声，让人感到恶心又黏腻，就像是某种邪恶肮脏的物种的吮吸声。各种感觉掺杂在一起，将安米的恐惧推向极致，他又想起在楼上看到的一切。天哪！他究竟误闯了一个怎样的可怕世界啊！他站在原地，不敢前进也不敢后退，在黑暗狭窄的楼梯拐角处不住地颤抖。整个场景中的每个细节都深深印在他的脑海中，那些声音、可怖的预感、黑暗、陡峭狭窄的楼梯……上天哪！眼前所有的木制品都开始散发出微弱但清晰的光，阶梯、边缘、裸露的板条，以及房屋横梁，全都如此！

忽然，从外面传来一阵马儿声嘶力竭的嘶鸣声，接着便是一阵慌乱逃跑的声音。又过了一会儿，马和马车的声音消失了，只剩下安米惊恐不安地站在黑暗的楼梯上，不断猜测到底是什么东西把它吓走了。但事情显然还没结束，另一个声音又传了过来，似乎是液体飞溅的声音，水！一定是那口井。他把"英雄"留在了井边，并且没有拴绳，一定是马儿受惊逃跑时，马车的轮子把石头撞落到了井中。眼前那些该死的古老的木制品仍然闪烁着苍白的磷光，天哪，这座房子到底有多少年了！

主体建筑大概在1670年之前就建好了，复斜式的屋顶则应当建于1730年之前。

这时，楼下的地板上再次响起了清晰的刮擦声，安米紧握着一根从阁楼里捡起的粗重木棍，以防发生什么意外。他鼓起勇气，慢慢走下楼梯，然后大着胆子朝厨房走去。但他走到一半便停了下来，因为他要寻找的目标已经不在那里了。它朝着他爬了过来，勉强算是还活着。安米也无法判断它究竟是自己爬过来的还是被外力拖拽过来的，但很显然，它马上就要死去了。事情就发生在刚刚过去的半个小时里，但崩塌、灰化和瓦解的过程显然从很早就开始了。它脆得可怕，干燥的碎片不断从它身上脱落。安米无法触碰它，只能恐惧地看着那张扭曲变形的脸。

"那是什么？内厄姆，那是什么？"他小声问着，接着，内厄姆那双裂开的肿胀嘴唇说出了最终的答案。

"什么也不是……什么也不是……那些颜色……在燃烧……又湿又冷……但它会燃烧……它就在井里……我看到过……像是一股烟……像去年春天开的那些花……那口井在夜里会发光……撒迪、默温、泽纳斯……所有活着的东西……它从所有东西中吸取生命……那块陨石……它一定来自那块陨石……摧毁了一切……不知道它到底想要什么……大学里的那些人从石头中凿出的球……他们敲碎了它……是同一种颜色……那些花和植物的颜色一样……一定还有更多的……种子……种子……在生长……我上周第一次看到它……一定是从泽纳斯身上获取了力量……他是个活力十足的大小伙……它会摧毁你的思想，然后……烧毁你……就在井水中……你说得对……井水坏了……泽纳斯再也没能从井边回来……逃不开……挣脱不开……你知道有东西过来，但无能为力……泽纳斯被抓走后，我常常能看到它……安米，娜比在哪儿……我脑子糊涂了……不记得多久没有给她吃东西了……如果我们不注意，她也会被抓走的……就是个颜色……她的脸在夜晚会出现相同的颜色……它燃烧和吸取……它来自一个完全陌生的地方……其中有个教授曾经这样说……他是对的……安米，小心，它会掠夺更多……把生命都吸取殆尽……"

这就是事情的全部了，说话的那个东西再也无法发声了，它已经彻底瓦解了。安米将一块红色格子的桌布盖在那对残存物上，然后摇摇晃晃地从后门走到了田地里。他爬上通往十英亩牧场的山坡，然后沿着北面的公路，穿过树林，一路跌跌撞撞地跑回家中。他不敢从那口吓走了马儿的井边经过，他从窗户往井边看去的时候，发现井边的石头并没有缺少。那辆马车被受惊的马儿拖走时，并没有撞到任何东西，溅起水花的一定是别的什么东西。那东西杀了可怜的内厄姆之后，又跳回到井中……

当安米回到家时，马儿早已拖着马车回来了，他的妻子一直坐立不安地在等他。他来不及和她做任何解释，便立刻动身前往阿卡姆，向有关当局说明加德纳一家死亡的消息。他没有详细描述细节，鉴于大家都已经知道撒迪厄斯的死，他只是表示内厄姆和娜比也已经死去，还提到他们死亡的原因似乎和家畜们所得的那种奇怪的致死疾病一样。此外他还表示，默温和泽纳斯失踪了。安米在警察局接受了大量的询问，之后他不得不被迫带着三名警官，和验尸官、法医，以及那位治疗过患病动物的兽医一起来到加德纳家的农场。安米内心十分抗拒，毕竟此时已经是下午了，他害怕在晚上待在那个被诅咒的地方，但好在有这么多人陪在身边，让他又感到一些安慰。

那六人乘着一辆四轮宽敞马车，跟在安米的马车后面，在大约四点钟的时候到达那个灾祸不断的农场。尽管警察们经历过各种可怖的场面，但当他们看到阁楼上和楼下地板上用红色格子桌布掩盖的东西后，没有人能继续保持镇定了。整个庄园灰暗枯萎的景象已经够可怕了，但那两个支离破碎的东西却超越了所有人的认知界限。没有人敢长时间盯着它们，就连验尸官也表示这些没什么可检查的。但标本还是可以提取和分析的，于是他开始忙着采集样本。当这两瓶样本被送到大学实验室后，发生了一件令人极其费解的事。在分光镜的作用下，这两份样品都释放出一种未知的光谱，其中有许多令人困惑不解的光段都和去年那块奇怪的陨石所产生的光段一样。释放光谱的特性在一个月的时间内消失了，之后那些样本中就只剩下碱性磷酸盐和碳酸盐了。

假如安米知道他们打算在现场调查个究竟的话，他根本不会告诉他们关于那口水井的事。天就快黑了，他十分焦灼，想要离开此地。但他又控制不住地一直往被石栏围住的水井那边张望，其中一个警察见状，便问起有关水井的事。安米坦言内厄姆十分害怕那口水井中的某种东西，怕到甚至不敢在周围寻找默温和泽纳斯的下落。于是，他们立刻着手将井里的水排空，好进一步探查里面的情况。当一桶又一桶散发着恶臭的水被提上来，溅在外面潮湿的地上时，安米只得颤抖着在旁边等待。警察们起初强忍着井水散发出的恶臭味，直到后来实在难以忍受，他们纷纷捂住了鼻子。整个过程并没有花费太长的时间，因为井中的水位非常低。也没有必要详细描述他们在井中发现的东西，默温和泽纳斯都在井中，但都只剩下一具残骨，还有一头小鹿和一只大狗的残骸，以及其他一些较小的动物的骨头。井底的淤泥和黏液似乎是可渗透的，并且还在不断地冒泡。其中一人拿着一根长杆插进井底的淤泥中试探了一下，结果无论将长杆插入得有多深，都没有碰到任何坚硬的障碍物。

夜色降临了，人们将提灯从屋里拿了出来。但此时井中已经没有什么值得继续查看的东西了，于是大家全都进了屋子，坐在那个古老的起居室里谈论着什么。此刻，一弯半月挂在空中，散发着阴森的光，笼罩在外面荒凉枯萎的旷野上。所有人都被这整件事弄得无比困惑，并且无法找到任何令人信服的理由，把这口怪异的水井和那些奇怪的植物状况、家畜和人类所感染的诡异未知疾病，以及默温和泽纳斯莫名死在井中联系起来。他们先前的确听过这个乡间的传言，但他们依然无法相信任何违背自然规律的事。毫无疑问，那颗陨石污染了土壤，但那些未曾吃过被污染的土壤中所生长的作物的动物和人也患了这种怪病，这就是另外一个问题了。是井水的缘故吗？这很有可能。也许分析一下井水的成分会是个好主意。但究竟是怎样诡异的疯狂让两个孩子全都跳进了井中？他们的行为太过相似了，并且从残存物可以看出，他们同样经历了从变灰、变脆到瓦解死亡的过程。为什么所有的东西都会变灰变脆？

验尸官坐在一扇窗前，打量着整个院子，他第一个注意到水井中散发出一些光亮。夜幕已经完全降临，整个可怖的地面都开始散发出微弱的光芒，但这些光并非来自月光的照耀，而是一种更为清晰明亮的光；似乎正是从那口幽暗深邃的井中散发出来的，照在地上那些从井里排出废水的小水坑中。这种光的颜色太过于奇特了，就在大家都聚集在窗口向外张望时，安米却在一旁吓得浑身颤抖不已。对他来说，这股阴森的瘴气所发出的奇怪颜色再熟悉不过了。他之前曾看到过这种颜色，甚至不敢再去回想这意味着什么。两年前的夏天，他在陨石中那个可怕易碎的球体中看到过这种颜色；在春天疯长的植物中看到过；在早上可怕的阁楼房间中，他甚至觉得透过装着木栅栏的窗户，也看到了这种颜色，紧接着，他就被一股湿冷的气流冲撞了一下，然后可怜的内厄姆就被带有这种颜色的东西夺去了生命。内厄姆在死前也说过，是那个球和植物。那之后，院中的马匹便受惊逃跑了，随后井中传出了水花四溅的声音。现在，那口井在黑夜里再次喷射出恶魔般苍白邪恶的光。

多亏安米的头脑警醒，即使在那样剑拔弩张的时刻，还能进行科学性的思考和质疑。他想到白天曾在窗口瞥见过的湿冷气流，和夜晚从井中发射出的闪着磷光的水汽，很显然它们有着相同的颜色。这是不正常的，是违背自然规律的。他又想起遭遇到不幸的朋友所留下的恐怖遗言：它来自一个完全陌生的地方……其中有个教授曾经这样说……

被拴在院中一棵枯树上的三匹马此刻正在疯狂地嘶鸣和踢踏，马夫向门口走去，打算出去看看是怎么回事，但安米把一只颤抖的手搭在他肩上，"别出去。"他小声说道，"外面有许多我们无法预料的事。内厄姆说过，井中有某种东西，会把人的生命吸取殆尽。他说那个东西是从一个球体里出来的，就像是去年6月份坠落在这里的陨石中的那个球体一样。它吸取生命并且燃烧，就像是你刚才看到的那种颜色一样，你几乎看不到也无法描述那究竟是什么。内厄姆认为它靠吸食一切活物的生命为食，并且越来越强大。他上周还见过这个东西，就像是去年大学的那些教授们所说的，它一定来自外太空。它的形成和存活方式都和这个世界背道而驰，它是从极其遥远的地方过来的。"

井里所喷射出的光线越发强烈，被拴着的马匹也越来越疯狂地嘶鸣和踢踏，屋内的人们犹豫不决，没有进一步的举动。这一刻真是可怕至极，且不说这座古老又被诅咒的房屋本身就十分可怖，四具残尸——两具在房子里发现的，两具在井中打捞出来的——还放在屋后的柴房中，而房前那口黏腻的水井中正向外喷射出未知的邪恶红光。安米冲动地制止了马夫的行动，但他同时也忘记了自己在阁楼里被那股湿冷的彩色气流冲撞后毫发无损的事实，不过他这样做或许也是对的。没有人知道夜晚的时候外面游荡着什么东西；尽管到目前为止，这个来自遥远未知世界的亵渎神灵的怪物尚未伤害任何意志坚定的人，但谁也无法预料它会在最后时刻做什么。随着它的逐渐强大，很快就会在半云半雾的月光下展示出它真正的目的。

忽然，站在窗口的一个警察急促地深吸了一口气。其他人都看向他，随即便迅速随着他的目光往上看，然后在某个点，他们的目光集体停住了。无须多言，同时也没什么必要再对先前那些乡间流传的传言进行质疑。后来，这里的所有人一致同意，永远不在阿卡姆地区提及有关那些诡异的日子里所发生的一切事情。必须说明的是，那天晚上并没有风。虽然在那不久之后的确有一阵风刮过，但在当时，绝对没有一丝风吹过。就连残留在地上的枯萎发灰的荠菜叶，以及四轮马车顶棚上垂下来的穗子都纹丝不动。但就在这样屏息凝神的时刻，院子中所有树木的枝条都在颤抖。它们痉挛一般扭曲地抽动着，在月夜的云层下如同得了癫痫一般疯狂地抖动着。它们在毒气蔓延的空气中张牙舞爪，仿佛有某种陌生可怕的外来无形之物在地下用力拉扯缠绕这些黑色的树根。

那一刻，几乎所有人都屏住了呼吸。接着，一团漆黑的云遮住了月亮，那些群魔乱舞的树枝顿时安静了下来。但这时所有人都惊呼了一声，声音中掺杂着极深的恐惧，低哑又沉重，整齐得仿佛是一个人喊出的。恐惧并没有因为树枝的安静而消散，就在这个可怕的昏暗瞬间，人们看到在树梢上蠕动着成千上万个光点，散发出微弱邪恶的光芒，就如同圣埃尔莫火焰[1]一样聚拢在树梢，又像是圣灵降临节[2]时使徒们头上滚

---

[1] 依附在船桅和飞机机翼上的空灵之光，希腊人和罗马人将这一景象解释为来自半神双胞胎卡斯特和波卢斯的探访。这一现象后来从圣伊拉斯谟（St. Erasmus）或简称圣埃尔莫（St. Elmo）那里得到了现代的名字。

[2] 复活节后第五十天，耶稣升天后第十天的主日，使徒们正聚集于耶路撒冷，圣灵突然从天而降，落在各人身上。

落的火焰。这些非自然形成的光聚集在一起，就如同是一群食腐的萤火虫，围绕在被诅咒的沼泽地上跳着来自地狱的萨拉邦德舞曲。安米认得这些光，这和那个未知的入侵者的颜色是一样的，他十分恐惧。这时，井中喷射出的磷光越来越亮，这让躲在屋里的人有一种一切即将毁灭的感觉，而这种感觉远远超过人类的意识所能想象的极限。那些光不再是发射出来，而是倾盆而出，那道诡异的无形的光束从井中剧烈喷射而出后，似乎直接涌向了天空。

　　兽医颤抖着，走到门口将一根沉重的门闩加在了门上。安米也在不住地发抖，他想告诉大家那些树的亮度在不断地增强，但他已经被吓得完全说不出话来，只能拉扯别人然后用手指给他看。马的嘶鸣声和踢踏声变得恐怖起来，但待在这座老房子里的人，谁也不愿为了任何好处而出去一探究竟。随着时间的流逝，树上的光芒越来越亮，那些不安分的树枝也似乎朝着垂直的方向渐渐伸展开去。水井周遭的木头也开始闪烁着光芒，一个警察一言不发地指了指西边石墙附近开始发光的木棚和蜂房，不过他们的四轮马车似乎还未受到任何影响。接着，路上忽然传来一阵剧烈的躁动声和马蹄声，为了看得更清楚一些，安米立刻熄灭了手中的灯，但很快他们意识到，是狂躁的马儿折断了木桩，带着四轮马车逃走了。

　　目睹如此震惊的场景之后，大家反而开始尴尬地小声交谈起来。"它开始吞噬这附近所有的活物了。"验尸官喃喃道。没有人应声，但之前曾下到井底的那个人暗示说，一定是他当时使用的那根长棍惊扰了井下的某种无形之物。"简直太可怕了！"他补充道，"那口井仿佛是无底的，只有淤泥和气泡，感觉有什么东西潜伏在下面。"安米的马仍在外面的路上疯狂地嘶吼和踢踏着，当安米含糊不清地说出自己不甚清晰的想法时，马儿发出的震耳欲聋的尖厉叫声几乎掩盖住了他微弱的声音。"它来自那块陨石……它就在井中……以万物为生……他们的思想和身体就是它的食物……撒迪、默温、泽纳斯、娜比……最后是内厄姆……他们都喝了井水……它依靠着这些变得强大……它来自遥远的、完全不同于此的地方……现在它要回去了……"

　　就在这时，外面忽然爆发出一道极为明亮的未知色彩，并开始扭曲交织成各种形状，每位目击者后来对此的描述都不尽相同。同时，"英雄"爆发出一种人们从未听到过，此后也不会再听到的马儿的叫声。在那间低矮的起居室里，每个人都捂上了耳朵，安米又是惊恐又是恶心，转身从窗边离开了。当他再次从窗口向外看去的时候，那匹不幸的马儿已经蜷缩着倒在洒满月光的路上，一动不动了，在它的四周凌乱散落着马车的残骸。"英雄"就这样待在那里，直到第二天人们将它埋葬起来。但现在还不是难过的时候，因为一个警察轻声提醒大家，说那个可怖的东西已经侵入到屋内了。因为没有点灯，所以能很清楚地看到整座房子内都蔓延着微弱的磷光。宽木地板、破地毯的碎片、小窗户的窗框上，到处都闪着磷光。它在裸露在外的角柱上窜来窜去，在架子和壁炉上闪着光亮，就连房门和家具都无一幸免。亮光在以肉眼可见的速度增强，显然，为了保住性命，必须马上离开这栋房子了。

安米带着他们来到后门，沿着小路穿过旷野，爬上通往十英亩牧场的山坡。一行人梦游一般地蹒跚地走着，直到爬上远处的一块高地才敢回头张望。他们十分庆幸还有这样一条路可以走出来，这样就可以避开前面路边的那口井了。如果还要经过发光的谷仓和木屋，那简直就是噩梦一般的经历。还有那些恶魔般扭曲粗壮、闪着光芒的果树，所幸这些果树的枝干都只是在高处扭曲缠绕。当他们穿过查普曼溪上的那座老桥时，月光被几朵黑云遮住了，大家不得不摸索着走到那片开阔的草场。

当他们回头张望那道山谷，以及远处加德纳家时，只看到了一幅可怕的景象。整座农场都闪耀着那种可怖的未知色彩，树木、建筑，甚至地上那些还未完全变灰枯萎的草丛和牧草都散发着光芒。所有的树枝都冲着天空伸展着，枝头团聚着邪恶的火焰，那些可怕的火焰同时也蔓延到房屋、谷仓和木棚上。这幅情景犹如富塞利[1]的画作一般，井中喷发出的那些神秘毒素交织成一道诡异的彩虹，所有的一切都被发光的无形之物笼罩着，以无法辨识的频率沸腾着、感知着、拍打着、伸展着、闪烁

---

[1] 亨利·富塞利(1741—1825)，瑞士出生的英国画家，作品充满寓意和隐喻，仿佛还原了梦境。

着，邪恶地冒着气泡。

接着毫无预警地，这个可怖的东西如同火箭或流星一样，径直射入天空，在人们还未反应过来之前，就在夜空中消失得无影无踪，只在云层中留下一个规则的圆洞。在场的所有人都不会忘记这一幕，安米则茫然地盯着天鹅座的群星，那道未知的色彩就在天津四[1]闪烁的方向消失了，融入银河系的群星中。但他的注意力很快便被山谷里传来的噼噼啪啪的声音吸引了过去，但目击者们都表示那只是木头撕裂时所发出的噼啪声，而不是爆炸声。但无论如何，结果都是相同的，在那个疯狂的眼花缭乱的瞬间，那座被诅咒的悲剧农场里的非自然火花和物质忽然爆发出一股强烈耀眼的光芒，所有人的视线都变得一片模糊，爆裂产生的浓烟混杂着色彩斑斓、形状各异的碎片直冲天际，我们的宇宙想必也是否认这种东西的。它穿透迅速聚集成团的水汽，沿着刚才那道未知的色彩的轨迹，同样消失得无影无踪。那之后，便只剩下无边无际的黑暗，但没有人敢返回农场一探究竟，周遭迅速席卷而来一阵大风，仿佛是来自星际空间的黑色飓风。它尖厉地呼啸着，疯狂肆虐席卷着田野和扭曲的树木，颤抖不已的人们意识到，在这样的天气下，想借助月光再次回到内厄姆的农场查看是不可能的事了。

在遭受了如此巨大的惊吓后，七个人连猜测的心思都没有了，只是沿着背面的公路朝着阿卡姆缓缓地走着。安米的状况是最糟糕的，他恳求他们先把自己送回家中，而不是直接到镇上去。他再也不想独自穿过那片漆黑的、狂风呼啸的树林了。尽管他十分惊讶于所有人都幸免遇难，但却一直被深埋在心底的一种压抑的控制折磨着，并且在接下来的几年里，他都没有提及此事。那时，在那座狂风呼啸的山坡上，当其他人都转身走向大路的时候，安米回头看了一眼被阴影覆盖的山谷中，他那位不幸的朋友曾经居住的地方。就在那一瞬，他看到某种东西从地面虚弱地升起，之后又落了回去，正是在先前那个巨大无比的恐怖无形之物冲出的地方。那是一道色彩，但绝不是属于地球的色彩。安米认得那道色彩，他知道那东西还有微弱的残留物潜伏在井中，他自那之后再也

---

［1］ 天鹅座主星。

无法安宁度日了。

安米自此再也不会靠近那个地方了。距离那件恐怖的事已经过去半个多世纪了，但安米始终没有再去过那里，他很高兴新的水库将会把那片区域淹没。我也会很高兴，因为我并不喜欢在经过那口废弃水井时，井口的阳光忽然就变了颜色。我希望水库的水永远深不见底，但即使如此，我也不会喝一口这里的水。我想我今后都不会再到阿卡姆去了。和安米一起的那群人中，有三个在第二天早上又来到农场查看，却只看到一片算不上是废墟的废墟：地上散落着几块烟囱掉落的砖，地窖的石头、零散遍布的矿物和金属垃圾，还有那口邪恶的井的边沿。安米那匹死去的马被他们拖走掩埋了，之后将马车还给他。这里已经是一片死寂，毫无生机，只剩下一块五英亩的灰色荒地，并且自那以后这块荒地上再也没有生长出任何东西。直到今天，它仍在天空下蔓延开去，就像是树林和田野中被酸性物质腐蚀掉的一大块疤痕，民间一直流传着有关于此的许多传言，但唯一见过的人都把这里称为"被诅咒的荒野"。

坊间的传言总是很离奇。但如果城市的人和大学中的化学家有足够的兴趣去分析那口废弃水井中的水，或是那些似乎永远不会被风吹散的尘土，这些传言就会变得更加奇怪。植物学家也应当研究一下那块区域边缘矮小的植物，或许这样他们就能找出为什么枯萎会年复一年不断蔓延的原因。人们说，一到春天，那附近的牧草的颜色都变得有些不对劲，冬天的雪地上也会留有某些野生动物奇怪的足迹。在那片死寂的旷野上，积雪从来没有其他地方厚。在这个汽车已经普及的时代，仅有的几匹马会在那座寂静的山谷中受到惊吓，猎人们也不强求他们的狗去接近那片灰色的区域。

这件事也给当地的人们带来了极大的心理创伤。在内厄姆死后的几年里，许多人都变得很奇怪，但却没有勇气离开这个地方。后来，意志坚定的人全都离开了，只有一些外来者试图在这个古老破旧的村庄里居住，但最终他们也没能留下来。他们有时会感到十分不解，那些诡异的荒野魔法传说到底给人带来了怎样的洞察力。他们表示在这个怪异的村庄里，经常会做一些可怕的噩梦，那片漆黑的旷野经常会让人产生扭曲病态的联想。旅行者们来到这些幽深的山谷中，都会产生莫名的奇异感觉；画家们在描绘那片茂密的树林时，总会不由自主地打着哆嗦，这种神秘感不仅仅是一种视觉冲击，更是一种精神折磨。就连之前我单独走过那片区域时，也产生一种怪异的感觉。那时安米还没有给我讲这个故事，夜幕降临的时候，我曾莫名希望天空中的云朵能够聚集起来，因为上方深邃夜空所带来的奇怪恐惧感已经深入我的骨髓了。

这就是全部的故事了，不要问我任何事情，因为我也一无所知。除了安米，阿卡姆不会有第二个人谈起那段诡异的日子，并且看到过陨石和那个彩色球体的三位教授都已经去世了。一定还有别的球体存在，获得充足能量的那只逃走了，但也许还有一只没来得及汲取能量逃脱的。毫无疑问，它一定还在井底，当我看到那口散发着有毒气体的井口上方的阳光时，我就明白那些阳光不对劲。村民们说，枯萎的范围每年都在增长，所以即便是到了现在，那里应当还有什么东西在生长着，不断吸取营养来维持自己。但不管那究竟是什么东西，都必须依附在某样东西或者某些易于扩散的物体上。它是附着在那些冲着天空张牙舞爪的大树根部吗？现如今在阿卡姆流传的一个传说便是那些高大的橡树在午夜都会摇晃枝条，并闪烁着微光。

它究竟是什么东西，无人知晓。安米表示那东西应当是一种气流，但它却不遵循我们这个世界的客观规律。这东西并非我们用天文望远镜或是胶片所记录下来的宇宙中的那些恒星，也不是天文学家能够测量出的空间轨迹和维度。这个可怕的访客来自一个我们闻所未闻的领域，是来自外太空的颜色，超越我们所知的一切疯狂；它向我们展示出的黑暗深渊让所有人都头晕目眩，麻木不已。

我很怀疑安米是否对我说了谎话，但我也不认为他的故事像镇上其他人所说的那样，仅仅是神经质的胡言乱语。有一种可怕的东西随着陨石坠落到这个山谷中，并且现在依然存在于此，尽管我不知道还剩下多少。我应当对即将建造的水库感到高兴，同时也不希望安米出什么事。他经历了那么多恐怖的事情，这些事情的影响是不可磨灭的。但为什么他没有搬走呢？他至今依然清楚地记得内厄姆临死前说的那些话："逃不开……挣脱不开……你知道有东西过来，但无能为力……"安米是个太过善良的老人，当水库开始动工的时候，我一定要给总工程师写封信，请他多注意一下安米。我一点也不想看到他变成一个灰色、脆弱和扭曲的怪物，那幅场景一直在我的脑海里盘旋，令我难以入眠。

穿越银匙之门
Through the Gates of the Silver Key

作品最初于1934年发表在《诡丽幻谭》7月刊。

作品写于1933年4月。E.H.普莱斯非常喜爱洛夫克拉夫特在1926年创作的《银钥匙》，于是他为《银钥匙》创作了一篇续集。但是洛夫克拉夫特认为普莱斯的故事与《银钥匙》的基调相去甚远，所以重写了整个故事（只保留了普莱斯的部分概念与叙述），而后才有了现在的《穿越银匙之门》。

《穿越银匙之门》是以"兰道夫·卡特"为主角的最后一个故事，虽然洛夫克拉夫特不是特别满意这个作品，但是因其庞大壮丽的叙事与描写，被后世的众多读者评为洛夫克拉夫特创作过的最富有想象力的小说之一。有趣的是，最初洛夫克拉夫特将此文投稿给杂志《诡丽幻谭》时曾遭遇拒稿，一波三折之后，《诡丽幻谭》的编辑才接受了这个作品。

I

一个巨大的房间内，悬挂着绣有奇异花纹的挂毯，地上铺着年代久远、做工精细的布拉哈地毯，四个人正围着一张铺满文件的桌子坐着。从远处的角落里时不时会传来一阵阵有催眠意味的橄榄香。一个十分年迈、穿着深色侍从制服的黑人，时不时会往那些精心制作的贴纸三脚架里面补充新的香料。房间的另一侧的深壁龛内，摆放着一个棺材模样的奇怪时钟，正在嘀嗒作响。时钟的表盘上刻着令人费解的象形文字，四根指针的运作方式与这个世界上已知的任何计时系统都不同。这是一间奇特但又令人不安的房间，却与眼下正在进行的工作十分相称。因为这片大陆上最伟大的神秘主义者、数学家和东方主义学者将其他几人邀请至位于新奥尔良的家中，准备处理一位同样伟大的神秘主义者、学者、作家和梦想家所留下的遗产。四年前，这位学者从地球上消失了。

兰道夫·卡特毕生都在试着逃离现实世界的单调和局限，他想要进入那些诱人的梦境中，走上那些通往其他维度的道路。在1928年10月7日，他从人们的视线中消失了，享年五十四岁。他的一生都过着奇特而孤独的生活，人们从他所写的那些神奇古怪的小说中所推断出的东西，要远比其他有关他的任何文字记录都要离奇有趣。他和居住在南卡罗莱纳州的神秘主义者哈利·沃伦关系十分密切，沃伦曾经对喜马拉雅地区祭祀所使用的原始古老的纳卡语进行过研究，并得出许多惊世骇俗的结论。也正是他目睹了沃伦的消失，在一个雾气缭绕的可怕夜晚，他们两人来到一个古老的墓地中，随后沃伦进入到一个潮湿恶臭的坟墓中，再也没有出来。尽管卡特住在波士顿，但他几乎所有的祖先都生活在阿卡姆地区那片被女巫诅咒的荒凉山林中。而他最终也正是在这片古老隐秘的山林中，彻底失去了踪迹。

他的老仆人帕克斯在1930年的时候离世，帕克斯曾表示自己在阁楼上看到过一个散发着奇异的香味、上面刻着十分诡异的花纹装饰的盒子，盒子里装着一把造型奇特的银钥匙，还有一些难以辨认的羊皮纸手稿。卡特在给别人的信中曾经提到这把银钥匙。他说，卡特曾经告诉过他，这把钥匙是他从祖上继承下来的，能帮助他打开那些通往迷失的童年时代的大门，也可以通往另外一些他只能在短暂而朦胧的梦境中才能到访的奇异维度和神奇世界。之后某一天，卡特带着那个盒子以及里面的东西，开车离开了，再也没有回来。

后来，人们在破败的阿卡姆镇后面的群山附近找到了他的车子——就停在一条长满草的老路边。卡特的祖先们就居住在这片山中，甚至于在山中还留存着卡特家族的老宅的遗迹：一座已经完全倒塌的地下室。1781年，在这附近一片高大茂盛的榆树林中，也曾有一个卡特家的成员神秘消失了。再稍远一点的地方是一座几乎腐烂了一半的小屋，据说女巫古蒂·福勒曾在里面制造出许多不祥的药剂。这片区域最早是在1692年，由那些躲避塞勒姆女巫审判运动的逃亡者们开垦起来的，直到现在，它的名字依然象征着那些极少数人愿意证实且带有隐隐不祥意味的事物。埃德蒙·卡特曾及时地从绞刑架山的阴影中逃离出来，关于他会使用巫术的传说比比皆是。现如今，他唯一的后代似乎也去了什么地方，与他会合在一起。

在车里，人们发现了那个散发着香味、有着诡异花纹装饰的盒子，也没人能够读懂那沓羊皮纸手稿。那把银钥匙也不见了，应当是和卡特一起消失了。除此之外，再也找不到别的线索了。从波士顿赶来的侦探说，在卡特老宅那些倒塌的木材之间，似乎发现有一些挪动的痕迹，其他人则在废墟后面生长着茂盛树林的岩石山坡上的那个被称为"蛇洞"的可怕洞穴附近，发现了一条手帕。也就是从那时候起，关于"蛇洞"的乡间传说再度焕发了活力。乡民们开始窃窃私语，说老巫师埃德蒙·卡特曾在那个可怕的洞穴当中，进行了一些亵渎神明的活动。并且还添加了一些新的故事，比如当兰道夫·卡特还是个孩子的时候，就总是喜欢到这个洞穴中去。当卡特还是个小孩子的时候，那座有着复斜式屋顶的大宅还完好地屹立在山坡上，他的叔祖父克里斯托弗就住在这座大宅子里面。卡特经常到宅子里去，并时常古怪地谈起关于那个"蛇洞"的事情。人们迄今还记得他说那里面有一道深深的裂缝，在更深的地方还有一个不知道通往哪里的内洞。人们也时常猜测他九岁那年究竟发生了什么事情，他曾在洞里待了整整一天，那之后他的行为举止便产生了古怪的变化。这件事发生在10月份，自那以后，他似乎就拥有了一种可以预知未来的神奇能力。

卡特失踪的那天晚上下了场雨，一直延续到很晚，因此没人发现他从车上离开后的脚印。由于洞壁渗水，蛇洞的内部全是不成形的泥浆，看不到任何足迹。但是，许多无知的乡野农夫会在一旁窃窃私语，声称他们在路边榆树的树荫下，以及"蛇洞"附近那片不祥的山坡上发现了一些脚印，就在那块手帕的周遭。他们还表示这些短粗的痕迹就像是兰道夫·卡特小时候穿着方头靴所留下的脚印，但谁又会把这些荒诞离奇的传说放在心上呢？这太不可思议了，几乎和村民们口口相传的另一个传言一样荒谬，他们表示这些短粗的小脚印在小路上和另外一些由老本尼杰·科里留下的那些独一无二的没有后跟的脚印汇合了。老本尼杰·科里在卡特年轻的时候受雇在这里做用人，但他三十年前就已经去世了。

一定是因为这些传说，加上卡特本人对帕克斯以及其他人提及过的，关于那把刻着奇怪藤蔓花纹的银钥匙能够帮助他打开通往迷失的童年时代的大门的事，导致许多研究神秘主义的学者认为这个失踪的人其实已经沿着时间的轨迹，穿越了四十五年的时间，返回到1883年10月的一天，重新变成了那个在"蛇洞"里面待了整整一天的小男孩。他们表示，他从"蛇洞"出来的那天晚上，他不知怎么就一路从1883年走到了1928年，然后他又折返回来，因为在这之后他不就有了预知将来会发生什么事情的能力了吗？然而，他从未提及过1928年之后会发生什么事。

但是有一个学者，一个来自普罗维登斯的罗得岛的古怪老人却提出了一种更为复杂和详细的见解。他曾和卡特有过长期而密切的书信来往，他相信卡特不但回到了自己的童年时期，而且获得了更进一步的解放，最终自由地进入到自己曾在孩提时候梦到过的斑斓梦境中。在一次诡异的幻觉之后，这个人发表了一个关于卡特消失的故事。在这个故事中，他暗示这个已经失踪的人如今已经是伊莱克-瓦德[1]的君王了，他在那座传说中位于玻璃峭壁顶端的尖塔之上，坐在猫眼石王座上俯瞰着暮色下的大海。而就在这片暮色之海中，长着胡子和鱼鳍的格罗林建立了独属于他们的神奇迷宫。

也恰恰是这位名叫沃德·菲利普斯的老人，曾强烈反对将卡特的财产分给他的继承人——那些全都是与他血缘关系十分疏远的表亲，他坚持卡特依然活着，并生活在另一个时空维度中，甚至有一天会毫发无损地返回来。反对这一观点的是卡特的堂兄弟之一，来自芝加哥的欧内斯特·B.阿斯平沃尔，他是一名法律界人士，比卡特年长十岁，但却像个年轻人一般热衷于在法庭上进行争斗。这场争论持续了四年之久，如今分配财产的时刻也已经到来，这间位于新奥尔良的宽敞而又陌生的房间便成了处理这件事情的场地。

住在这座房子里的是卡特的遗嘱保管人和执行人，也是研究神秘事物和东方古老事物的著名克里奥学者艾蒂安·洛朗·德·马里尼。卡特在一战时与德·马里尼相识，当时两人都在法国的外籍军团中服役，由于两人的兴趣和人生观太过于相似，其间他们有过十分密切的来往。在一次令人难忘的假期中，这位博学多识的克里奥青年带着这位苦恼的波士顿梦想家来到了法国南部的巴约讷，并向他展示了在这座承载了近千年秘密的城市地下的某些古老黑暗的洞穴中发现的可怕秘密，自那之后，两人便建立了牢固而深厚的友情。卡特在遗嘱中指定德·马里尼为自己的遗嘱执行人，但这位热心的学者却并不情愿主持这场关于财产的清算和处理工作。这对他来说是一件悲伤的事情，因为他和那位来自罗得岛的老人一样，并不相信卡特已经死了。但是，那些神秘的梦境又怎么能和现实世界的残酷常识相抗衡呢？

---

[1] 洛夫克拉夫特构建的世界，在《梦寻秘境卡达斯》中也有提及。

如今，在这座古老的法式公寓中的奇怪大房间内，围坐着几个声称对卡特的财产处理程序感兴趣的人。当然，他们也按照法律的程序，在一些可能有卡特的继承人居住的地方刊登了有关这次会议的法律公文。但如今却只有四个人围坐在这里，聆听着那只棺材模样的，但却并不是用来记录这个世界的时间的时钟所发出的诡异的嘀嗒声，听着从半掩着的扇形窗户中传来的院中的喷泉所发出的水泡声。时间一分一秒地流逝，四个人的面孔被三脚架上散发出的袅袅烟雾淹没了一半，三脚架上随意堆放着燃料，也似乎不再需要那个无声活动着的，并且变得愈发紧张的老黑人多加照料了。

　　来到这里的有艾蒂安·德·马里尼，他身形瘦削，皮肤黝黑，蓄有胡须，十分英俊，并且看上去依然非常年轻；有代表其他继承人出席的阿斯平沃尔，他头发花白，面色不悦，长着腮须，身材肥胖；还有来自普罗维登斯的神秘学者菲利普斯，他看上去较为瘦削，头发灰白，长鼻子，胡子刮得很干净，略有些驼背；最后一位则看不出年纪的大小，脸上也没有任何表情。他肤色黝黑，蓄着络腮胡，五官和脸型十分匀称，头上缠着象征高种姓婆罗门的头巾。他双目漆黑，似有火焰跳动的双眼几乎看不到瞳孔，似乎正在凝视着其他人背后极为遥远的地方。他声称自己是来自贝纳勒斯的专家查古拉普夏大师，并带来了十分重要的消息，德·马里尼和菲利普斯都曾和他有过通信来往，并很快意识到他那些神秘学信息中有不同凡响之处。他说话的时候总给人一种奇怪的感觉，声音空洞且带有金属一般的质感，仿佛他的发声器官需要竭尽全力才能说出英语一样。然而他的措辞与表达却像任何土生土长的盎格鲁–撒克逊人一样，十分简洁、准确和地道。从整体穿着来看，他就像是一个普通的欧洲平民，但他的衣服松松垮垮地堆叠在身上，显得奇怪又难看，加上浓密的黑胡子、东方样式的头巾和白色的露指大手套，给人带来一种诡异的异国风情。

　　德·马里尼一面用手指来回翻着从卡特的车里找到的羊皮纸，一面说道：

　　"我没办法从这些羊皮纸上得到任何有用的信息，同样坐在这里的菲利普斯先生也毫无办法。丘奇沃德上校表示这不是纳卡语，并且与复活节岛木棍上的象形文字毫无相似之处。然而奇怪的是，这个盒子上雕刻的装饰纹样却让人自然而然想起了复活节岛上的图案。我能想起的与这些羊皮纸上文字最接近的东西，是可怜的哈利·沃伦曾经收藏的一本书上的文字，书中的字母和羊皮纸上的一样，都是从一根横向的字栏上垂下来的书写方式。这本书来自印度，1919年，我和卡特去拜访他的时候看到过，但他从不肯告诉我们任何有关这本书的事情。他表示我们还是不知道的好，并且暗示它最初也许可能来自地球之外的某个地方。12月份，他带着这本书从那个古老墓地里走进了那个墓穴，不论是他，还是那本书都再也没有出现过。不久之前，我给我的朋友查古拉普夏大师寄去了一些凭着记忆所画出的那本书上的字符，以及一份卡特的羊皮纸的影印件。在经过了一系列查阅研究和讨论后，他认为自己也许能解开这些文字的含义。

　　"卡特曾寄给我一张那柄银钥匙的照片。那上面怪异的蔓藤花纹虽然不是什么字符，但似乎与那些羊皮纸上的象形文字属于同一种文化传统。卡特总是在说自己很快就能解开这个谜团，但却从来没有透露过任何细节。曾经有段时间，他甚至把这件事情想得太过美好了。他说，那把古老的银钥匙能够打开一系列的大门。长久以来，我们无法自如地穿越巨大的时空通道，抵达时间的边界，正是因为有这些大门的存在。自从舍达德利用自己那了不起的天才能力建造出了千柱埃雷姆宏伟的穹顶与无数的尖塔，并将它们隐藏在佩特拉·阿拉伯[1]的沙漠中，那之后就再也没人能穿过这道大门。卡特曾经写道，那些半饥半饱的苦行僧和渴到几乎发狂的游牧民在活着从沙漠里回来之后，都向其他人讲述过那道不朽的大门，以及雕刻在拱门的拱心石上的那只巨大手掌；但从未有哪个穿过那扇大门的人能够在铺满石榴石的广阔沙漠上找到自己的足迹再走回来。卡特推测，这把银钥匙就是那个巨大的石手掌徒劳地想要抓住的东西。

　　"为什么卡特带走了那把钥匙，却留下了这张羊皮纸，我们已经无从得知。也许他忘记了，又或许，他还记得曾有人带着一本用类似

---

[1]　约旦古城。

文字写成的书走进一座墓穴，却再也没有回来，所以才没有带它，以防自己总会想起这件事。又或者，它可能对于他想要做的事情已经毫无关系了。"

德·马里尼停顿了下来，接着，老菲利普斯用他那刺耳尖锐的声音继续说道：

"我们只能在梦里才能得知兰道夫·卡特的行迹。我在梦中曾到过许多神奇的地方，也在斯凯河对岸的乌撒听到了许多诡异但十分有意义的事情。看起来这张羊皮纸的确不是关键之物，可以肯定的是，卡特重新进入了他童年时代梦里的世界，并且成为了伊莱克-瓦德的国王。"

阿斯平沃尔先生看上去怒不可遏，他气急败坏地说道：

"有谁能让这个老蠢货闭嘴吗？我们已经受够了这些愚蠢的梦话。我们现在面临的问题是如何分割财产，这才是现在应该首要解决的事情。"

查古拉普夏大师第一次用他那奇怪的异国腔调开口了：

"先生们，这件事比你们想象中的还要复杂。还请阿斯平沃尔先生不要嘲笑这些梦境的证据，这显然是不明智的。菲利普斯先生的观点是不完整的，也许是因为他所做的梦还不够多。而我自己已经做了足够多的梦。我们在印度也是如此，就像是卡特家族的所有人一样。而你，阿斯平沃尔先生，作为他的表兄，所以从血缘的角度上来说，你并不是卡特家的成员。我自己的梦境，以及其他一些消息来源，告诉了我许多你们迄今仍然感到难以理解的事情。比如说，兰道夫·卡特忘记带那张羊皮纸，他当时也的确没办法破译它。但是，如果他记得带上它，对他来说是一件好得多的事。你看，我的确非常清楚四年前的10月17日，卡特在日落时分带着那把银钥匙离开他的汽车后，究竟发生了什么事情。"

阿斯平沃尔不屑地冷笑了一声，但其他人却不由自主地坐直了身子，表现出了十分浓厚的兴趣。从三脚架上冒出来的烟越来越浓烈了，而那个棺材模样的时钟发出的疯狂的嘀嗒声，似乎呈现出了某种诡异的规律，就像是来自外太空的某个外星人发出的怪异而又无法破解的密电码。印度人靠在椅背上，半闭着眼睛，继续用他那奇怪又吃力的，却十分符合字句使用习惯的地道英语说了下去。同时，在他的听众眼前，一幅有关兰道夫·卡特所遭遇到的一系列场景，也都一一浮现了出来。

II

阿卡姆后方的山里充满了一种奇怪的魔法，也许是老巫师埃德蒙·卡特在1692年从塞勒姆逃到这里时，从群星之间与地下深处召唤出来的。当兰道夫·卡特重新回到这里的那一刻开始，他就明白自己已经接近了一扇门。有许多像这样的门存在，曾经有一些极为胆大、被人憎恶而且灵魂怪异的人冲破了这些大门，得以快速穿越那些阻隔这个世界与世界以外之间的厚重高墙。虽然几个月之前，他从那把早已失去了光泽的、极其古老的银钥匙上雕刻的蔓藤花纹中破译了钥匙所包含的信息，但是在这里，在每年的那一天，他突然发现自己可以准确地理解那些暗含在银钥匙的蔓藤花纹中的信息了。他现在知道该如何旋转它，该如何将它高高举向落日，也知道在第九次和最后一次旋转时，该对着虚空吟诵哪些仪式的词句。在这样一个接近黑暗最深处的地方，加上他已经十分接近那扇隐蔽的大门了，银钥匙的功用不可能发挥不出。因此，卡特知道，那天晚上他将回到那个早已失落但自己却从未停止哀悼的童年时代。

他从车里走下来，钥匙就在他的口袋里。他朝山上走去，沿着蜿蜒的小路，沿着爬满蔓藤的石墙，穿过幽暗阴森的林地和扭曲荒芜的果园，经过那座窗户大开、早已废弃的农舍，越来越深入这片阴郁的区域。日落时分，当远方的金斯波特的塔尖闪烁出红色的光芒时，他拿出了钥匙，做出一系列必要的旋转，并且吟唱了正确的咒语。很快，他便意识到这一仪式竟然如此迅速便生效了。

接着，在渐浓的暮色中，他听到了一个来自过去的声音：是老本尼杰·科里，他是祖叔父雇用的用人。老本尼杰不是已经死了三十年了吗？可那是三十年前的什么时候？现在是什么时候？他在哪里？不过，在1883年10月17日，为什么本尼杰跑过来寻找他？他难道不是在玛莎婶婶让他留下之前就回来了吗？他上衣口袋里的钥匙是从哪里来的？两个月前，在他九岁生日时，父亲送他的那个小望远镜怎么不见了？这把钥匙是他在家中的阁楼上找到的吗？它能打开那道神秘的大门吗？那道大门是他敏锐的眼睛透过山上"蛇洞"里面那个洞穴中交错的岩石间瞥见的。人们总是把那个地方与老巫师埃德蒙·卡特联系在一起。除了他以外，没有人会到这个地方，也没有人注意到在洞穴的最深处，有一道大门。除了他，没有人能从岩石的裂隙中费力地挤过去爬到门边了。到底是谁在这些岩石上雕刻了这道大门？是老巫师埃德蒙·卡特吗？还是那些他用魔法召唤出来，并为自己所驱使的东西？当晚，小兰道夫和克里斯叔叔还有玛莎婶婶一同在那间老旧的有复斜式屋顶的农舍里吃了晚饭。

第二天一早，他起了个大早，穿过树枝相互交错的苹果园，来到上面的一处林地中。被视为禁忌怪诞之地的"蛇洞"的入口藏在里面的阴暗之处，藏在那些茂盛的诡异橡树林中。一种莫名的期待涌上心头，他在衬衫口袋里反复摸索着那把古怪的银钥匙，以便确认它是否还在身边时，完全没有留意到自己的手绢已经遗失了。他怀着紧张又充满冒险精神的自信，爬过了黑暗的洞穴，用从起居室里拿来的火柴照亮了眼前的道路。又过了一会儿，他钻过了尽头树根交错的裂缝，来到了那个位于洞穴深处的无人知晓的巨大内室。洞窟最后的那堵岩壁有一部分看上去像是一扇被有意建造起来的诡异大门。他站在那道潮湿渗水的石墙前，充满敬畏之心地长久凝视着周围，一根又一根点燃手里的火柴。这道想象中的拱门拱心石上凸起的石头，真的是一只雕刻而成的巨大手掌吗？他拿出银钥匙，做出了一系列只能隐约记得从何处得知的动作，并诵念出某些咒语。是不是有什么事情被遗忘了？他只知道他想穿越这些障碍，进入他梦中的那个自由自在的世界，以及所有空间维度都融入绝对存在里的深渊。

III

当时发生的事情很难用语言来描绘。它充满了现实世界里绝不会存在的悖谬、矛盾和反常现象。但是这些现象却经常出现在我们所做的更加离奇的梦境里；直到我们从梦境回到现实这个由有限的因果联系与三维逻辑组成的狭隘、严格的客观世界之前，它们都是理所当然的存在，毫无荒谬可言。当这个印度人继续讲述这个故事的时候，他发现很难避免那些琐碎的、幼稚的和夸诞的感觉。这甚至要比一个人能穿越所有的岁月，再次回到自己的童年时代这种想法更加怪诞。阿斯平沃尔依然一脸不耐烦地坐在那里，厌恶地哼了一声，几乎不再听下去了。

　　兰道夫·卡特在那个黑暗而又恐怖的洞穴里所举行的银钥匙的仪式并非徒劳无功。从第一个手势与音节开始，一种奇异的、令人叹为观止的异变氛围便产生了。时空中仿佛出现了不可估量的干扰和混乱感，没有丝毫迹象表明这是我们所认知的动作与时间的观念。不知不觉地，年龄与位置这些概念已经不再有任何的意义了。就在前一天，兰道夫·卡特奇迹般地跨越了时间的鸿沟。而现在，孩子与成人之间已经毫无差别。此刻只有兰道夫·卡特这个存在，而这个存在与所有熟悉的世界上的场景和环境完全失去了关联。上一刻，这里还有一个内部的岩室，隐约可以看到一个巨大的拱门和远处墙上雕刻成手掌形状的巨石。而现在，那个洞穴与那道石墙似乎消失了，却又似乎依然存在。在这一连串不断变化的观感中，与其说是眼中所见，倒不如说是脑中所感；在这种不断变化的印象中，兰道夫·卡特这个存在对所思考的一切事物都有了感知和记录，或者说对脑中所萦绕的一切事物都有了感知，然而，他并不清楚自己是如何获得这些感知的。

　　等到仪式结束的时候，卡特知道他所处的区域是地球上的任何地理学家都无法确定的地方；他所处的年代也是在历史上无法定位的时代；因为所发生的事情的性质对他来说，并不是完全陌生。神秘的纳克特抄本中也有对它的暗示；当卡特破译了雕刻在银钥匙上的图案后，由疯狂的阿拉伯人阿卜杜·阿尔哈兹莱德所著的那本禁忌的《死灵之书》里整整一章内容，也逐渐显现出了它应有的意义。一扇大门已经开启，虽然这并非是真正意义上的终极大门，但这扇大门是一个从地球和时间引领人走入时间之外的延伸，进入地球之外的一个超越时间之外的地方。相反，终极之门同时也会可怕而又危险地将人引向超越一切星球、超越一切宇宙、超越一切物质之外的最终虚空。

会有一个指引者，这是一个非常可怕的指引者。这位指引者早在数百万年前就已经是地球上的一个存在，那是一个人们做梦也无法想象的时代；那时，已被遗忘的生物在这颗充满蒸汽的星球上活动，建造着奇怪的城市。直到最后，第一批哺乳动物开始在这些废墟里嬉戏玩耍。卡特想起那本诡异的《死灵之书》中，曾不安地暗示过这位指引者的存在。

正如那个疯狂的阿拉伯人所写的那样："那些敢于透过面纱窥见他的人，那些敢于接受他作为自身指引者的人，他们与他交易应当慎之又慎。因为《透特[1]之书》中曾经写道，仅仅一瞥的代价有多么的可怕。曾经穿越此门的人无一返还，因为在这超越我们当前世界的浩瀚无垠中，有许多黑暗之物，它们占据和约束着我们：那些在黑夜里徜徉的事物，那些玷污旧印的邪恶，那些人们再熟悉不过地守在每座坟墓中秘密入口处的牲畜，那些在人类之外任意孳生之物。但所有这些邪恶均及不上看守着入口的他：他将引领那些鲁莽的人穿越所有的世界，最终到达那个不可名状的吞噬者们的深渊。因为他就是亘古之神塔维尔·亚特·乌姆尔[2]，文士称之为'永生者'。"

记忆和想象在汹涌的混乱中变成了一团团模糊的、仿佛轮廓含糊的图画般的景象，早已失去了明确的边界与形状，但卡特知道，它们只不过是记忆与想象而已。然而他又觉得，在他的意识中构建出这些东西并非偶然，反而像来自某种没有边界的广阔的真实，无法言说的超乎时空的真实。它围绕着卡特，并努力将自己转变成他唯一能够理解的符号与象征。因为地球上没有哪个心智可以理解和领会那些超越我们所熟知的时空维度之外的、在隐匿的深渊中交织而成的形状的延伸扩展。

卡特面前飘浮着的是一片模糊的、由形状与各种影像汇聚而成

---

[1] 古埃及的智慧之神。

[2] 克苏鲁神话体系中的旧日支配者之一，是外神犹格·索托斯的化身之一。

的场景。他不由自主地将这片场景与地球那早已被遗忘了亿万年的原始的过去联系在一起。某些可怖的生物在由梦幻一般的造物组成的场景中自由地活动，这是任何理智的梦境都不会出现的场景，场景里遍布着许多令人难以置信的植物、悬崖、山脉以及完全不同于人类建造模式的石头建筑。海底建有城邑，还有许多生活在其中的居民；沙漠中屹立着高塔，许多球状、圆柱形或是不可名状的带翼物体从那里飞向外空，或是从太空中俯冲下来。卡特能明白眼前的一切，尽管这些景象彼此之间或是与他之间并没有任何联系。他自己也没有固定的形体，所站立的位置也在不断发生变化，但是这种涉及形体与位置不断变化着的暗示只是源自于他混乱的想象力的作用。

他曾希望找到童年梦境里的那个魔法国度：在那个世界里，大帆船沿着乌科拉诺斯河航行，穿过特兰金色的尖塔之林；大象商队徒步穿过克雷德弥漫着芳香的丛林，拥有雕刻着花纹的象牙柱子和早已被人遗忘的宫殿在月光中安眠，看上去宁静且可爱。而现在，他陶醉在更为广阔的迷离美景所带来的喜悦中，几乎不知道自己在追寻什么了。一种无限的，亵渎神明的大胆狂妄的想法在他的脑中渐渐滋生，他知道自己将毫不畏惧地面对这位可怕的"指引者"，并向他询问那些诡异可怕的事情。

突然之间，那由无数场景组成的壮观景象似乎达到了一种近乎隐隐的稳定。卡特的眼前出现了许多高耸着的巨大石块，上面雕刻着陌生的、难以言说的怪异图案，并且按照一种与常规截然不同的逆向几何法则排列着。光线从没有颜色的天空中穿过，以令人困惑的、极其矛盾的方向和角度照射下来，仿佛有感觉一般照射在那一排呈曲线排列的巨大基座上。这些巨大基座上雕刻着象形文字，形状更接近六边形，上面则覆盖着许多被隐形的、极其模糊的形状。

同时，这里还有另一个东西。它并没有基座，似乎是在那片阴沉沉的、仿佛地面一般的较低层面上滑翔或是飘浮。从轮廓上来看，它并不是固定的，而是短暂地变化成某种远在人类之前的某些东西，或是类似于人的模样，虽然要比普通人类大将近一半。它似乎被某种中性色的织物制作的斗篷一样的东西厚厚地遮盖着，就像是那些基座上的东西一样；卡特并没有找到那上面有任何孔洞，可让被覆盖着的东西通过这些空洞来窥视他。或许它并不需要凝视，因为它似乎属于另一种生物存在，远远超出仅有物质机体与肉体官能的人类。

过了片刻，卡特才知道事情的确是这样，因为那个东西在没有发出任何声音和使用任何语言的情况下，开始对他说话了，它的话语直接印在了卡特的脑海里。尽管它说出的名字极其可怕，但兰道夫·卡特却并没有因害怕而畏缩后退。相反，他开始回应，同样没有发出任何声音，也没有使用任何语言，只是按照那本可怕的《死灵之书》中所授的那种敬礼一样，表达了他的致意。自从洛玛从海中升起，自从基路伯来到地球，向人类传授古老的知识之后，这个形状就一直被整个世界所敬畏。它的确就是那道门的可怕的守卫者和指引者——塔维尔·亚特·乌姆尔，文士笔下的"永生者"。

这位引导者知道一切，他知道卡特的到来，也知道他内心的追求，同样也知道这个梦境与秘密的探寻者此刻正毫无畏惧地站在他面前。他流露出的神情并没有透露出一丝恐怖的模样，也没有显示出任何的恶意。以至于有那么一瞬间，卡特开始怀疑那个疯狂的阿拉伯人所写下的那些可怕的亵渎暗示是否仅仅只是出于他的嫉妒和困惑而已。或者，也有可能是引导者仅仅将他那被人所畏惧的恐怖与邪恶留给了那些内心畏惧的人。随着这种交流的继续，卡特最终将他的表述在心里转化成了清楚的语句。

"我就是你所知道的最古老的人。"引导者说，"我们一直在等你，我和那些上古者们都在等你。欢迎你，虽然你已经耽搁很久了。你拿到了钥匙，并成功打开了第一道门。现在，终极之门已经为你准备好了。如果你害怕，你不需要继续前进。你仍然可以毫发无伤地回到你来时的路上。但是你如果选择继续前进……"

这段停顿充满了不祥的感觉，但那些传达出的意思仍然是友好的。卡特毫不犹豫，因为强烈的好奇心驱使着他继续前进。

"我要继续前进，"他回应道，"我接受你成为我的引导者。"

引导者得到他的回应之后，他的长袍似乎做出了一个手势，可能举起一只胳膊或是什么类似的肢体。紧接着又出现了第二个手势，凭借着自己所积累的学识，卡特知道他终于接近了终极之门。光线现在变成了另一种不可名状的颜色，那些立在近似六角形基座上的形状也变得更加清晰起来。由于它们大多笔直地坐着而非站在那里，因此轮廓看起来越来越像是人类，但是卡特知道，它们不可能是人类。它们被斗篷遮盖着的头上似乎戴着辨不出颜色的巨大帽子，莫名地让人联想起某位已经被世人遗忘的雕刻家，他曾在鞑靼境内一座高大的被视为禁地的山上的一堵悬崖上雕刻出一些不可名状的图案；斗篷上的某些皱褶可以看出，它们应当抓握着长长的权杖，权杖那经过雕刻的杖头凸显出一种怪诞而古老的神秘感。

卡特默默猜测着它们到底是什么来历，从何处来，又是臣服于谁，同样也在暗暗猜测它们为了这样的臣服付出了什么样的代价。但他依旧愿意继续走下去，因为他可以通过这次危险而又新奇的冒险学到一切。他认为，"诅咒"不过是那些愚昧的人道听途说的流言，他们总是在怪罪和诅咒自己看到的一切，哪怕只是模糊的一瞥。他对那些认为这些上古邪恶无比的人的狂妄自大的想法感到惊讶，仿佛这些上古者甘愿从这些无穷无尽的永恒梦境中停下，而迁怒于人类一样。他想，如果真是这样的话，那么猛犸象也会忽然停下来，去疯狂报复一只蚯蚓。这时，那些立在近似六角形基座上的东西拿着雕刻过的权杖，一起摆出了一个奇特的节杖形手势，向他致意，并传达出他能够理解的信息：

"我们向您致敬，最古老的太古者，也向你致敬，兰道夫·卡特，是你的勇敢让你成为我们的一员。"

卡特这时才发现其中一个基座空了出来，太古者示意他，这个基座是专门为他保留的。他还看见了另一个比其他基座更加高大的基座，并且位于所有基座排列而出的那个既不是半圆，也不是椭圆，当然也不是抛物线或是双曲线的奇怪曲线的中央。他猜，这应当是引导者本人的王座。卡特以一种说不清道不明的礼仪姿态走上了他的位置；当他坐在自己的位置上时，他看到引导者也坐了下来。

渐渐地，太古者手中模模糊糊地拿起了一样东西，就和卡特看到的其他被斗篷遮住的东西一样，太古者利用长袍的皱褶抓住了某样东西。那是一个巨大的球体，或者说明显是一个球体，由散发着模糊不清的光的金属制成。引导者把它往前一拉，一种梦幻般的低沉声音弥漫开来，开始断断续续上下起伏，仿佛是某种节奏，却又与地球上的任何节奏无关。仿佛是一种吟诵的暗示，或者是人类想象中的一种吟诵。不久，那个类球体的东西开始发光，逐渐变成一种冰冷的、脉动着的、说不清颜色的光芒，卡特发觉它光芒的闪烁节奏正好与四周吟诵的怪异韵律一致。接着，基座上所有的头戴帽子、拿着权杖的东西开始跟随这种不可名状的节奏，轻微但诡异地摇摆起来；同时，一种像是那个类球体一样的说不清颜色的光，笼罩在它们被包裹的头部周围。

印度人停止了讲述，有些好奇地看着那只有着四只指针、表盘上写着象形文字的棺材形的大钟，它正不按地球上任何已知的节奏发出疯狂的嘀嗒声。

"德·马里尼先生，"他突然对那位学识渊博的主持人说，"不用说你也知道，那些六角形柱子上被斗篷遮盖着的东西，是以怎样一种诡异独特的节奏吟诵和摇摆的。在整个美国，你是唯一一个与这个世界之外的延伸世界接触过的人。我猜那只钟是先前时常提到的那位可怜的修行者哈利·沃伦送给你的。那个预言家表示他是唯一一个活着去过依安·霍的人，那座城市有着数千万年古老历史的冷原所留下的邪恶遗物，并且他从那个可怕的禁地里带回来了一些东西。我想知道，你究竟还知道多少关于它的微妙的性质？如果我的梦境与所解读的东西是正确的，那么它就是由那些对第一道大门十分了解的生物制作的。不过现在，让我继续讲我的故事吧。"

那位大师继续讲道：最后，摇摆与吟诵般的声音都停止了，围绕在那些被包裹的头部四周的光也黯淡消失了。而那些被斗篷包裹着的头部也随之低下去，停止了晃动。与此同时，那些被斗篷包裹着的东西忽然诡异地倒在了基座上。但是，那个类球体却继续闪动着难以描述的光。卡特感觉那些远古的人们就像他第一次看到它们时一样，已经睡着了。同时，他也不知道当自己到来时，曾把它们从什么样一种波澜壮阔的梦境中唤醒了。渐渐地，他脑中开始悄悄渗入一些真相，那个怪异的吟诵仪式其实是一种教学。而他的同伴们已经被太古者统一召唤进入到一种全新的奇异的睡梦中。它们的梦境将会打开那扇终极之门，而这把银钥匙就是通过终极之门的通行证。他知道，在这种深沉的睡眠中，它们所凝视着那种绝对的、深不可测的无边浩渺；他也知道，如果它们要完成这一目的，则自己必须同时在场。

引导者并没有与其他人一同进入梦境，但似乎仍在用一种微妙的、悄无声息的方式给予它们更多的指引。显然，他正在把那些他希望陪伴他的上古者们即将梦到的图景植入进去；卡特也知道，当每一个上古者描绘出被指定的图景时，就将会诞生一幅自己俗世的肉眼也可看见的图景内核。当所有上古者的梦境实现了统一，整幅图景就会显现出来，而他所需要的一切，将会通过集中和浓缩被具体化为实在的形体。他曾在地球上见过这样的事情——在印度，一群专家联合起来，集中投射出自己的意志，就能将一种思想转化成有形的可触碰的实体；而在古老的阿特兰特，几乎很少有人敢谈论这种事情。

终极之门到底是什么，又该如何通过？对于这些问题，卡特还无法确定；但是一种紧张的期待感在他内心涌动着。他意识到自己似乎有了某种形式的身体，也意识到手中正拿着那把决定命运的银钥匙。他对面高耸着的大堆石头似乎变成了一堵墙一般的高度，他的目光不可抗拒地被它们的正中吸引着。这时，他突然发觉，来自那些太古者们的精神交流停止了涌动。

卡特第一次意识到这种完全彻底的缄默，不论是精神上还是身体上，都是那么的可怕。先前的时候，四周总涌动着某种他能够感知到的奇特节奏，如果那些仅仅只是来自地球三维空间外的微弱而又神秘的节奏，那么此刻，深渊的寂静似乎降临在一切事物之上。尽管他依然可以感觉到自己的身体，却听不到任何呼吸声。塔维尔·亚特·乌姆尔的那颗类球体所发出的光逐渐固定不动了。一团比那些笼罩在上古者们头上的光更加明亮的光闪耀在可怕的指引者被包裹着的头部上方。

一阵晕眩袭上卡特的心头，迷失方向的感觉顿时被放大了上千倍。那些奇异的光芒似乎多了一种极其不可思议的难以穿透的黑暗，聚拢起来的黑影同时也围绕在那些上古者的周围，紧密地叠加在它们那形似六角形的座位上。四周突然有了一种令人眩晕的遥远的氛围。接着，他觉得自己好像被风吹进了一个深不可测的深渊中，一阵阵芳香的暖意不断轻轻地拍打着他的脸。他仿佛漂浮在一片散发着玫瑰香气的炎热海洋里，那是一片由令人上瘾的美酒组成的海洋，温暖的波浪拍打在火光闪耀的岸上，泛起一片片泡沫。当他隐隐看到大片汹涌的海浪拍打着遥远的海岸时，一阵巨大的恐惧顿时攫住了他。但在那一刻，沉默被打破了——那片汹涌的海浪开始用一种既没有声音，也不是清晰的语言向他说话。

"诚实的人超越了善恶，"一个并非声音的声音吟诵道，"诚实的人已至万物归一者前。掌握真理之人已经明白幻觉是唯一的现实，物质只是一种欺骗。"

这时，一直在不可抗拒地吸引着卡特目光的那堆石块斜坡上，出现了一座拱形的轮廓。那种形状让卡特觉得，这就是自己在很久以前、在遥远的三维地球那虚假的表层世界中的洞穴的岩室里看见过的大门。他意识到自己正按照一种未经学习的本能的仪式在转动银钥匙。这与他打开内门的仪式非常相似。接着他意识到，那拍打着他脸颊的带有玫瑰香气的海洋，还有那坚如磐石的高墙开始在他的咒语前屈服，那些上古者们也利用思想涌动的旋涡协助他咒语生效。接着，他在本能和盲目的决心的驱使下向前飘去，穿过了终极之门。

IV

兰道夫·卡特穿过这些巨大的砖石结构的建筑，仿佛像是头晕目眩地穿过群星之间深不可测的巨大深渊一般。自很远的距离开始，他就一直感觉到一种汹涌澎湃且神圣的芬芳，令人愉悦地在四周涌动着，接着，他又感觉到了巨大翅膀发出的沙沙声，以及一些模糊的声音，仿佛是地球上，或是太阳系里不知名的一些东西所发出的啁啾声和靡靡低语。卡特回头看去，他看见的并不是一扇门，而是许多扇大门，其中几扇门上有熙熙攘攘的影像和形状，很长一段时间，他一直努力使自己忘记这幅景象。

接着，他突然感觉到一种比任何形状所能带给他的恐惧更加强烈的恐惧，那是一种他避无可避的恐惧，因为这种恐惧本身就与他自己有关。尽管第一道门从他那里拿走了某种稳定存在的东西，只给他留下一个不稳定的身体形状，同时也让他无法确定自己与周围那些界定模糊的物体之间到底有什么样的关系。但至少没有破坏他整体的统一性。他仍然是兰道夫·卡特，仍然是在翻腾的维度旋涡中的一个固定的点。但这时，在他穿越了终极之门后，他立即意识到一种极度的恐惧：他不是一个人，而是许多人。

他同时出现在许多地方。在地球上，1883年10月7日，一个名叫兰道夫·卡特的小男孩在寂静的夜晚从"蛇洞"离开，穿过满是乱石的山坡，从枝干交错的果园走过，回到了位于阿卡姆后面的群山中的他叔叔克里斯多夫的家中。但就在同一时刻，某种程度上也是地球上的1928年，一个等同于是兰道夫·卡特的模糊影子在地球上的三维世界之外的延伸空间中，在一群地球上古者的迎接下，坐在了一个奇异的基座上。同样是在这里，还有第三个兰道夫·卡特，他正站在终极之门后面那个陌生无形的宇宙深渊中。在别的地方，在一片由无数景象交织的混沌图景中，还有无数的存在。他知道，这些存在就和穿越了终极之门的自己一样，都是他。而它们无穷无尽的数量以及庞大狰狞的多样性使他几乎接近了疯狂的边缘。

在地球历史中的每一个时期，不论是那些已知的还是那些存疑的时代，甚至还包括了那些超越了知识范畴、怀疑和可信度之外的遥远的地球时代，都有无数个"卡特"存在其中。这些"卡特"以各种形式存在着，包括人类的和非人类的；脊椎动物的和非脊椎动物的；有意识的和无意识的；动物的和植物的。甚至，还有一些与地球上的生命毫无共同之处的"卡特"，他们肆无忌惮地在其他星球、其他体系、其他星系乃至其他宇宙体系的背景里活动着。像一个拥有永恒生命的孢子一样飘荡着，从一个世界飘到另一个世界，从一个宇宙飘到另一个宇宙，但诞生的所有一切都是他自己。有些瞬间使他回想起从第一次开始做梦以来，这许多年间所做过的梦——既模糊又清晰；单一而又持久，还有一些景象有一种使人无法忘怀的、令人着迷，几乎有些恐怖的熟悉感。这是任何俗世的逻辑都无法解释的现象。

面对着这样的认识，兰道夫·卡特陷入了极度的恐惧之中——这种恐惧即便是那个可怕的夜晚所发生的最恐怖的事也无法与此相比。当时他们两人在一弯残月下，冒险进入一个古老而又令人不快的古墓中，但最终只有一个人逃了出来，但就算是这样的经历也不足以与此刻的恐惧相比。任何死亡、任何厄运、任何形式的痛苦都不足以引起这种因为失去自我的身份而产生的极度绝望。相比之下，在虚无中消亡只不过是和平的遗忘；但意识到自己的存在，又知道自己不再是一个与其他东西存在明显区分的存在——一个人不再有自我——那是最不可名状的极度痛苦与恐惧。

他知道曾经有过一个在波士顿的兰道夫·卡特，却不能肯定他——那扇终极之门外的碎片，这个尘世生命的容貌——是否就是那个兰道夫·卡特，又或者是另一个他。他对自我的认识已彻底地毁灭了；与此同时，他——鉴于个体存在的绝对的虚无性，如果真的有一个东西还可以称之为"他"的话，这种假设也毫无意义——也同样以某种不可思议的方式，意识到有一大群自我的存在。仿佛他的身体突然变成了一个印度神庙里摆放的那些有许多手臂和许多头颅的雕像。他思考着这种聚合的状态，困惑地试图辨别哪些是原始的，哪些是后来添加进来的——如果真的有（这是非常恐怖的想法！）有某些原始的东西能够使其与别的分身区分开来。

然后，在这些毁灭性的思考中，无数个卡特的"门外的碎片"似乎从最可怕的地方被抛到了恐怖的深渊，被更深刻的恐怖所抓取。这一次的感觉很大程度上是来自外界的——像是一种力量，或一种意识，既面对着他，又包围着他，弥散在他四周。这种力量除了在此地存在之外，似乎也是卡特自身的一部分，同时也与所有的时间共存，与所有空间互通共存。穿过了终极之门的卡特看不到任何关于它的图像，但它的存在，还有那结合了局部、自我与无限的可怕概念让卡特恐惧得几近麻木，超越了任何一个"卡特"碎片都不曾存在的骇人的恐怖。

面对这可怕又惊奇的存在，穿过了终极之门的卡特忘掉了自我被摧毁时的恐怖。这是由无限的存在和自我合二为一的事物，所有一切都存在于它之中，它也存在于所有的一切之中——不仅仅是一个时空的连续体，而是关联着为无尽头的存在带来生机的终极本质——最后，这是一个没有限制，超越了想象和数学逻辑范畴的绝对领域。它也许就是地球上某些秘密信徒中私下里口口相传的"犹格·索托斯"，同时也用其他名字出现过的神明；其中还有来自犹格斯星的甲壳类动物超越自我的崇拜，也有那些螺旋状星云中的蒸汽状大脑所知晓的一个不可破译的符号——然而在一瞬间，卡特意识到所有的这些概念是多么的琐碎和微不足道。

　　这时，这个存在向这个穿过了终极之门的卡特开口说话了，巨大澎湃的思想潮水般重重袭来，如雷鸣般轰响着，剧烈燃烧着。那是一股聚集所有能量为一体的冲击，它那几乎到达临界点的爆发力足以将它的接收者炸飞。和它一起出现的还有一种奇异神秘的节奏——但卡特穿过第一道门后，所到达的那个令人困惑的世界里，上古者们曾跟随这个节奏诡异地晃动着，而可怖的光也随着它不断闪烁。它就像是分布在空间中各个不同地方的许多太阳、许多个世界、许多的宇宙都聚集在一起一样。它们仿佛紧密融为一体，随着那种不可抗拒的愤怒所爆发的冲击而彻底毁灭。但在这种更为巨大惊骇的恐怖中，之前那些较小的恐惧逐渐减少，因为灼热的力量似乎在某种程度上把"门外的卡特"与他那无数个复制隔离开来——似乎是为了恢复他某种程度上的身份错觉。过了一段时间，听者开始把思潮转化成他所熟悉的语言形式，他的恐惧与苦恼也随之逐渐消散了。取而代之的是纯粹的敬畏，那曾经似乎是亵渎神明的异常景象，现在却变得无法言语的庄严与壮丽。

　　"兰道夫·卡特。"它似乎在说，"我在你的星球的延伸空间上的某些分身，还有那些上古者们，已将其中一个你送到了这里。现在这个你不久前，曾十分渴望能回到当初那个已经遗失了的梦中的小小世界，但当你获得了更大的自由后，你又产生了更加宏大的欲望与好奇心。你希望能在金色的乌科拉诺斯河上航行，希望到长满兰花的克雷德去寻找早已被遗忘的象牙宫殿，希望能登上伊莱克–瓦德的猫眼石王座。在那里，所有高耸的尖塔与无数穹顶都有力地指向仅有一颗红星的苍穹。那个苍穹与你所生活的地球，以及一切存在的事物都截然不同。现在，你已经穿过了两道大门，你开始想要一些更加高深的东西。你不再像个孩子一样，仅仅满足于从一个自己讨厌的现实处境逃离，进入到一个自己喜爱的梦境中去。而是像个成年人一样，不顾一切地穿越所有梦幻的梦境与现实的情境，最终挖掘出藏在最深处的终极秘密。

　　"我发现你的愿望十分有趣，现在，我准备满足这个愿望。我仅仅给予那些从你那个星球过来的生物十一个愿望，其中有五次都是给了那些你们称之为'人'，或者与他们十分相似的生物。现在，我已准备向你展示终极的奥秘，它会彻底摧毁一个软弱的灵魂。然而，在你完完全全得知这个最后也是最初的秘密之前，你仍然可以自由选择，只要秘密的帷幕还未拉开，只要你愿意，你仍旧可以穿过那两道门，返回到自己的世界。"

V

　　忽然，那些汹涌而至的思潮瞬间消失无踪，给卡特留下一种令人生畏的、充满凄凉和荒芜的死寂之感。四周只剩下无边无际的虚空，可探索者知道，那个存在还在那里。他花了片刻思考着刚才听到的话语，接着便朝着深渊说道：

　　"我接受，我不会退缩。"

　　汹涌的思潮再次蜂拥而至，卡特知道对方已经听到了他的回应。接着，从它那无边无际的内在之中，涌出了更多的知识与解释，犹如洪水般喷涌而出，为探索者打开了一幕幕全新的视野，使对宇宙的一切有了前所未有的了解。那个智慧存在告诉他，三维世界的概念是多么的幼稚和有限，除了已知的上下、前后、左右这些方向外，还有着许多其他无限的方向。他让探索者看到了那些世俗中的神明是多么的渺小，看到他们那些卑微细碎的、和凡人一样的爱好，还有与俗世脱不开的利益和关系——他们所表现出的那些仇恨、愤怒、爱和虚荣；

他们对赞美和献祭的渴望；他们对信仰的需求和对理性和自然本身的违背——这一切，都是那么的渺小与空虚。

尽管大部分的信息都转化成了卡特能够理解的文字，但也有一些是调动了其他感官来向卡特进行解释说明。也许是通过他的眼睛，也许是通过他的想象力，卡特意识到自己正处在一个超出人类眼睛所能看见、超越大脑所能想象的空间维度中。最初，那只是一个力量的旋涡，接着，它又变成了一片无穷尽的虚空，在这片虚空中的冥冥阴影中，造物主正在进行一种令他头晕目眩的席卷。他站在某个不可思议的角度上，看见许多超越一切极限的奇异的形状，尽管他终其一生都在对那些神秘的事物进行研究，但眼前各种各样的延伸已完全超出了他所掌握的全部有关生物存在、大小与界限的概念。他开始隐约理解了那个1883年住在阿卡姆镇的农舍里，名叫兰道夫·卡特的小男孩；理解了那个走过第一道门之后，坐在形似六边形座上的模糊身影；理解了现在这个身处无限深渊，与眼前这个智慧的存在交流的卡特；以及其他所有他想象到或感知到的卡特是以怎样的方式在同时存在的了。

接着，思潮的侵袭变得更加强大了，并且开始设法增进他的理解力，使他这个渺小存在的部分与那些繁杂的、形形色色的存在互相协调起来。它们告诉他，每个空间的形状图形都只不过是一个平面与另一个维度的对应图形互相交叉而产生的结果——就像是从一个立方体上切割下来一个正方形的面，或者是从一个球体上切割下来一段圆弧一样。这样一来，三维世界里的人们只有通过猜想和睡梦才能知道，立方体与球体也是像前面所述的那样，从所对应的四维物体上切割下来的一部分而已；并且这些四维物体的形状也仅仅只是五维物体形状上的一部分，以此类推，一直可以追溯到令人晕眩而又无法触及的最高度，那是一切事物原型的无限。人的世界与人类之神的世界仅仅只是一个极为渺小的事物存在中的一个极为渺小的部分而已，只是他在通过第一道门时所到达的渺小的统一体，那个塔维尔·亚特·乌姆尔所领导着的上古者们入梦的地方的一个三维截面而已。但人们却将其视之为真实所在，并把那些认为它有更高维度的原型的想法看作是虚幻和不现实的，但真实恰恰与之相反。那些我们称之为物质存在和现实的东西只不过是一些影子和幻象而已，而那些我们称之为影子和幻象的东西才是真正的物质存在和现实。

那些思潮继续涌动着向他解释，时间是静止的，既没有开始也没有结束。时间只是不断在流动着，由于时间的运动而产生了事物随之发生变化的想法只不过是一种错觉而已。事实上，时间这个概念本身就是一种错觉。只有那些身处于有限的维度中、视野狭隘的存在才会认为有过去、现在和未来这样的概念存在。人类之所以会产生时间的观念，只是因为那些被他们称为所谓变化的过程的存在，但这些变化本身也是一种错觉。一切过去、现在、未来存在的事物，实际上全都同时存在着。

这些启示源源不断到来的同时，还伴随着神圣的庄严与肃穆感，让卡特无从怀疑。尽管它们几乎超出了他头脑的理解范畴，但他仍感到它们一定是正确的，因为最终出现的这个无限真实的观点，与之前所有狭窄片面的观点，以及那些备受局限的见解完全相反；而他早已习惯于思考那些深远的奥妙事物，使他从那些局部的、片面的思想的束缚和压制中彻底解放出来。难道他全部的探索之旅不正是建立在一种对局部和片面的不现实和虚妄的信仰上吗？

在一段饱含内蕴的停顿后，思潮开始继续向他传输，说那些处在较低的维度的居民口中所说的变化，其实只是它们的自我意识所起的作用而已，是它们从不同的角度观察外部的世界所产生的结论。将一个圆锥切断后，因为剪切的角度不同，所得到的形状也会不同。从不同的角度切割，可能得到圆形、椭圆、抛物线或者双曲线，但圆锥本身并没有发生任何变化。因此，一个稳定的、不会发生变化的存在，所产生的一些局部的外在会随着观察角度的不同，从而发生相应的不同变化。这种由自我意识所造成的角度变化，使得那些低维内在世界里的弱小存在成为了奴隶，就算他们发现一些稀有的异常，他们也无法学会掌控这些异常。只有极少数研究禁忌事物的人，能够获得有关掌握这种控制的边角信息，从而征服了时间与变化。但那些身处大门之外的存在，却能完全按照自身的意愿，掌握控制各种角度，掌握宇宙的大部分的面貌：那些支离破碎的、千变万化的景象，或是那些超越了局部视角之外的整体。

　　思潮再次停了下来，卡特开始模糊而恐惧地理解了最初使他极其恐惧的丧失自我的过程背后所包含的终极含义。他的直觉把启示的碎片一块块拼凑起来，使他越来越接近掌握终极奥秘的时刻。他明白许多可怕的启示将会一个个到来，降临在自己身上。在穿过第一道门时，如果不是塔维尔·亚特·乌姆尔使用魔法保护了他，从而使他能够准确地用银钥匙打开终极之门，那么他的自我意识早已被那些位于第一道门内、与他所对应的无数个卡特的碎片撕扯殆尽。尽管如此，卡特依然渴望更多地了解那些知识，他将自己的想法传达过去，进一步询问各个卡特之间的联系——目前这个身处终极之门外面的卡特；那个坐在第一道门外的形似六角形基座上的卡特；那个1883年的小男孩卡特；那个1928年的成年人卡特；各种各样的古老祖先留下了他的遗产并铸造了维护他的自我的壁垒；那些身处其他世界和其他时代的居民，虽然他们看上去十分不同，但透过最终的视角，只要看一眼那个令人惊惧的形象，就能很快意识到，它们与自己是完全相同的。那个存在开始缓缓涌动着传达思潮，回答他的问题，并试图将那些几乎完全超出了世俗心灵之外的东西解释清楚。

　　那些涌动的思潮继续解释着，各种各样的维度中的所有生物和它们的后代，以及每一个生命生长的全部阶段，仅仅只是在维度之外的空间中的一个原型存在所投下的倒影而已。每一个生长于较低维度的生物——儿子、父亲、祖父等——和每一个个体生命成长的不同阶段——婴儿、儿童、少年、成人——都只是同一个原型存在所有的永恒的无限阶段中的一个阶段；这一切都是源于观察原型时的自我意识不同，从而从不同的角度进行切割，所产生的不同的截面而已。处于任何年龄阶段的兰道夫·卡特，以及兰道夫·卡特和他所有的祖先们，无论他的祖先是人类还是早于人类存在的生物，无论这个生物是来自地球还是来自地球之外，都仅仅是那个超越时空之外、永恒存在的终极"卡特"的不同角度而已。这些都是自我意识所选取的从不同的角度切割那个永恒的原型时，获得的截面造成的虚幻的投影。

　　在这无尽的宇宙循环中，只要对角度做一些细微的变化，就能将今天的学者变成昨天的孩子；就能把兰道夫·卡特变成1692年从塞伦逃出来之后，躲进阿卡姆后面的群山之中的埃德蒙·卡特，还能变成2169年用奇怪的方法将蒙古游牧部落驱逐出澳大利亚的皮克曼·卡特；能将身为人类的卡特变成那些居住在原始极北地区上，崇拜着从卡里尔（曾经围绕大角星旋转的双星）上降落下来、全身呈黑色但又柔韧可塑的撒托古亚的古老居民；也能把生活在地球上的卡特变成一个居住在卡斯艾利上的毫无固定形状的远古先祖，或者把他变成一个来自银河系另一边的斯状提星上的更为古老且仍将继续存在的生物，或者变成存在于未来一颗拥有放射性与不可思议的轨道的黑暗彗星上的一个植物大脑等。

那些思潮继续有节奏地涌动着，接连不断地告诉他——那些永恒存在的原型都是居住在终极深渊里的居民。那个深渊是无形的，也是不可言说的，只有极少数低维度世界的梦想家才会对它的外形构造进行猜测。在这些原型中，最主要也是最重要的一个，就是现在正向他解释所有这一切的这个存在……但事实上，它同时也是卡特自己的原型。卡特和他所有的祖先面对那些被视为人类禁忌的宇宙奥秘时，所表现出来的那种无限热切的渴望，正是被这个终极原型循序渐进诱导的自然结果。在任何一个世界里的所有伟大的巫师、所有伟大的思想家、所有伟大的艺术家，全都是它的侧影的投射。

这一切让卡特因为敬畏而震惊得几乎昏了过去。带着既恐惧又喜悦的心情，兰道夫·卡特的意识朝着它本身的起源，也就是那个超自然的存在表达了自己的尊敬。当那些思潮停止涌动时，他独自在无边的静寂中思索着那些奇怪的颂词，还有那些奇怪的问题与更加奇怪的请求。那些不可思议的情景与超越脑中所知范畴之外的启示，让他晕头转向，但各种新奇怪异的概念仍在他眩晕的头脑中撞击徘徊。他突然想到，如果对方所说的一切都是真的，那么他只要用魔法改变自己意识层面的角度，也许就可以亲身游历那些他先前只能通过梦境才能造访的无限世界，不但可以跨越无限遥远的时间限制，也可以探索宇宙中的每一个角落。银钥匙所提供的，难道不正是这样一种魔法吗？它难道不是在这一切最初的时刻，就将他从1928年的一个成年人，转变成了1883年的小孩，接着又把他转变成一个完全脱离时空之外的一个存在了吗？奇怪的是，尽管现在他已经没有实体的存在，但他却非常清楚，那把钥匙还在他的身上。

四周依然是一片无边的静寂。兰道夫·卡特便把脑中的想法和感到困惑的问题向周围传达出去。他知道，在这个终极深渊里，他与自己原型的各个方面——无论那是人类，还是非人类；无论那是地球上的存在，还是地球之外的存在；无论那是银河系内的，还是银河系之外的，他与每一个外星之间的距离都是相等的；而他也对这个存在所投射出的其他形状感到十分好奇，尤其是在时空上距离1928年的地球最遥远的存在；或者是在他的一生中一直环绕在他的梦境中的存在。在狂热的好奇心的驱使下，他发现自己的原型实体能够通过改变他的意识角度，毫无限制地将他送到任何一个过去的和遥远的生活中。虽然卡特之前早已经历过许多不可思议的事，但他仍希望能看到更多的奇迹，并亲自行走在过去每晚都断断续续出现在他的梦境里的那些怪诞场景里。

在没有做好明确的计划前，他向那个存在提出了一个请求，希望自己可以到一个朦胧而奇异的世界中去：在那个世界里，有五个色彩缤纷的太阳，陌生诡异的星象，令人头晕目眩的黑色悬崖峭壁，长着爪子和尖头鼻子、看上去就像是貘一样的居民，那里有神奇的金属尖塔、有难以描述的隧道，还有神秘的浮动着的圆柱。所有的这一切曾一次又一次地出现在他的梦中。他隐隐意识到，在所有能想象到的宇宙里，这个世界与其他世界之间的联系是最自由的；他渴望去探索那些他曾经给予一瞥的场景，渴望穿过外在的延伸太空去造访那些无比遥远的，居住着长着爪子和尖头鼻子、像是貘一样的居民生活的世界。他没有时间去害怕了。在他神秘莫测的一生中，无论面对什么样的危机，纯粹强烈的好奇心总是会战胜其他一切。

当思潮再次开始令人生畏的涌动时，卡特知道他提出的那个可怕的请求已经被答应了。深渊里的那个存在正在向他讲述他必须要跨越的一些黑暗的深谷、那个无人知晓的星系中运转着的一个陌生的五星体系、那些长着爪子与尖头鼻的种族，还有永不停息地与它们对抗的敌人：依靠挖掘而前进的极为恐怖的怪物。同时，它还告诉他，至于本体而言，所对应的意识角度，以及在他想要探寻的世界里的那个"卡特"所对应的意识角度。它表示，必须同时倾斜这两个角度，才能成功转变成那个世界里存在的卡特。

深渊里的那个存在同时提醒道，如果他仍旧希望从他所选择的那个遥远而陌生的世界中回来的话，就一定牢记自己是属于哪一个意识角度的。卡特有些不耐烦地传达出了自己的答复，他觉得那把银钥匙就在自己身上，他十分清楚，正是这把银钥匙改变了世界与他本身的角度，将他带回到1883年。因此，他十分确定，那把银钥匙上一定包含了关于那个存在所提到的所谓标记。这时，深渊里的存在明白了他的急不可耐，于是它表示自己已经准备好来完成这项可怕的变化了。接着，那些一直涌动着的思潮戛然而止，紧随其后的是一段短暂的寂静，伴随着难以描述，但令人十分畏惧的期待。

然后，毫无预兆的，一阵嗖嗖的声响传了过来，伴随着呼啦呼啦的鼓点声，最后演变成了可怕的雷鸣般的声响。卡特再一次感觉到自己变成了被巨大的能量聚集冲击的焦点，那种力量的节奏他已经十分熟悉了，他被不断捶打着、难以忍受地被炙烤着。他甚至分辨不出这到底是一颗正在燃烧的恒星爆裂而出的灼烧热量，还是终极深渊里那股足以冰冻一切的寒冷。与宇宙中任何光谱都完全不同的光线和色带在他面前摇曳、交织、缠绕，他意识到自己正以一种快得令人恐惧的速度运动着。在这个过程中，他甚至在某个瞬间瞥见一个人影正独自坐在一个模糊的、和其他基座相比更像六边形的基座上……

VI

当印度人停下故事的叙述时，他看见德·马里尼和菲利普斯正聚精会神地看着他。阿斯平沃尔则依然装出一副毫不关心的样子，目光直盯着放在面前的文件。棺材形状的座钟仍然按着那种诡异的节奏嘀嗒作响，但这个时候，这种诡异的节奏已经有了一种新的不祥含义。从那个被遗忘在角落里的被闷堵住的三脚架中散发出的烟雾，在空气中翻腾交织成一些奇怪又不可思议的形状，并与随风摇摆的挂毯上怪诞的图案形成了令人十分不安的组合。服侍他们的老黑人已经走了——也许某种越发紧张的气氛把他吓走了。几乎是一阵带着歉意的迟疑阻碍了说话者的继续，他的声音既古怪又吃力，但用词却相当的地道："你们已经发现这些关于深渊的事情十分难以置信。"

他说："但是你们会发现那些物质的和有形的东西更难以置信。这就是我们的思维方式。当奇迹从模糊的梦境中被带入到三维空间世界时，一切都会变得加倍不可思议。我不应当告诉你们太多的事情，那样就会变成另一个完全不同的故事。现在，我只讲述那些你们必须知道的事情。"

卡特在穿过那片由怪异的多彩节奏交织而成的旋涡后，他曾一度认为自己又回到了之前反复出现的梦境世界里。在多年以前的晚上，他曾走在一片色彩奇异的灿烂阳光下，与一群长着爪子与尖头鼻的生物混在一起，在一座样式十分古怪的金属迷宫里穿行，沿着迷宫中一条又一条街道走着。当他向下看向自己的时候，他发现自己的身体就像旁边其他的生物一样，充满了皱褶，有的地方还长着鳞片，关节则显然像是某种昆虫一般，十分奇怪，但更诡异的是，它们仍拥有类似人类的外形。银钥匙仍被他紧紧握在手里，只是紧握着的手掌已变成了一只十分令人作呕的爪子。

不久，那种梦一般的感觉消失了，他觉得自己仿佛刚刚从一个梦中醒来。亚狄斯星[1]上的巫师兹库帕曾经持续不断地梦到过一系列东西：终极深渊、那个深渊里的存在、那个来自还未形成的未来世界里的既荒谬又古怪的、名叫兰道夫·卡特的生物。那些梦境出现得太频繁了，甚至已经妨碍到他日常要履行的职责，让他有时甚至会忘记施展魔法，把那些可怕的蠕虫关押控制在它们的地洞中。这些梦境逐渐与他脑海中所记得的那些他曾待在光柱环绕的容器中探访过的无数真实世界的情景交织在一起了。现在，它们变得从未有过的真实。那把沉甸甸的、切实存在的有形的银钥匙就在他的右爪中，上面的某幅图案是他曾梦见过的，但那图案并不意味着什么好事。他必须休息

---

[1] 克苏鲁神话体系中地球外的星球之一。

一番，进行一番思考，再看看奈兴的碑文，寻求关于下一步的行动建议。他走进一条主路旁边分岔出来的小巷，爬过一堵金属墙，走回了自己的住所，来到存放碑文的架子前。

七个分日后，兹库帕怀着敬畏、恐惧惊惧和近乎绝望的心情蹲坐在他的棱镜前，因为真相再度打开了一系列全新的矛盾冲突着的记忆。从此之后，他再也无法体会作为一个独立存在的整体时的平和感觉了。因为无论何时何地，他都是两个存在：作为亚狄斯星上的巫师兹库帕，他必须承受和接纳那个令人厌恶的地球上的哺乳动物卡特的思想。他过去曾经是他，并且以后也将变成他。同时，来自地球上波士顿的兰道夫·卡特则要为这副长着爪子与尖头鼻的模样感到恐惧和颤抖，他过去曾经是这样，但现在又变成了这副模样。

大师继续用沙哑的声音说着，他吃力的声音明显开始出现疲倦的迹象。时间在亚狄斯星上不断地流逝，他们之间也有了一个三言两语无法交代清楚的故事。亚狄斯星上的生物在光柱的环绕下可以探访像是斯壮提、姆斯乌、凯斯或者其他分布于二十八个星系中的不同的世界。同样地，他们也能在银钥匙，以及亚狄斯星上的巫师们所知道的其他各种符号的协助下，在上万亿年的时间内来回旅行。在这个环绕着蜂巢般的行星的原始隧道中，有着苍白而充满黏液的巨型啮齿蠕虫，他们不断地和这些蠕虫进行可怕的斗争。这里的图书馆里汇集了不可估量的知识，这些知识来自上万个已经灭亡或是尚且存在的世界。他们曾和亚狄斯星上的其他智慧存在召开过一些令人紧张敬畏的会谈，包括首席长老布奥。兹库帕没有告诉任何人关于自己身上发生的事情，不过每当兰道夫·卡特占据了思想的主导，他就会疯狂地研究一切能让自己回到地球和变成人类形态的方法，并且拼命地试图用那个怪异的喉咙说着完全不适合它的发音构造的人类语言。

卡特很快便惊惧地发现，银钥匙无法使他再度变回人类的形态。他根据自己记忆中的事物、那些他在梦境中见到过的事物以及他从亚狄斯星上丰富的知识推断出，银钥匙原本是一件属于地球上极北方的净土世界中的产物，但显然已经太晚了。他意识到，银钥匙所拥有的力量只能够让他在人类之间进行意识的角度的转变。尽管它也能改变行星的角度，让使用银钥匙的人可以任意穿越时间，将自己送进另一种生物的身体内，但却无法再做出更进一步的改变。有一个额外的魔咒，可以提供银钥匙所缺少的那种无限力量。但这也是人类的发现，是那个他无法到达的世界所特有的，并且就连亚狄斯星上的巫师们也无法复制这个魔咒。这个魔咒就写在那张无法破译的羊皮纸上，和银钥匙一起，装在那个雕刻着诡异花纹装饰的盒子里。卡特十分懊恼地哀叹自己把那张羊皮纸留在了汽车里。深渊里那个遥不可及的存在也曾警告过他，让他牢记自己的标记，它无疑觉得卡特已经做好了万全的准备，没有丝毫遗漏。

随着时间的过去，卡特越来越努力地学习和利用亚狄斯星上的那些可怕的知识，试图想要找寻回到那个深渊里的方法，找到那个无所不能的存在。通过这些全新的知识，他已经可以大概阅读和破解那张神秘的羊皮纸了，但在目前的情况下，这种能力显然成了一种莫大的讽刺。并且，在有些时候，当兹库帕掌握了思维的主动，他就会努力消除掉那些相互冲突的、给他带来相当大困扰的卡特的记忆。

如此漫长的时间就这样慢慢消逝了，时间之长久，早已超出了人类大脑所能想象的极限，因为亚狄斯星上的生命只有在经历过漫长的周期循环之后才会死亡。经过千百次的抗争，卡特似乎战胜了兹库帕获得了主导，并且花费大量的时间来计算亚狄斯星到人类所居住的地球究竟隔了多远的时空。结论得出的数字人得令人惊讶，根本数不清到底有多少亿光年之久，但亚狄斯星上那些极为古老的知识使卡特已经习惯了这样的情况。他利用梦境的力量，让自己可以短暂地回到地球，从而了解到许多有关我们这个星球先前从不知晓的事情。但是他却始终无法在梦中找到自己最需要的东西：写在那张被他遗忘的羊皮纸上的魔咒。

最后，他想出了一个逃离亚狄斯星的疯狂计划——起初，他发现一种药物可以使兹库帕一直处于沉睡休眠的状态，但却不会消除兹库帕的知识和记忆。他认为自己的计算可以让他在光柱环绕的容器中开始一段亚狄斯星上的生物从未尝试过的遥远航行。他自身将会穿越那漫长的难以言说的时间，穿越星系间无法计算出的遥远距离，直到到达太阳系，并降落在地球上。一旦到达地球，哪怕是还困在这副长着爪子与尖头鼻的身体里，他依然可能通过某种方式，找到那张被自己遗忘在阿卡姆后山小路旁的汽车里的羊皮纸，从而破译上面怪异的象形文字，再通过它和银钥匙的力量，重新变回他在地球上时的正常模样。

他并没有忽视这种尝试中潜在的巨大风险。他知道，自己可以利用银钥匙本身的魔法，把这颗行星的角度转到正确的方向，让自己能够穿越不可想象的漫长时间（在外太空中急速穿行无疑是不可能做到的），而那个时候，兹库帕和其他亚狄斯星人的天敌，那些巨型啮齿蠕虫已经获得了这场战争的胜利，亚狄斯星成了一个被蠕虫所主宰的死寂世界，因此他使用光柱环绕的容器能否真正逃离这颗星球，将会面临非常严峻的挑战。同样，他也明白自己必须可以熟练地控制自身的生命气息，达到一种假死的状态，因为这场旅行需要花费数千万年的时间，才能穿越那深不可测的深渊。同样，他也明白，如果他的计划成功了，还必须要想办法使自己这具身体对细菌以及其他对亚狄斯星生物不利的环境免疫。此外，他还需要想一个办法，将自己伪装成人类的模样，直到他找到并破译了那张羊皮纸上的魔咒，真正恢复了自己的外形为止。否则，他可能被地球上的其他人类发现，并在极大的恐惧中被当作一个不应当存在的怪物而遭到消灭。他还需要一些金币支持自己度过那段寻找羊皮纸的时期，不过幸好这样的事物可以在亚狄斯星上找到。

卡特的计划缓慢地向前推进着。他为此制作出了一个异常坚固的容器，以便于承受那段时间跨度极度巨大的旅行，以及一次史无前例的星际间的飞行。他不断检验自己所有的计算结果，并尝试一次又一次在梦中回到地球，并尽可能地将时间拉近至1928年。此外，控制自身生命活动的假死尝试也取得了非常有效的进展。他还找到了自己所需的抗菌药剂，以及妥善解决了自身必须面对的不同重力和压力变化所带来的问题。另外，他巧妙地制作了一个蜡制的面具和一身宽松的衣物，使他能够伪装成人类的样子混在人群中。他还设计出一个异常强大的咒语，能够让他在那个不可思议的遥远未来，击退那些恐怖的巨大蠕虫，顺利地从黑暗死亡遍布的亚狄斯星上逃离。卡特还小心翼翼收集了大量无法在地球上找到的、可以压制兹库帕的药物，多到足够使他一直坚持到能够摆脱这具亚狄斯星人的可怕躯体。他也没有忘记储备少量的黄金，以供自己在地球上使用。

计划正式实施的那天，卡特心中充满了怀疑和不安。他爬上了放置那个特制容器的平台，借口说自己将去往有着三星系统的尼索，接着，他爬进了闪闪发光的金属护套。空间的大小刚好够他进行启动银钥匙所需的仪式。他开始进行仪式的同时，也慢慢地使容器悬浮起来。周围的空气开始剧烈翻滚，光线黑暗无比，令人发指，随之而来的是可怕的痛苦和折磨。整个宇宙似乎都在无力地旋转起来，其他星座则在黑暗的天空中不停地舞动。

卡特忽然感到了一种新的平衡。星际空间冰冷的寒气侵蚀着他的容器表面，他看见自己正在太空中自由地飘浮着——那座他开始旅程时所在的金属建筑，在很久以前就坍塌腐蚀了。下方的大地上遍布着巨型的蠕虫。就在他向下张望的时候，一条蠕虫直立起数百英尺之高的身躯，将苍白的布满黏液的前端瞄准了他。不过他的咒语也相当有效，不一会儿，他已经安然无恙地远离了亚狄斯星。

VII

在新奥尔良的那间诡异的屋子里，老黑人仆人本能地逃了出来，而查古拉普夏大师那古怪的声音也变得更加嘶哑了。

"先生们。"他继续说道，"在向你们出示一些特别的证据前，我不会强求你们一定要相信这些事情。那么，当我告诉你们，在几千光年的历程里，经过了数不清的数十亿英里的旅行，兰道夫·卡特作为一个不可名状的外星怪异存在，待在一个金属制成的薄薄容器里，飞快地穿越旅行时，你们不妨把它当成是一个神话来看。在这段时间里，他精心安排了自己压制生命活动的时间，计划在登陆1928年或者1928年前后的地球时，提前几年结束这段长长的休眠期。

"他永远不会忘记让自己觉醒。先生们，请记住，在开始那段无法计算的漫长休眠之前，他已经在亚狄斯星上的那些陌生而可怕的奇特景观之中意识清醒地生活了几千年。如今，伴随他漫长的休眠的只有不断侵袭而来的刺骨的寒冷、不时中止的吓人梦境，以及从观察孔所看到的那一隅景观。周围全都是恒星、星团与星云，一直到外面群星的轮廓终于和他所熟悉的地球上方的星空相似起来。

"直到有一天，他进入了那个被称为太阳系的星系，看到围绕在恒星系边缘的凯兰斯星，以及靠近海王星的犹格斯星[1]，还看到了犹格斯星上地狱般的白色真菌。经过木星时，他近距离观察了那上面的重重迷雾，并因此了解到了一个难以言表的秘密，同时还看见了木星的一颗卫星上所展现出的恐怖景象。他还凝视过那铺展在火星红润表面的巨大遗迹。等到最后，当地球逐渐靠近时，它就像是一弯薄薄的新月，在视野逐渐膨胀到了令人惊异的巨大尺寸。虽然重回故土的感觉令他不愿再浪费一分一秒，但卡特仍旧放缓了速度。那些我从卡特那里了解到的、他当时的感受，我想已不必向你们复述了。

"终于，卡特进入了地球上方的大气层中，等待太阳从西半球升起。他希望可以回到自己当初离开的地方，也就是阿卡姆后面，'蛇洞'所在的那片群山里。假如你们曾经有人离开家相当长一段时间，据我所知，你们其中的确有人是这样，那么你们就能想象得到，当新英格兰那圆形的小山丘，枝丫交错的果树，还有那些古老的石墙出现在卡特眼前时，他有多么的激动。

"天快亮的时候，他落在卡特家老宅子下方不远处的草地上。周围一片寂静，透着一股荒凉，他不由得感到一阵庆幸。这里依然和当初他离开时一样，此时已经是秋天了，从山里飘出的气息使他的灵魂得到一丝抚慰。卡特打算把那个金属容器拖到树木茂盛的山坡上，藏进'蛇洞'里；然而，他却没办法带着它穿过那道裂缝，进入到洞穴最里面的岩室。他在蛇洞内，穿上那套人类的衣服，戴上蜡制的面具，把怪异的身体遮盖住。在接下来的一年多的时间里，他一直把金属容器藏在里面。后来，发生了一些事情，他不得不重新寻找一个新的藏匿处。

"他徒步走回了阿卡姆，并在途中练习如何在地球重力的作用下，模仿人类的姿势行动，和操控自己的身体。接着，他来到一家银

---

[1] 克苏鲁神话体系中的地球之外的星球之一，指冥王星。

行，把携带的金子全都兑换成了货币。此外，他还假装自己是一个不太熟悉英语的外国人，做了一番调查，得知那一年是1930年，与他原本计划中的1928年仅差了两年。

"不过，他的处境十分尴尬。不但不能以自己的身份公开活动，而且时刻都要保持警惕。此外，在食物上也有不少麻烦，同时还必须把那些能使兹库帕保持休眠状态的外星药剂保存完好，他发觉到自己必须尽快行动起来。他到了波士顿，在老旧的西区找到了一处住所。他在这里继续低调地生活着，并且花销也不高。到波士顿后，他立刻着手做了一系列调查工作，想梳理清楚兰道夫·卡特所拥有的土地以及目前个人财产的情况。也正是在这时，他发现这位急躁无比的阿斯平沃尔先生想要分走他的财产，也知道了德·马里尼先生和菲利普斯先生勇敢地站了出来，一直在试图保护这些财产的完好无损。"

印度人行了个礼，但他那张黝黑、没有什么情绪波动的、满是胡须的脸上却没有任何表情。

他继续说道："卡特通过一种迂回的方法，得到了那张失踪的羊皮纸的完好副本，并开始着手破译上面的文字。很荣幸，我能在这件事上提供一些帮助，其实他很早以前就向我求助过，并通过我的关系，和世界上的其他的神秘学者取得了联系。我也搬到了波士顿，和他同住在钱伯斯大街上一个十分脏乱的角落里。我很愿意为德·马里尼先生解答他关于那张羊皮纸的所有困惑。那上面的象形文字不是纳卡文，而是拉莱耶文[1]，这种文字在十分久远的亘古时期，由克苏鲁的族系带到了地球上。不过，这只是一版用拉莱耶文写成的译文，真正的原稿来自北方净土，是用撒托–犹语写成的，大约比这篇译文的时间还要早数百万年。

"需要破译的信息远比他所掌握的更多，但他从未放弃。就在今年年初时候，他从一本尼泊尔的参考藏书中获得了显著的进展，毫无疑问，不久之后他就能取得最终的成功。但糟糕的是，一个较大的阻

---

[1] 克苏鲁神话体系中的一种文字。

碍此刻也开始频繁出现，他带回来的那些保持兹库帕休眠的药物已经没有了。不过，这尚且算不上是一个太过严重的灾难。卡特这个内在思维已经基本获得了这具身体的控制权；即使兹库帕苏醒，他也变得晕头转向，十分迷茫，根本无法对卡特的生活和研究造成任何麻烦，并且这种情况出现的次数也逐渐减少，现在兹库帕仅仅只在某些特殊的刺激下才会苏醒。兹库帕无法找到那个能回到亚狄斯星的金属容器，有一次，他差一点就找到了，不过卡特在他完全休眠之后又把它藏到了其他的地方。这件事所造成的麻烦仅仅是吓到了一小部分人，并在波士顿西区的波兰人和立陶宛人中催生出了一些噩梦般的可怕传说。到目前为止，他还没有破坏卡特精心准备的伪装，不过他会把这些伪装丢掉，所以还需要视情况做些替换用的。我曾看到过那些伪装的衣物和面具下的模样，那确实不能轻易让人看到。

"在一个月前，卡特看到了关于这次会面的告知书，他明白如果想完好保存自己的所有财产，就必须加快速度。时间紧迫，没有时间等到破译那张羊皮纸，恢复自己原本的模样后再解决这个问题。所以他全权委托我代表他出席这次会议。

"先生们，我必须得说，兰道夫·卡特并没有死；只不过他目前的情况非同一般。不过，顶多再过两到三个月，他就能以一个适宜的模样出现，拿回自己财产的所有权。我准备了一些证据，必要的话我会出示给你们看。因此，我希望你们可以无限延后这次会议。"

VIII

德·马里尼与菲利普斯仿佛着迷了一般，直直地盯着那个印度人，但阿斯平沃尔却鄙夷地发出了一系列咆哮，表示不屑一顾。这位上了年纪的代理人忍耐着的不满和厌恶情绪在这一刻显然变成了无法抑制的狂怒。他紧握的拳头爆出几条青筋，一边敲着桌面，一边像是咆哮般地大声说道：

"这种蠢话到底还要听多久！我已经听这个疯子、这个骗子说了一个小时了。结果，他居然大言不惭地说兰道夫·卡特还活着，还要理所应当地要求延后这次会议！你们为什么不把这个骗子赶出去，德·马里尼！你是不是想把我们都变成这个骗子嘴里的笑话？"

德·马里尼平静地举起手示意他冷静，然后温和地说道：

"我们先仔细地想一想。这是一个十分神奇的故事。故事里面提到的事情，在我这个略知一二的神秘学者看来，并非是不可能的。并且自从1930年起，我就陆陆续续收到来自大师的信件，那些信件与他所讲述的内容也是相符的。"

这时，年长的菲利普斯先生插了一句话：

"查古拉普夏大师刚才提到他有证据。我认为这对于整件事来说有着至关重要的作用。在过去的两年时间里，我也收到了来自大师的许多与故事的古怪能相印证的信件；但信中的叙述有些实在太过诡异。真的有可以证明那些东西存在的证据吗？"

一直冷漠的大师开口了，他沙哑的声音缓缓地响起，同时，他从宽松的外套口袋里掏出一样东西。

"先生们，你们谁也没有见过真正的银钥匙。不过，德·马里尼与菲利普斯都曾见过它的照片。那么，你们看，这件东西你们认识吗？"

他的手颤抖着，在桌子上缓缓摊开。一柄略显得笨重、早已失去光泽的银钥匙躺在他那只大号的白色连指手套里。这把钥匙大约有五英尺长，它的做工十分怪异，彻头彻尾充斥着异域风格。钥匙上从头到尾都刻着不可描述的象形文字。德·马里尼与菲利普斯不禁深深地倒吸了一口气。

"就是它！"德·马里尼大声叫道，"照片是不会说谎的，我不会弄错的。"

但阿斯平沃尔却嘲讽道：

"笨蛋！这能证明什么？如果这把钥匙真的属于卡特，那么这个外国人，这个该死的下等民，就应当给出一个合理的解释，他是如何得到钥匙的！四年前，兰道夫·卡特和这把钥匙一起消失了。我们如何确定他是不是遇到了抢劫和谋杀？他那时已经不太清醒了，并且还在与那些更加癫狂的人来往。

"你这个无耻之徒，你到底怎么得到这钥匙的？你杀了兰道夫·卡特吗？"

大师的情绪和表情却意料之外地平静，没有丝毫的波动；但那双冷漠无光的黑色眼睛里却透露出一股危险的色彩。他费力地说：

"冷静，阿斯平沃尔先生。我还有其他的证据，不过它可能让大家都觉得不愉快。所以请保持理智，这里有一些很明显是在1930年之后写成的文件，而且全都有兰道夫·卡特的特点。"

他有些僵硬地从宽松的外套内侧抽出一个长长的信封，将它递给眼前这位暴跳如雷的代理人。德·马里尼与菲利普斯怀着复杂的心情，还有一丝期待出现什么奇迹的心情阅读了这些文件。

"很显然，这些字迹几乎无法辨认，要知道兰道夫·卡特现在的双手并不适应人类的书写方式。"

阿斯平沃尔两眼匆匆扫过这些文件，脸上现出一丝困惑，但这并没有改变他的行动。房间里充满了兴奋的情绪与不可名状的恐惧。那个棺材形状的座钟所发出的诡异节奏传到德·马里尼和菲利普斯的耳中，显得极其恐怖，但阿斯平沃尔仿佛毫不在意。

阿斯平沃尔接着说："这不能说明什么，看上去就像是精心伪造的。就算不是，也大概率表示兰道夫·卡特正被某些心怀不轨的人控制着。现在我们只能做一件事，那就是把这个骗子抓起来。德·马里尼，你能报警吗？"

"等一下。"德·马里尼说道，"我觉得这件事并不需要警察来解决。我有我的计划。阿斯平沃尔先生，这位先生确实是一个深藏不露的真正的神秘学者。他刚才提到，兰道夫·卡特十分信任他。那么如果他能回答出只有卡特信赖的人才知道答案的问题，那么你是否会愿意相信呢？我很了解卡特，可以提供这样一些问题。我去找本书过来，我想应该可以进行一次测试。"

他转身朝着图书室的门走去，菲利普斯则显得有些不知所措，只是下意识跟着他。阿斯平沃尔仍站在原地没有动，近距离观察着那个正对着他、面无表情的印度人。就在查古拉普夏有些僵硬地把银钥匙放回口袋时，这个律师忽然爆发出了一声大叫：

"天哪，我明白了！这个骗子是伪装过的！我压根不相信他是个东印度人。他那张脸，不，那根本不是他原本的脸，那是一张面具！就是他讲的那个故事让我想到的，不过这次不是故事，而是真的！那张脸纹丝不动，之所以最初没人发现，是因为缠着头巾遮住了面具的边缘。这家伙就是个混蛋！他甚至不是外国人。我一直都在注意他的遣词造句。他绝对是正宗的北方人。你看他戴的连指手套，他肯定知道指纹会被人认出来。可恶！我要揭开他的真面目。"

"等等！"大师不自然的沙哑声音中多了一丝不同寻常的恐惧，"我刚刚也说过，如果有必要，我还准备了另一种证据。当然，我也警告过，不要逼迫我给出这个证据。这位脸红脖子粗的好事者说得没错，我不是东印度人。这张脸只是个面具，但它遮盖的东西完全不属于人类。我想其他人已经明白了，其实几分钟前我就意识到了。如果我拿下面具，整件事就会向着不可控制的方向发展。不过现在管不了那么多了，欧内斯特，告诉你吧，我就是兰道夫·卡特。"

所有人都没有动。阿斯平沃尔则轻蔑地做了些模糊的手势。德·马里尼与菲利普斯站在房间的一角，一边看着那位气急败坏的律师，一边观察着那个缠着头巾、正面对着阿斯平沃尔的人的后面。座钟诡异的嘀嗒声此刻让人觉得毛骨悚然起来。三脚架上飘出的烟和不断摇晃的挂毯一起，组成了魔鬼的舞蹈。最后，依然是那个几乎说不出话的律师开口了。

"不，你说谎！你这个混蛋！你以为这就吓到我吗？你不愿意脱下面具，也许是因为我们认识你！你给我脱下来……"

他冲上前去，大师用带着连指手套的手笨拙地抓住了他的手，与此同时发出一声混着痛苦与惊吓的诡异声音。德·马里尼朝两人走了几步，但随即又困惑地停下脚步。因为此刻那个"印度人"的声音，已经变成一种完全无法形容的咯咯声和嗡嗡声。阿斯平沃尔的脸涨得通红，他更加愤怒了，伸出另一只手，猛地抓住了对方脸上浓密的胡子。这一次，他成功了。在他疯狂的撕扯下，整张蜡制的面具脱落下来，被律师攥在青筋鼓起的拳头里。

接着，阿斯平沃尔发出了一阵异常惊恐的尖叫。菲利普斯与德·马里尼看到他的脸剧烈抽搐着，出现一种从未在人类脸上看到过的、因巨大无边的恐惧而引发的疯狂、剧烈和令人惊骇的抽搐和颤抖。与此同时，那个"印度人"松开他的另一只手，仿佛有些不稳地站起来，嘴里发出一种极其诡异的嗡嗡声。接着他整个人突然矮了下去，变成一种几乎分辨不出人形的姿势，用古怪而又迟缓的步履走向那个棺材形状、发出诡异宇宙节奏的座钟，仿佛是被它深深吸引而去的一样。他那没有面具遮盖的脸此刻转向了别处，因此德·马里尼与菲利普斯无从得知阿斯平沃尔到底看到了什么。接着，他们再度看向阿斯平沃尔，他已经完全摔倒在地板上。当他们赶到那个可怜的律师身边时，却发现他已经没了呼吸。

德·马里尼飞快看向了大师缓慢远去的背影，接着，一只大号的白色手套缓缓从其中一条摇晃的胳膊上脱落下来。烟雾这时变得更加浓密起来，那一瞥只能看见露出来的手臂是又长又黑的东西……没等他追上那个渐渐远去的身影，年迈的菲利普斯搭上他的肩膀阻止了他。

"别去！"他低声说，"你根本不知道我们面对的是什么。你知道的，那身体里还有另一个人，兹库帕，那个亚狄斯星的巫师。"

缠着头巾的背影此时已经走到了那个怪异的座钟前。其他人透过浓厚的烟雾，只模糊地看见一只黑色的爪子在胡乱地摸索着那扇雕刻着象形文字的大门。随着他的摸索，一种诡异的嘀嗒声也传了出来。接着，那个东西钻进那只棺材模样的箱子，关上了门。

德·马里尼再也忍不住了，但当他快步走过去，打开门时，里面已经空空如也。诡异的嘀嗒声还在继续，发出那来自宇宙、能诱发大门开启的神秘可怕的节奏。地板上只留下一只大号的白色手套。死去的阿斯平沃尔手里紧紧抓着那张面具，此外，再也找不出更多的东西。

IX

一年过去了。再也没有任何兰道夫·卡特的消息出现，他的财产也依然没有被分割。在1930年到1932年间，的确有一个名叫"查古拉普夏大师"的人从波士顿写信给许多不同的神秘学者咨询问题。信件寄出的地址上，也的确租住过一个奇怪的印度人，但这个印度人在新奥尔良的会议前就已离开了，并且再也没有人见过他。人们表示，他是一个皮肤黝黑、面无表情、长着浓密胡须的人。他的房东看过德·马里尼所展示的那张黝黑的面具后，觉得和那个印度人的长相十分相似。但却从没有人怀疑过他与当地的南斯拉夫人口中所说的那些噩梦般的传说有什么瓜葛。也有人曾到阿卡姆后面的山里寻找过那个"金属容器"，但一无所获。不过，阿卡姆第一国民银行的一个职员则回忆说，在1930年10月的时候，的确有一个包裹着头巾的奇怪男人来银行，拿着一些古怪的金条兑换货币。

德·马里尼与菲利普斯难以把整件事情梳理顺畅。从头到尾，到底证实了什么呢？

他们听了一个诡异夸张的故事，如今手里还有一柄钥匙，但在1928年的时候，卡特曾经随手发放过一批照片，这把钥匙很可能是根据其中的某一张仿制的。他们还保留有一部分，但这也无济于事。他们还见到了一个戴着面具的怪人，但见过那面具后所隐藏的东西的人都已经死了。在那种诡异节奏和异香缭绕中凭空消失这件事，也许可以简单地将其归为一个视觉和思维上的双重幻觉。毕竟印度人非常擅长催眠他人。但阿斯平沃尔的尸检结果表示，他的死因是休克。难道只是因为不可控的愤怒造成了这场悲剧吗？还是因为某些本应在故事里才会出现的东西……

空旷的房间里悬挂着几张绣有诡异花纹的挂毯，屋内蔓延着异香燃烧后的烟雾。艾蒂安·洛朗·德·马里尼时常待在房间里，带着脑中一些隐隐约约的感慨，听着那只表盘刻着象形文字的、外形像是棺材的钟发出的诡异节奏。

门外之物

The Thing on the Doorstep

———————

作品最初于1937年发表在《诡丽幻谭》2月刊。

作品写于1933年8月。大多数评论家认为，洛夫克拉夫特在创作这篇小说时受到了巴里·帕因在1911年发表的作品《灵魂交换》与H.B.德雷克1925年的作品《治疗》的启发。虽然小说本身包含了大量的"克苏鲁神话"元素，但其核心却是个非常传统的哥特故事，是一部典型地将哥特小说与克苏鲁神话自然融合的作品，体现了洛夫克拉夫特创作恐怖文学的多样性。

I

不错，我已经用六颗子弹射穿了我最好的朋友的脑袋，但我希望能通过这些文字证明，我并非有意谋杀他。起初，人们会说我是个疯子，当然，是比我在阿卡姆疗养院的房间里打死的那个疯子更加疯狂的疯子。之后，其中一些读者会思考和权衡每一段叙述，将它们与已知的事实联系起来，然后扪心自问：如果我不相信那件恐怖至极的事情，那么在见到那个门外的东西后，我还能相信什么呢？

在这之前，我同样认为自己所经历的荒唐事情只不过是些疯狂的胡言乱语。即使是现在，我也会问自己，我是否被误导了，或者我到底是不是疯了？我不知道答案，但其他人也会讲述一些有关爱德华与阿赛纳斯·德比的奇怪故事，甚至就连冷漠迟钝的警察们也会绞尽脑汁，想要解释上次那个可怕的来客究竟是怎么一回事。他们曾吞吞吐吐试着编出一种解释，说是一个被解雇的仆人开了一个恐怖玩笑或是发出的一个警告，可是他们心里十分清楚，真相要远比这些解释可怕得多，也更为难以置信。

所以我说我没有谋杀爱德华·德比。我宁愿认为，我是为他复仇，并且为这个世界清除了一种巨大的恐怖事物。如果这种恐怖的存在留下来，它可能会给整个人类带来难以言说的恐怖。在我们日常行走的道路附近，有一些黑暗的阴影地带。不时会有一些邪恶的灵魂会闯出一条通道，当这种情况发生时，知情的人就必须不计后果，先下手为强，予以斩草除根。

我与爱德华·皮克曼·德比自幼相识。我比他大八岁，但他非常早熟。早在他八岁，而我十六岁的时候，我们就已经有了许多的共同之处。他是我所见过的最杰出的儿童学者。七岁时，他就写了一首内容阴沉、离奇，甚至近乎病态的诗，这使他周围的家庭教师们大为惊讶。也许私人教育以及娇惯的隐居生活在某种程度上导致了他的早熟。作为独生子，他的身体从小就有些虚弱，这让溺爱他的父母非常担心，因此他们一直将他小心翼翼地看护在身边。在没有保姆陪同下，他几乎不被允许外出，也很少有机会与其他孩子无拘无束地玩耍。毫无疑问，这一切都让这个孩子的内心生活变得奇特而隐秘起来，想象力也就变成了他通往自由的唯一道路。

不管怎么说，他少年时期的学识是惊人的渊博和离奇；尽管我比他年长许多，但他随笔写下的作品让我感到十分着迷。大约在那个时候，我对那些风格有些怪异的艺术作品产生了偏好，并且我在这个年纪显然比我小得多的孩子身上发现一颗志趣相投的灵魂。毫无疑问，在我们对那些阴暗而又令人惊叹的奇异事物狂热爱好的背后，是我们生活的那座日益破败的、隐隐有些令人畏惧的古老小镇，即被女巫诅咒的，同时充溢着各种民间传说的阿卡姆。那里摇摇欲坠的复斜式屋顶和逐渐坍塌的格鲁吉亚式栏杆，在黑暗阴沉的密斯卡托尼克河河畔上耸立着，展示着历经好几个世纪的岁月痕迹。

随着时间的流逝，我的兴趣渐渐转移到建筑上，同时也放弃了为爱德华所创作的魔鬼般的诗集配制插图的计划，但是我们的友谊丝毫没有因此而变得淡漠。爱德华古怪的天赋得到了惊人的发展。在他十八岁的时候，他的梦魇抒情诗集以《阿撒托斯及其他恐怖》的名字出版发行，引起了大规模的轰动。他曾与臭名昭著的波德莱尔派诗人贾斯廷·杰弗里保持着密切的书信联系。杰弗里曾写了一本名为《巨石的人们》的书，他在参观了一座位于匈牙利的邪恶的不祥村庄后，于1926年在一家疯人院尖叫着死去了。

然而，在自力更生与处理实际事务方面，爱德华却因为娇生惯养的生活而迟迟没有太大的进步。他的健康状况已经有所改善，但过度宠爱他的父母，让他养成了像个孩子一样依赖他人的习惯；他从不独自旅行，也不独立做决策，更不愿承担任何责任。不难看出，他完全无法在商业和职业的复杂环境中生存，不过，充裕的家境不至于让他陷入悲剧的境地。在他成年之后，他仍然保持着一张让人猜不出实际年龄的少年面孔。他金发碧眼，有孩子般的红润肤色；并且好不容易才留起了一撮能够分辨出来的胡子。他的声音十分轻柔，常年娇生惯养的生活让他显出几分少年特有的圆润，而不是过早步入中年时的大腹便便。他个头很高，如果不是因为害羞而显得有些孤僻且带着十足的书生气，他那张英俊面孔准会让他成为一位有名的风流绅士。

爱德华的父母每年夏天都会带他出国，他能很快地抓住欧洲人的思维和表达方式的主要特征。他如同艾伦·坡一般的才华越来越往颓废的方向发展，而他身上其他艺术家般的敏感与渴望也逐渐苏醒了。在那些日子里，我们进行了大量的讨论。那时，我已经从哈佛大学毕业，正在波士顿的一家建筑师事务所里学习。之后，我结了婚，并回到阿卡姆开展自己的职业生涯。在我父亲因为健康原因搬到佛罗里达州后，我就定居在索通斯托街的家中，并一直生活在那里。爱德华几乎每天晚上都来拜访我，后来，我渐渐把他也当成了家中的一员。他有一种特有的按门铃或是叩门环的方式，后来甚至变成了一种真正的密码暗号。所以每当晚饭过后，我总能听到熟悉的讯号——先是三声急促的叩击，然后停顿一下，接着再敲两下。不过，我很少去他家，每次去的时候都会羡慕地发现他那不断增加的藏书中堆满了神秘晦涩的书卷。

爱德华在阿卡姆的密斯卡托尼克大学就读，因为他的父母不愿意让他离开家而寄宿。他十六岁时入大学，三年就完成了学业，主修英语和法语文学，除了数学和科学，他所有的科目都得了很高的分数。他很少和其他学生混在一起，只是羡慕地看着那些"胆大妄为"或是"放荡不羁"的家伙——他也会模仿他们表面显得"机灵"的言辞和毫无意义的讽刺手势，他希望自己能像他们一样，可以尝试那些引起非议的行为。

但他所做到的只是把自己变成了一个近乎狂热的秘密魔法学识爱好者，因为密斯卡托尼克大学的图书馆长久以来都是一个非常著名的地方。过去，他总是停留在那些古怪和幻想的事物表面，如今，他开始深入钻研起了传说中的神话版的古老过去所留下的真正的符文与谜团，以供指引子孙们或为其解惑。他读过许多书，例如恐怖的《伊波恩之书》，冯·容兹的《无名祭祀书》，以及阿拉伯疯子阿卜杜·阿尔哈兹莱德所著的禁书《死灵之书》，但他从未告诉过自己的父母这些事情。我唯一的儿子出生的时候，爱德华已经二十岁了。当我以他的名字给新生的儿子取名为爱德华·德比·厄比顿后，他显得十分高兴。

二十五岁的时候，爱德华·德比已经是一个学识渊博的人，也是一位相当有名的诗人和幻想家。由于缺乏人脉和责任心，使得他的作品显得过于死板和迂腐，这拖累了他在文学方面的发展。我也许是他最亲密的朋友，因为我知道他是一座取之不尽、用之不竭的宝藏，拥有各种重要的理论话题；他也需要我，因为在任何他不愿意告诉父母的事情上，我都能为他提供建议。他一直保持单身，倒不是因为他的个人喜好，更多是由于他天性害羞，有些惰性和父母细心的保护。另外，他在社会上的活动也仅停留在最浅显和最敷衍的表面。一战爆发的时候，他因为健康和根深蒂固的怯懦性格留在了家中。我则因为一项任务去普拉茨堡当了个军官，但却从未去过大洋彼岸。

就这样，时间一年年地过去。在爱德华三十四岁的时候，他的母亲去世了，之后的几个月，由于患上了某种奇怪的心理疾病，他在生活上一直无法自理，宛如废人一般。他的父亲带他去了欧洲，他设法摆脱了困境，也没有造成什么明显的影响。自那之后，他似乎感到了一种怪诞的兴奋，仿佛从某种看不见的束缚中部分逃离了。尽管已经步入中年，但他开始与一些更加"高级"的大学圈子混在一起，并且做了一些极度荒唐的事情——为了不想让自己的父亲注意到他做某些事，他还被重金勒索过（钱是向我借的）。一些关于疯狂的密斯卡托尼克大学的设备的谣言是十分古怪的，甚至有人还提到了黑魔法和一些完全没人会相信的事情。

II

爱德华在三十八岁那年遇到了亚西纳·韦特。我估计那时候她大约只有二十三岁，正在密斯卡托尼克大学里学习一门中世纪玄学的特殊课程。我一个朋友的女儿曾在金斯波特的霍尔学院里见过她，但因为韦特的名声非常古怪，所以朋友的女儿通常会躲着她。她皮肤较黑、个子小巧，除了那双眼睛有些凸出外，长得十分漂亮。但她表情中有某些让人觉得不太自在的东西，因此一些极度敏感的人会刻意远离她。不过，普通人之所以也会躲着她，主要是因为她的出身和言谈。她是印斯茅斯[1]的韦特家族中的一员，在我们那里，世代都流传着许多关于破败荒废、几乎被遗弃的印斯茅斯，还有生活在那里的人们的黑暗传说。有的传说中说，那里的人在1850年做过一些十分可怕的交易；还有些传说中说，这座破败的渔港里还生活着几个古老的家族，这些家族里的成员似乎都有一些奇怪的、"不太人类化"的特征。不过，诸如此类的故事只有守旧的北方佬才能想象得出，也只有他们才会在适宜的氛围和情绪下重复提及这样的故事。

由于亚西纳是伊弗雷姆在晚年时候与一个总是蒙着面纱的不知名女人生下的孩子，所以她的情况更严重。伊弗雷姆住在印斯茅斯镇的华盛顿街上的一座已经快要坍塌的房子里。凡是见过这个地方的人都说（阿卡姆人总是尽量避免去印斯茅斯），那座房子阁楼的窗户上常年用木板封住，每当夜幕降临时，奇怪的声音就会从里面传出来。大家都知道这个老人在他那个年代是一个令人惊异的魔法学徒，传说他可以依靠自己的意念随心所欲在海上召唤或平息风暴。我年轻的时候见过他一两次，当时他恰巧来阿卡姆的学校图书馆查阅那些大部头的禁书。我讨厌他那张留着乱糟糟铁灰色胡子、像狼一样阴沉的面孔。可就在他女儿进入霍尔学院读书之前（根据他的遗愿，学院的校长是她名义上的监护人），他在一种十分古怪的情况下，疯疯癫癫死掉了。不过，亚西纳一直狂热地效仿着她的父亲，有时候，她看起来和她的父亲几乎一样。

当爱德华与亚西纳相识的消息传开后，我那位朋友便反复讲述了许多奇怪的事情。亚西纳似乎总会在学校里以一副魔法师的模样处

---

[1]　洛夫克拉夫特虚构出来的克苏鲁体系的小镇，首次出现于《塞勒菲斯》。

事，而且她似乎真的能够完成一些非常令人困惑的奇迹般的事情。她自称能够呼风唤雨，但那些看似成功的例子几乎都需要依赖某些神秘的预测技巧。所有的动物们都明显地讨厌她，而她只需要用右手做几个动作，就能让任何一只狗嚎叫不已。有时候，她会斜眼睨视，用一种令人费解的方式眨眨眼，吓唬自己的同学，或是从自身的处境说出一些非常有煽动性的挑逗嘲讽时，亚西纳会表现出一丁点非常古怪的知识，或者说出非常特别的语言，对于她这样年轻的女孩来说，这不得不说是件非常奇怪和令人诧异的事情。

不过，亚西纳最不寻常的地方在于她能够带给人一种奇怪的影响力。很多事情都证明了这一点。毫无疑问，她是一个真正的催眠师。她会异常专注地凝视着自己的同学，让被凝视的人清晰地体会到人格转换。仿佛自己的灵魂被凝视的人转移进了对方的身体里，能够从对面看见自己的身体，看见自己正瞪着一双向外凸出的闪闪发亮的眼睛，做出一种怪异的表情。亚西纳时常谈到意识的本质和它与物理存在之间的独立性，并宣称意识是独立于物理框架之外的存在，或者说，至少是与身体里的生命活动互相独立。不过，她最大的愤怒在于自己是个女人这个事实；因为她相信男性的大脑拥有某种独特而影响深远的宇宙力量。她曾经宣称，如果给她一颗男人的大脑，她在驾驭未知力量方面不仅可以和自己的父亲媲美，甚至可以超越自己的父亲。

在一场学生宿舍里举行的"知识分子"聚会上，爱德华遇见了亚西纳。第二天，他来找我的时候，嘴里已经对亚西纳念念不忘了。他觉得这个女人既有趣又博学，让他非常着迷。此外，他也被她的外表迷住了。在那之前，我从未见过这个年轻的女人，只是依稀记得一些与她有关的零散事件，但我很清楚她是谁。爱德华如此爱慕她，不得不说是相当令人遗憾的；但我没有说任何劝阻他的话，因为我知道反对只会让他更加迷恋她。不过，他表示自己并没有向父亲提起过她。

接下来的几个星期里，我从爱德华那里听到的事情就几乎只有亚西纳了。其他一些人现在也注意到了爱德华在步入中年后，突然疯狂着迷于一个女人的举动，不过他们一致认为，爱德华虽然看上去与实际年纪相差甚远，但却一点也不适合作为那个古怪的女人的伴侣和护卫。虽然爱德华有点儿懒惰任性，但他的啤酒肚并不明显，而且他的脸上毫无皱纹。另一方面，亚西纳的眼角却早早出现了鱼尾纹，那是由于她经常动用强大意志的结果。

大约就是在这个时候，爱德华带着那个女孩来拜访我，我立刻看出这场感情并不是他一厢情愿的。那个姑娘几乎是目不转睛地注视着他，并且带着一种只出现在掠食动物眼里的神色，我察觉到他们之间的亲密关系注定是无法轻易解除的。不久，爱德华的父亲也来找我，我一直十分敬仰和尊敬老德比先生。他已经听说了自己儿子结交了新朋友的事情，并且从“那个孩子”嘴里套出了事情的全部来龙去脉。爱德华打算和亚西纳结婚，甚至已经开始在看郊区适合居住的房子了。这位老父亲知道我对他儿子的影响很大，因此他想请我帮他结束掉这段不理智的恋情。但我非常遗憾地表达了自己的担忧和无能为力。这件事追根究底，不是因为爱德华的意志薄弱，而是因为那个女人的意志十分强大。那个长不大的孩子已经将他对父母的依赖转移到了一个新的、更强的形象上。对此，我们毫无办法。

一个月后，他们举行了婚礼。婚礼按照新娘的要求，由一位治安官主持。老德比先生听从了我的劝告，没有表示反对。他，我的妻子和儿子，还有我一起参加了这个简短的仪式，其他客人都是来自大学的狂野任性的年轻人。之后，亚西纳买下了高街尽头的那座古老的克罗因谢尔德老庄园。不过，在搬进那座庄园之前，他们打算先去印斯茅斯住一段时间，因为那里还有三个仆人、一些书籍和家居用品要一起运回来。亚西纳之所以愿意留在阿卡姆，而不是返回故乡，倒不是出于对爱德华和他的父亲的考虑，而是因为她私下里想离大学、图书馆，还有那群“世故人士”更近一些。

蜜月结束后，爱德华再次来拜访我，我觉得他看上去有些变化。亚西纳让他刮掉了那撮不甚起眼的小胡子，但变化并不止这些。他看起来更加严肃，更深思熟虑了。先前他会习惯性地噘起嘴唇来表达孩子气的反叛，但如今，这个动作不见了，变成了一种几乎毫不做作的悲哀的表情。我不知道自己究竟是否喜欢这种改变。但可以肯定的是，他此刻看起来比以往任何时候更像是个正常的成年人。也许这段婚姻是件好事，但是这种依赖性的改变会不会形成一种中和的开始，最终导致他形成负责独立的心态呢？他过来拜访我的时候是独自一人，因为亚西纳非常忙。她从印斯茅斯带来大量的书籍与仪器，并忙着对克罗因谢尔德庄园的房屋和庭院进行修复和布置。当爱德华说起那个地名的时候，他十分明显地打了个寒战。

他在那个小镇上的家是个相当让人觉得不安的地方，但那里的某些东西教了他许多令人惊异的事情。由于有了亚西纳的指导，他迅速掌握了许多深奥的知识。此外，亚西纳还策划了许多实验，其中有许多设想大胆且激进颠覆的实验。爱德华无法自如地描述这些东西，但他对她的能力与目的充满了信心。和他们一同回来的三个仆人也非常古怪——其中有一对年纪大得令人难以置信的夫妇，他们曾服侍过老伊弗雷姆，偶尔会隐晦地提起老伊弗雷姆和亚西纳已经死去的母亲；还有一个仆从是个皮肤黝黑的年轻女人，她长相十分怪异，身上似乎一直散发着一股鱼腥味。

III

在接下来的两年里，我看到爱德华的次数越来越少了。有时候，两个星期的时间过去了，仍旧没有听到熟悉的三两声式敲门声；而当他来拜访我时，甚至是我越来越频繁地拜访他的时候，他也很少愿意提及那些重要的话题。对于过去他十分愿意极为细致讨论的神秘学研究，他也是三两句之后就缄口不言。并且，他也不愿谈及自己的妻子。自从结婚后，那个女人肉眼可见老了许多。她似乎变成了两人中年纪更大的那一个。她的脸上带着一种我从未见过的专注和坚定，而她的整个人也似乎透露出一种若隐若现的令人厌恶的感觉。我的妻子与儿子也和我一样注意到了这种变化，于是我们渐渐地不再去拜访他们了。有一次，爱德华在宛如孩子般童言无忌的时刻，透露出亚西纳其实十分庆幸我们再也没有去拜访他们。德比一家偶尔也会去长途旅行，尽管他们说是去欧洲，但爱德华有时会不经意间透露出一些更为偏僻罕见的目的地。

他们结婚一年后，人们茶余饭后开始谈起爱德华身上发生的变化。不过，那都是非常随意的闲聊，因为这些变化纯粹是心理上的改变；不过，这些闲谈也提出了许多有趣的观点。人们不时能看到爱德华流露出与平常软弱松懈的性格完全不相符合的表情，偶尔还会做出与以往截然相反的举动来。比如，他过去根本不会开车，而有段时间，人们偶尔会看见他开着亚西纳那辆马力强大的帕卡德在克罗因谢尔德老庄园的车道上进进出出，动作娴熟，仿佛是个老手司机，甚至在遇到复杂的交通状况时，也表现得与平常完全不同，施展出极为陌生的技术和信心。而这种情况往往出现在他刚从某个地方旅行回来，或是即将出发去某个地方旅行的时候。没人知道他为什么要旅行，不过他最喜欢的是印斯茅斯的路。

奇怪的是，这种转变似乎并非是完全令人愉快的。人们表示，在某些时刻里，他和他的妻子尤其相似，或者说，特别像老伊弗雷姆·韦特。或许是因为这样的时刻太过罕见的缘故，这样的他总让人感到有些不太正常。有时候，这种状态持续了几个小时后，他会无精打采地躺在汽车的后座上，由一个明显是雇来的司机或技术工人替他开车。他的社交活动日渐减少，即使他参加一些活动的时候（包括他来找我的时候），人们最常看到的他的模样就是和过去一样优柔寡断的模样，那种不负责任的孩子气比过去更加明显了。亚西纳的脸明显变老了许多，而除了一些非常特殊的场合外，爱德华看上去实际上更加放松了，甚至放松到一种夸张的幼稚状态，除了偶尔的时候，他脸上会掠过一丝新的忧伤或理解的神色。这真的非常令人费解。与此同时，德比家族几乎与那些大学里的浪荡学子和世故人士断绝了联系。据说倒不是因为他们惹人反感，而是因为他们目前研究的一些东西让哪怕是最冷漠的颓废人士都觉得惊恐不已。

在他们结婚的第三年，爱德华开始向我诉说，他感到有些恐惧和不满。有时在无意间，他会说出诸如"太过头了"之类的话，有时会隐隐提到要"保护自己的身份"。一开始我并没有十分在意这些话，随着时间的流逝，我开始谨慎地问他一些问题，因为我想起了我朋友的女儿曾说过，亚西纳能够对学校里的其他女孩施加催眠，在这样的情况下，那些学生会觉得自己是在她的身体里，从对面看见自己的身体。这件事似乎引起了他的警觉和感激。有一次，他还嘟哝着说，要找我好好地谈一谈。

大约也是在这个时候，老德比先生去世了。不过后来，我非常庆幸他是在这时候去世了。爱德华非常心烦意乱，但还没有沦落到崩溃无序的程度。自从结婚后，他就很少探望自己的父亲，因为亚西纳把他对家人的全部关注，和对亲情的全部投入都集中到她的身上。有些人觉得他面对这件事时的反应太过冷酷无情了，尤其是人们发现他开车时变得十分洋洋自得和自信后，这种议论就更为明显了。如今，他想搬到德比家的旧居居住，但亚西纳坚持要住在克罗因谢尔德庄园里，因为她已经非常适应那里的生活了。

这之后没多久，我的妻子从一个朋友那里听说了一件奇怪的事，她是少数几个还没和德比夫妇断绝来往的人之一。一天，她到高街的尽头看望这对夫妇，结果看到一辆汽车从车道上飞快地冲了出来，方向盘上正是爱德华古怪自信和几乎是狞笑着的脸。她按了门铃之后，看到了那个不讨人喜欢的女性仆人，那个女人表示，亚西纳也不在家。在离开前，她抬头看了看房子，发现在爱德华家书房的一扇窗户旁，有一张匆忙缩回去的脸。那是一张充满了痛苦、失败和绝望的脸，那个表情所带来的震撼不可言喻，让人不禁也感到哀伤。那正是亚西纳的脸，联系她平时盛气凌人的模样，那情形实在有些难以置信。那个拜访者发誓说，就在那一瞬间，那个面孔中向外凝视的那双悲伤茫然的眼睛，像是可怜的爱德华的眼睛。

爱德华来找我的次数越来越频繁了，他的暗示有时也会变得具体起来。虽然我们生活在这个有古老历史，并且充溢着诡异传说的阿卡姆，可他所说的一切仍然让我无法相信。当他用一种真诚而又充满说服力的方式不经意地说出那些黑暗的知识时，人们甚至开始担心他是否还保有正常的理智。他谈到许多事情，比如那些在偏僻地点举行的可怕集会；缅因州森林中心的巨石遗迹，在废墟的下方，有巨大的楼梯直接通往黑暗的秘密深渊；具有使人从复杂角度穿透的墙壁，从那里可以前往其他时空；还有恐怖的人格，可以以这种方式，前往某些遥远和禁忌的地点，到其他世界和其他时空继续探索。

　　他时不时会拿出一些十分令人困惑的东西，来证实他所说的那些疯狂的暗示。那些东西基本上都有着无法形容的色彩和令人困惑的纹理，与我所见过和听说过的任何东西都不相同，它们身上有着疯狂的曲线与难以言说的色彩，表面则是不符合任何人类想象得出的用途和不遵循任何可以想象的几何规律。他说，这些东西是"从外面"来的。而他的妻子知道如何得到它们。在他含糊不清的惊恐低语中，他偶尔会提到过去偶尔在大学图书馆里看到的老伊弗雷姆·韦特。但他从未向我具体解释过这些暗示，但似乎全都围绕着几个相当可怕的问题：那个老巫师是否真的死了？无论是精神还是肉体是否都已经死了？

　　有时，爱德华会在讲述这些秘密的时候突然停了下来。我甚至怀疑是不是亚西纳在远处得知了他的谈话，并且通过某种未知的心灵感应式的催眠切断了他的谈话，就像她曾经在学校里展现的类似的能力一样。很显然，她已经起了疑心，怀疑爱德华告诉我了一些事情，因为随着时间的不断过去，她开始用一些令人费解和琢磨不透的眼神或是话语阻止爱德华来找我。他想要到我这里是件相当困难的事，尽管他会假装去别的地方，但总有一股看不见的力量阻碍着他的行动，或是使他暂时忘记自己的目的地。他通常是在亚西纳离开后才会来找我。有一次，他像是梦呓一般地说，要等到"她回到自己的身体里之后"才可以来找我。并且，她晚些时候一定会发现爱德华偷偷来找我的事情，因为那些仆人会监视着他的一举一动，但很显然，她还不想做出太极端的举动。

IV

　　同年8月的一天，我收到了一封从缅因州发来的电报，这个时候爱德华已经结婚三年多了。当时，我已经有两个月没见到他了，不过听说他"出差"去了。按照常理来说，亚西纳应该与他一同前往的，但也有一些坊间传言说，在爱德华家二楼有着双层窗帘的房间里，躲着一个人。也曾有人看见德比家的几个仆人外出采购。也正是在那个时候，切桑库克镇上的治安官发来一封电报，说有个神志不清、衣着破烂的疯子跌跌撞撞地跑进树林，胡言乱语，大声叫喊着，要我去保护他。这个疯子正是爱德华，他如今只记得自己的名字，还有我的名字和地址。

切桑库克镇在缅因州最荒凉、最深入、人烟最为稀少的森林区附近，需要在车上颠簸整整一天时间，穿过令人感到奇妙和敬畏的风景带，才能到达。到了之后，我发现爱德华被关在镇上农场的一个小单间里。他此时正在狂热与冷漠间互相切换。在看到我的第一眼，他立刻认出了我，并且开始不断地朝我喊出一系列毫无意义且语无伦次的句子。

"丹！天哪！修格斯¹的深渊！从六千级的台阶走下去……那是所有可憎之物中最令人憎恨的……我永远不会让她带我走，结果我发现自己在这种地方……耶！莎布–尼古拉丝²！……那个在祭坛上的形状，有五百个在号叫……那个戴兜帽的东西呜咽着叫着'卡莫格！卡莫格！'这是老伊弗雷姆在女巫聚会上的秘密名字……我就在那里，她向我保证不会带我去那里的……一分钟前我还被锁在书房里，接着她就带着我的身体去了那个地方——那个完全亵渎神灵的地方，那个邪恶的深渊，那个黑暗国度起始的地方，看守者守卫着大门……我看见一个怪物，它变形了……我无法忍受……我受不了了……如果她再把我带到那里，我就杀了她……我会杀了那个东西……她，他，它……我要杀了它！我要亲手杀了它！"

我花了一个小时才使他平静下来，最终，他安静下来，恢复了理智。第二天，我从镇子里给他找来一套体面的衣服，然后和他一起出发返回阿卡姆。昨日歇斯底里的愤怒此刻已经完全消退了，他渐渐沉默下来。不过，当汽车经过奥古斯特的时候，他开始用低沉的声音自言自语起来。仿佛城市的景象引起他内心深处一些不愉快的回忆。很明显，他不想回家。考虑到他似乎对自己妻子产生了荒谬的幻觉和误

---

[1] 克苏鲁神话中最恐怖的存在，形态不定的原生质生物，如同柏油组成的巨大变形虫，表面有发光的眼睛。

[2] 克苏鲁神话中的外神之一，由万物之源阿撒托斯产出的黑暗产生。

解，并且这种幻觉无疑是由于他经历了催眠的折磨而产生的，因此我觉得他还是暂时不要回家的好。我决定让他先跟我住一段时间；无所谓亚西纳会不会对此感到不满。此外，我还会帮助他离婚，他肯定是基于某些心理因素的影响才变成这样，对他来说，继续维持这段婚姻无疑等同于自杀。当车子再度驶进开阔的田野后，爱德华不再自言自语。我由着他在我身边的座位上点头打盹，自己则继续开车行进。

我们在日落时分驶进了波特兰。这时，爱德华又开始喃喃自语了，并且声音明显比之前清楚了许多，我也因此听见一连串有关亚西纳的极其疯狂的胡话。那个女人显然对爱德华的精神进行了非常严重的折磨，因为他编造了一系列有关于她的幻想。爱德华偷偷地嘟囔着说，他目前的情况只是一长串困境中的一个而已。她正在一步步操控他，而且他知道，在将来的某一天，她便不会再放手了。即使是现在，她也只在迫不得已的时候放弃对他的控制，因为她无法一次性坚持长久地控制他。她不断带着他的身体去一些不知名的地方，参加一些不知名的仪式，同时把他留在她自己的身体里，反锁在楼上的房间中。不过有些时候，她会忽然失去控制，于是他就发现自己突然回到了自己原本的身体里，身处某个遥远、恐怖或是无人知晓的地方。有时她能重新拿回他身体的操控权，但有时候她失败了，他就被留在某个地方，就如同这次人们找到他的那种地方一样。他必须不断地从遥远得令人恐惧的地方找到回家的路，并找到可以搭乘的车可以顺路载他一程。

但最糟糕的是，她操控他身体的时间越来越长。她想成为一个男人，一个完全的真正的男人，这就是她操控他的根本原因。她发现他的头脑很聪明，但意志很薄弱。总有一天，她会把他彻底赶出去，然后带着他的身体永远消失，变成一个像她父亲那样伟大的魔法师，他则会被困在那甚至不完全是人类的女性躯壳里。是的，此时此刻他已经知道关于印斯茅斯的血统的事情。那里的人和一些海里来的东西做了某种交易，那是一件非常可怕的事……而老伊弗雷姆……他知道这个秘密，当他年纪渐渐变大的时候，为了保住性命，他做了一件极其可怕的事情……他想要长生不老……亚西纳也会成功的——因为已经有过一个成功的例子了。

当爱德华喃喃自语这些事情的时候，我回过头来仔细打量了他一番，想证实先前仔细观察时的印象，看看他究竟是不是真的变了。令人感到嘲讽的是，他看起来比以前强壮了，体格显得健壮起来，身体的发育也趋于正常了，先前由于懒惰的毛病所导致的虚弱特征也不见了。在他长久以来被娇生惯养的人生中，他终于开始真正积极地活动起来，并且开始适度锻炼身体了，应当是亚西纳的力量触动了他，使他保持着不同寻常的警惕，并进行各类运动。但是现在，他的心智却显得十分可怜；因为他正喋喋不休地说着许多癫狂且不可思议的胡话，谈论着他的妻子，谈论着黑魔法，谈论着老伊弗雷姆，甚至是一些几乎把我都说服的秘密。他不停地重复着一些我过去翻阅那些被视为禁书的典籍时曾看到过的名字，而当他重复地嘀咕着这些东西的时候，那种蕴含着神话一般的虚构性和令人信服的连贯性，偶尔会让我觉得不寒而栗。他不断说着，一次一次地停顿下来，仿佛要鼓足勇气揭露一些恐怖的最终话语。

"丹，丹，你不记得他了吗？那双癫狂的眼睛，和永远不会变白的乱糟糟的胡子？他曾经瞪了我一眼，我永远也忘不了。现在她也这样瞪着我。我知道是为什么！他在《死灵之书》里找到了那个东西，那个咒语。我现在还不敢告诉你是在哪一页，但当我告诉你的时候，你就能读懂了。到时候你就会明白到底是什么东西吞噬了我。不停歇地转换着，转换着，转换着，转换着——从身体到身体再到身体——他要永生不死。生命的光辉——他知道如何切断联系……哪怕身体已经死亡，它会持续闪烁一段时间。我会给你一些提示，也许你能猜到。听着，丹，你知道为什么我妻子一直要费尽力气地用左手来写那些愚蠢的反手字吗？你看见过老伊弗雷姆的手稿吗？你知道为什么当我看到亚西纳草草写下的一些字迹时，我会害怕得发抖吗？

"亚西纳……这个人真的存在吗？为什么大家总觉得老伊弗雷姆一肚子坏水？为什么吉尔曼家的人会窃窃私语，议论起他发疯后，被亚西纳锁进阁楼铺有软垫的房间里时，像个受惊的孩子一样尖叫的模样？其他人去过那个房间吗？老伊弗雷姆被关在里面了吗？到底是谁把谁关起来了？为什么他要花上几个月的时间去寻找头脑聪明却意志薄弱的人？他为什么一直抱怨自己有个女儿而不是个儿子？丹尼尔·厄普顿，你告诉我，在那个恐怖的房子里，那个亵渎神灵的怪物让深深信任着他的尚未成人且意志薄弱的半人类女儿任其摆布，究竟发生了怎样邪恶的交换？这种交换是永久性的吗？就像她最终会对我做的事一样？你告诉我，那个叫作亚西纳的怪物为什么会在疏忽的时候写出不同寻常的字体，这样你就分不清她的笔迹……"

忽然，事情发生了变化。爱德华的胡言乱语开始上升，变成一种尖细的高音在尖叫着，然后又突然像是机械的开关被闭合一般，声音戛然而止。我回想起之前在我家的时候，他也会突然中断正在述说的话语。那时候，我就开始怀疑是亚西纳的精神力量通过某种隐隐约约的心灵感应中断了他的行为，让他保持沉默。但是，这一次却完全不同。而且，我觉得，这一次要比先前都可怕得多。我身边那张脸在一瞬间扭曲得几乎难以辨认，与此同时，一阵电流般的颤抖席卷了他整个身体，仿佛所有的骨骼、器官、肌肉、神经和腺体都在重新调整自己，用一种完全不同的姿势，截然不同的紧张精神状态，甚至是完全不同的人格存在着。

我永远无法说出这整个过程中最可怕的东西是什么。然而一股恶心与厌恶的巨浪席卷了我整个身体，一种完全陌生与反常的恐惧感，让我整个人都变得僵硬和麻木，我握方向盘的手也变得无力和迟疑起来。坐在我身边的人与其说是我交往了一辈子的朋友，倒不如说是某种来自外太空的闯入者，他几乎汇聚了未知而又被诅咒的邪恶宇宙力量，成为让人觉得极为憎恶的焦点。

我只犹豫了片刻，但就在我犹豫的时候，我的同伴抓住了方向盘，强迫我和他交换了位置。这时，夜色已经很重了，波特兰的灯光被我们远远甩在后面，因此我无法看清他的脸。但他眼中的光芒却是惊人的。我知道他现在一定处于那种诡异的精神亢奋状态，和平常无精打采的时候完全不同，已经有很多人注意到了这件事情。这时，疲惫不已的爱德华·德比一边驱使着我，一边抢过了我手里的方向盘。对于他这么一个几乎没有自己的主见，也没有学过开车的人来说，这不得不说是一件诡异而又令人震惊的事情，但这确确实实是当时发生的事情。他有相当长的一段时间缄默不语，我陷在无法言喻的恐惧中，不得不庆幸他没有开口说话。

在比德福德镇和索科镇的灯光下，我看到了他紧闭着的僵硬的嘴唇。那双眼睛炯炯有神，我不禁打了个寒战。坊间的传言是对的，在这种境况下，他看起来和他的妻子一模一样，也很像老伊弗雷姆。人们十分反感表现出这种情绪的人，如今我并不奇怪，并能猜到其中的原因——这种情绪里掺杂着某种恶魔一般的极不自然的东西，在听过爱德华的疯狂的呓语之后，这种邪恶的感觉更甚。我和爱德华·皮克曼·德比认识了将近一辈子，但身边的这个人却是个彻头彻尾的陌生人，某种程度而言，是来自黑暗深渊的闯入者。

直到我们再度驶入一段漆黑的路后，他才开口说话。他说话的声音几乎是完全陌生的。它比记忆中德比的声音更加低沉，也更加坚定和果断，并且它的口音与发音方式也完全变了——尽管十分模糊和遥远，但令我想起了某些说不清楚的令人不安的东西。我发觉那声音里带着一丝深切而且真实的嘲讽。并不是德比习惯模仿的那种华而不实、无聊显摆的伪讽刺，而是一种冷酷的、切实的、自然而然甚至隐含着邪恶的嘲弄。我十分惊讶自己居然很快镇定下来，并听清了那些令人紧张恐惧的低声细语。

“我希望你忘掉刚才我所做的一切反抗和带有攻击性的事，厄普顿，”他说，“你知道我的精神状况很糟糕，我想你会原谅我发生这样的事情。当然，我也非常感谢你能带我回家。

“还有，同时你也得忘掉我刚才对你说的那些有关我妻子的疯狂的话，忘掉所有与之有关的事情。因为我在某个领域研究过度了，导致我的观念里充斥着各种奇怪的想法，当我的大脑疲惫不堪时，它就会幻想出各种各样现实中不存在的具体念头。从现在开始，我要好好休息一下。你可能有很长一段时间看不到我了，你也不必因此责怪亚西纳。

“这次旅行有点奇怪，但其实很简单。在北方的森林里有一些印第安人的遗迹，竖立的巨石之类的东西，这意味着会有许多关于这些东西的民间故事。亚西纳和我一直在研究这些东西。这是一次相当艰难的搜寻，所以我似乎有点失去理智了。等我到家之后，我会请人把车给你送回来的。我想一个月的放松应该就能让我恢复正常了。"

我完全不记得自己在那次谈话中到底说了些什么，因为我满脑子都是旁边这个东西带给我的令人困惑的怪异和疏远。想要从这种难以捉摸的恐怖感中逃离的念头每分每秒都在加强，直到最后，我几乎已经陷入了极度渴望这段旅途马上结束的错乱中。爱德华并没有放开方向盘，普斯茅斯和纽伯里波特从车窗边一闪而过，我也很高兴看到车子以这种速度继续疾驰着。

当我们到达高速主路避开印斯茅斯而直接通往内陆的交叉口时，我隐隐有点担心司机会拐上那条荒凉的海滨路，穿过那个该死的地方。庆幸的是，他并没有这么做。而是飞快地从罗利与易普威治旁边驶过，直接朝我们的目的地飞驰而去。我们在午夜之前赶回了阿卡姆时，发现克罗因谢尔德的老房子里的灯还亮着。爱德华匆匆地又重复表达了一次他的感激之情后就下了车。随后，我怀着一种如释重负的奇怪轻松感独自开车回到了家中。这无疑是一次可怕的驾车旅行，更可怕的地方在于我不知道它究竟可怕在哪里，并且听到爱德华说他很长一段时间里都不会再来拜访我时，我竟一点儿也不觉得遗憾。

V

接下来的两个月里充斥着各种谣言，人们纷纷说起爱德华比起以前更加精力充沛了，并且发现这种情形越来越频繁了。而亚西纳几乎连少数几个愿意拜访她的人都谢绝了，在那段时间里，爱德华只来过我家一次。那一次，他开着亚西纳的车赶来，短暂地上门拜访了一番，想要拿回过去借给我的一部分书籍。那辆车还是他自己从先前停在缅因州的地方开回来的。那天，他也处于那种全新的兴奋状态中，并且只说了几句含糊其辞的客套话就离开了。显然，在这种情况下，他似乎并没有什么事情要和我讨论，我甚至注意到他都没有在按门铃时使用那个老套的"三加二"暗号了。如同那天傍晚在车里一样，我又有了某种隐隐约约、难以名状却又深切的恐惧感。因此，他简单寒暄后的匆匆离去反而成了一种莫大的解脱。

9月中旬时，爱德华离开了一个星期。据那些颓废的大学生们有意无意的说法，爱德华去见了一个最近被逐出英格兰的臭名昭著的邪教领袖，那人甚至还在纽约设立了总部。但无论如何，我依然无法忘记从缅因州回来的那趟奇怪的旅程。我所目睹的那次变化给我造成了莫大的影响，我不由自主地一次又一次迫使自己去试着解释这件事情，试着弄清楚这其中让我极度恐惧的原因。

但最离奇的谣言是那些关于克罗因谢尔德老庄园的传闻，据说里面偶尔会传出哭泣的声音。那种抽泣的声音似乎是一个女人发出的，一些年轻人觉得这声音听起来像是亚西纳的。但人们鲜少有机会能听见这些声音，有时那些哭声还会突然梗住，就好像被人强行捂掉一样。有人认为应该请人来特意调查一下这件事情，但亚西纳却在某一天忽然出现在大街上，与许多熟人进行了愉快的交谈，为自己最近拒绝来客的行为感到抱歉，同时顺口说起她家有一个从波士顿来的得了神经衰弱和歇斯底里的病的人。那之后，请求调查的事情也就无人再提了。尽管从没有人看见过那个病人，但亚西纳的现身让人们很难再怀疑些什么。但不久之后，又有人私下说其中有一两次，那个哭泣声来自一个男人，整件事情也因此更加错综复杂了。

10月中旬的一个晚上，我听到前门响起了熟悉的"三加二"门铃声。于是亲自过去打开了门，我看到爱德华站在门阶上，并很快意识到他又变回到了从前的那副样子——自从在那次可怕的旅程中听到他胡言乱语之后，我再也没见过这副模样的他。他不断抽搐的脸上混杂着某种奇怪的表情，在那种表情里，恐惧与胜利的喜悦占据着同样的分量。等他进门后，我在他身后把门关上，而他则悄悄回头望了一眼。

他摇摇晃晃地跟着我走进书房，开口要了些威士忌，想平静一下自己的神经。我忍住满腹疑问不去问他，一直等到他觉得可以开口说话为止。最后，他用一种哽咽的声音透露出一些消息。

"丹，亚西纳已经走了。昨晚，在仆人们出门后，我们进行了一次长谈。我让她保证以后不再折磨我。当然，我有某些从没有告诉过你的神秘的抵御方法。她不得不做出让步，但显得非常生气。她收拾好行李，直接出发去了纽约，她应当是搭乘8点20分的车去波士顿。我猜人们会说三道四，但我没办法。你不需要说得十分复杂，就说她去长途旅行做研究去了。

"她有一群可怕的信徒，她可能去和其中一个待在一起。我希望她能去西部和我离婚，但无论如何，我已经让她保证离我远一点。这太可怕了，丹，她偷走了我的身体，把我赶出去然后关起来。我不动声色，假装让她觉得已经胜券在握，但我也时刻保持着警惕。只要我足够谨慎，我就能做出完美的计划，因为她没法真正弄清楚我的想法，也没法彻底地摸透我的心思。她只能感觉到我有某种全面的反抗情绪。并且她一直觉得我孤立无援，从没想过我能胜过她……但我知道是有一两个咒语起了作用。"

爱德华回头看了一眼，又喝了一些威士忌。

"今天早上那些该死的仆人回来后，我把他们全都赶走了。他们表现得很不礼貌，还问了很多问题，但他们最后还是走了。他们和她一样，都是印斯茅斯人，并且他们是一伙的。我希望他们不要再来骚扰我，我受够了他们离开时大笑的样子。我必须尽可能多地把父亲之前的老仆人找回来，我现在打算搬回家去住了。

"我想你大概以为我疯了，丹，但阿卡姆的历史应该暗示过一些事情，足够证明我告诉你的这些事，还有我即将要告诉你的一些事。你也曾经看到过其中一次转变，就在你的车里，那天从缅因州回来的路上，在我告诉你亚西纳的事情之后，她抓住了我，把我从我的身体里赶了出来。我记得的关于那段旅程的最后一件事就是我鼓足勇气试图告诉你她究竟是个什么样的魔鬼。然后她抓住了我，我在瞬间回到了那座房子里，回到了那些仆人把我锁起来的书房里，被困在那个被诅咒的恶魔的身体里，甚至那并不是其人类的身体……你知道，和你一起开车回来的一定是她……那个藏在我身体里疯狂撒野的狼……你应该已经知道其中的差别了！"

爱德华停了一下，我忍不住打了个寒战。我当然已经见识过了那种差别，但我能接受如此疯狂的解释吗？然而，我那心烦意乱的访客开始变得更加疯狂了。

"我必须救自己，我必须救自己，丹！不然在万圣节那天，她就会永远占据我的身体。他们打算在切桑库克那边举行一场集会，并借助献祭来完成这件事。她会永远地占据我的身子……本来她会变成我，而我会变成她……永远交换……太迟了……我的身体本来会永远属于她……她本来有机会变成一个男人，真正的男人，就和她一直以来所期望的一样……我猜她原本计划是除掉我，趁我还在她的身体里时杀掉我，该死的，就像她以前所做的一样……就像她，他，或者它以前做过的那样……"

这时，爱德华的脸扭曲得十分严重。他的声音渐渐降低成耳语般大小，他的脸也凑了过来，让我觉得很不舒服。

"你一定明白我在车里暗示了什么——她根本不是亚西纳，而是老伊弗雷姆本人。一年半之前我就开始怀疑这件事，但现在我知道了。她的笔迹在她无意识的情况下会暴露这一点——有时，她会随手写下一些东西，笔迹就和她父亲的手稿一样——有时，她还会说一些像是伊弗雷姆那样的老人才会说的话语。当他预感到死亡的到来时，他变成了她的模样。她是他能找到的唯一一个有着合适大脑和足够薄弱的意志力的人，他永久地占据了她的身体，就如同她计划得到我的身体一样。他把原本的她送进了那具衰老的身体里，然后毒死了她。你难道没看见老伊弗雷姆的灵魂从那个魔鬼的眼睛闪烁着光，看向外面吗？当她控制我的身体的时候，也同样从我的眼睛里看向外面。"

一直说个不停的他似乎有些喘不上气了，于是他停下来休息片刻。我什么也没说，等他再度开口的时候，他的声音接近正常了。我觉得，把他送到精神病院应当就能解决一切问题，但我不会是那个把他送进去的人。或许时间，还有远离亚西纳后的自由生活能够让他恢复正常。我能感觉得出，他这辈子都不想再涉足那些病态的神秘学了。

"更多事情我以后再告诉你，现在我必须得好好休息一下。我会告诉你一些她透露给我的、被人们视为禁忌的恐怖。那些古老恐怖中的某些东西，一直到现在还在一些隐蔽的角落里腐烂滋生，只有极少数可怕的祭司能维持它们的生命。有些人知道一些常人所不知的关于这个宇宙的事情，那是人类不应当知晓的秘密，他们还能做一些常人不应该去做的事情。我曾一直深陷在里面，但现在一切都结束了。我今天就去把那本可恶的《死灵之书》烧掉，如果我是密斯卡托尼克大学图书馆的管理员，我会把其他有关的书全部烧掉。

"不过，她现在不能再控制我了。我必须尽快离开那座被诅咒的房子，在家里安顿下来。我知道，如果我需要帮助，你会帮我的。那些邪恶的仆人，你知道……如果人们对亚西纳实在太过好奇的话。你看，我没办法把她的地址告诉他们……然后就会有某些特定的人组成特殊的搜寻小队——有些邪教，你知道的——他们可能会误解我与亚西纳分开的原因……他们中有一些人有着极其古怪的想法和方法。如果有什么事情发生，我想你会支持我的。即使我不得不告诉你许多让你震惊的事情……"

那天晚上，我让爱德华睡在一间客房里。到了第二天早上，他看上去平静多了。我们讨论了一些帮助他搬回德比家的老宅可行的计划，并且我希望他能尽快付诸行动，做出改变。第二天晚上他没有来，不过在接下来的几个星期里，我时常能够见到他。我们尽可能地不讨论任何奇怪或是让人不愉快的事情，而是重点谈论了一些比较轻松的话题，比如德比家老宅的翻修工程，以及爱德华答应了我和我儿子，在第二年夏天和我们一同外出旅行。

我们几乎没有再提起任何有关亚西纳的事情，因为我发现这个话题十分令人不安。当然，那段时间里外面充斥着各种流言蜚语，但这对于住在老克罗因谢尔德庄园里的那个奇怪家庭来说，并不新奇。不过有一件事让我十分在意，这件事是爱德华的银行代理无意间说出来的。他表示，爱德华定期给印斯茅斯的摩西、爱比嘉·萨金特还有尤妮丝·巴布森寄去支票。这听上去仿佛是那些可恶的仆人们在不断地勒索他，但他并没有向我提起任何关于这件事的只言片语。

我希望夏天还有我儿子在哈佛的假期能够快点到来，这样我们就可以和爱德华一起去欧洲了。很快，我便发现他身体恢复的速度并没有我所希望的那样快；因为他在偶尔表现出的兴奋神情中，总有一种歇斯底里的感觉，而他的恐惧和沮丧情绪也过于频繁地表现出来。德比家的老宅在12月的时候就完成了翻修，但他却迟迟没有搬进去。虽然他憎恨并且似乎有些害怕克罗因谢尔德庄园这个地方，但又奇怪地甘愿忍受着它。他似乎总也不能动手开始拆除屋内的东西，并想出了各种的理由来推迟行动。当我向他指出这一点后，他显出了一丝莫名奇妙的恐惧。他父亲之前的老管家和其他重新找回的仆人们都待在那里。一天，老管家告诉我，爱德华偶尔会在房子里四处走动，像是在找什么东西，特别是会到地窖中去。他觉得爱德华的行为十分古怪，看上去不太正常。我怀疑亚西纳是否写了什么令人不安的信给他，但管家说他们从未收到任何她寄来的信件。

VI

快到圣诞节的时候，又发生了一件事。那晚，爱德华上门来拜访我的时候精神崩溃了。当时我正把话题转到第二年夏天的旅行上，他突然尖叫一声，从椅子上跳了起来，脸上带着一种无比震惊、无法控制的恐惧。那是一种极其强烈的恐慌和厌恶，只有噩梦般的地狱才能让任何一颗清醒理智的大脑受到如此剧烈的刺激。

"我的脑袋！我的脑袋！天哪！丹，它在撕扯我……她从很远的地方……在撞击……在撕扯……那个魔鬼……甚至是现在……伊弗雷姆……卡莫格！卡莫格！……修格斯的深渊……耶！莎布-尼古拉丝！拥有千万子孙的森之黑山羊……

"火焰……火焰……超越身体，超越生命……在地下……啊，天啊……"

当他停止那些癫狂的胡言乱语，逐渐变得呆滞和麻木后，我把他拉回到椅子上，然后往他的喉咙里灌了些酒。他没有抗拒，但嘴唇一直在嚅动着，仿佛在自言自语。我立刻意识到他正试着对我说些什么。于是，我俯下身子，把耳朵凑到他的嘴边，想听清楚那些微弱的语句。

"又开始了，又开始了……她还在尝试……我早该知道的……

没有什么能阻止这种力量……距离不行，魔法不行，死亡也不行……一次又一次，大多是在晚上……我无法离开……太可怕了……啊，天哪，丹，要是你像我一样知道这有多可怕就好了……"

他昏了过去，我连忙用枕头支撑着他，让他得以进入普通的昏睡状态。我没有请医生过来，因为我知道医生会如何评价他的神志。可能的话，我希望一切都顺其自然地发展。爱德华半夜的时候醒了过来，我便把他安排在楼上的房间里休息，但他在第二天清晨就离开了。他走的时候悄无声息，没有惊动任何人。后来我给他打了个电话，是他的管家接的，管家表示他一直在书房里不安地走来走去。

在那件事之后没多久，爱德华就崩溃了。他再也没来拜访我，但我每天都去看他。他总是坐在书房里，两眼直直地盯着空气，仿佛正在聆听什么的模样，看上去十分不正常。偶尔，他会恢复理智，但所说的话题总停留在那些琐碎无聊的事情上。只要提及他的麻烦、未来的计划，或者关于亚西纳的事情，他就会变得非常激动甚至发疯。他的管家说，他在晚上发疯得厉害，这样下去，早晚有一天他会伤到自己。

我和他的医生、银行代理还有律师进行了一次长谈，最终，我带着内科医生和两位专家去看望他。但在问完初始的问题后，他就开始不受控制地猛烈抽搐起来，让人觉得十分可怜。当天晚上，他们用一辆密闭的厢式客车将可怜的不断挣扎的爱德华送进了阿卡姆疗养院。我被指定为他的监护人，每周去看望他两次。他在疗养院里疯一般地尖叫，恐惧地喃喃自语，或者极度惊惧地低声不断重复着"我必须这样……我必须这样……它会让我……它会把我……在那下面……在黑暗中……妈妈……妈妈！丹！救救我……救救我……"这样支离破碎的语句，每次听到这些话语，我都难过得几乎流下眼泪。

他有多大概率能够恢复正常，没有人能给个准话。但在这件事上，我尽可能地保持乐观的态度。如果爱德华能出院，那么他一定要有一个家，于是我把他的所有仆人都转移到了德比家的老宅里。我确信如他在神志正常的时候，也会做出同样的安排。但我却不知道该如何处理克罗因谢尔德庄园，也不知道该如何处置房子里的复杂布置，以及那些莫名其妙的怪异收藏品，所以我决定暂时不管它们，只是要求德比家的仆人们每周过去打扫主要的房间，并叮嘱炉工在扫除日的时候生火。

最终的噩梦降临在圣烛节前，但却是以一种残酷的讽刺和虚假的希望预示这场噩梦的到来。1月下旬的一个早晨，疗养院给我打电话说，爱德华突然恢复了神志。他们表示，他的连续性记忆严重受损，但毫无疑问，他是个神志清楚的人了。当然，他必须再留院观察一段时间，但这个诊断结果几乎是确定无疑的。如果一切顺利，他一星期后就能出院了。

我满心欢喜，匆匆赶到了疗养院，但当护士把我带到爱德华的房间里时，我却不知所措地止住了脚步。房间里的病人站起来迎接我，礼貌地微笑着向我伸出手来，但我立刻发现，他正处于一种诡异的亢奋中，这与他原有的个性是那么格格不入。我发现这种精明能干的个性让人觉得隐隐有些可怕，而爱德华曾经发誓说，这是他妻子的灵魂入侵了他的身体造成的。他有着和亚西纳与伊弗雷姆一样的锐利目光，以及同样的坚定嘴型。当他开口说话时，我能感觉到他的声音有着同样的冷酷，以及无所不知的讽刺，这种极其深切的讽刺让人想起潜在的邪恶气息。这个人曾在五个月前驾驶我的车在夜晚疾驰，这个人曾到我家进行了短暂的拜访，却不知道从前的门铃密码，他带给我一种说不清的恐惧感，之后便再也没有露面。如今，他再一次带给我同样的感觉，一种亵渎神明的陌生的诡异感，以及不可名状的强烈恐怖感。

爱德华语气和善地谈及出院之后的安排。尽管他最近的记忆中出现了明显的空白，可我除了同意他的话，什么也做不了。然而，我感到这其中出了什么差错，发生了一些可怕而又无法解释的异样。这件事情里包含着超出我理解范畴的恐怖。他现在的确是个神志清醒的人，但他真的是我所认识的爱德华·德比吗？如果不是，那么他是谁，或者说，它是什么？爱德华又去了哪里？到底应该继续监视限制他，还是释放他……或者，将他从这个世界上彻底铲除吗？这家伙所说的每句话都带着深切可怕的讽刺意味。在说"进行特别严密的监禁后获得提前释放"这句话时，那双宛如亚西纳的眼睛，让这句话多了几分特别而又无法解释的嘲弄感。我当时一定表现得十分尴尬，所以当我匆匆脱身时，我感觉非常宽慰。

那天和接下来的一天，我都在为这个问题绞尽脑汁地思索。到底发生了什么？到底是什么样的灵魂透过爱德华那双陌生又怪异的眼睛向外张望？它的内心在想什么？我干脆放弃了日常的一系列工作，几乎把心思全花在这个模糊又可怕的谜团上。第三天早晨，医院打来电话给我，说病人一切正常，到了晚上，我自己的神经几乎陷入了崩溃。我承认当时自己正处在那样的状态下，尽管其他人会发誓说这种状态影响了我后来看到的景象。在这一点上，我没什么可辩解的，只不过我的疯狂，并不足以合理解释所有的证据。

Ⅶ

就在第三天夜晚，一种极度强烈的恐怖突然侵入了我的生活，我的精神被笼罩在一种阴暗的、永远无法摆脱的忧郁和惊惧中。事情始于午夜前的一通电话。我是家里唯一一个起床接电话的人，当我睡意蒙眬地来到书房拿起电话的听筒时，电话那头似乎并没有人。就在我准备挂上电话继续回房睡觉时，我听到电话的另一端似乎传来了一阵极其微弱的声音。难道是有人正吃力地试图说话？我静静地听了一会儿，似乎听到了一种像是液体不断冒泡的声音，"咕嘟……咕嘟……咕嘟"，这个声音让人莫名想起某些意味不明、难以解释的词语和音节。于是我开口问道："谁？"但回答我的只有"咕嘟咕嘟……咕嘟咕嘟"。我只能把这声音当作是无意义的噪音，也可能是设备出了问题，只能接收却无法发送信号。于是我又补充了一句："我听不见你说话，你最好挂掉电话，先打给电话公司询问一下。"接着，我听见对方挂断了电话。

我说过，这件事发生在午夜之前。后来我对那通电话进行追踪，这才发现是从克罗因谢尔德庄园打过来的，不过这时候距仆人们打扫屋子的时间已经过去半周了。我稍微透露一下他们在房子里发现了什么：一间偏僻地窖储藏室里发生了剧变，屋子里出现了一些足迹和泥土，衣柜被人仓促地搜刮过，电话上留有令人费解的痕迹，还有被人不甚灵活地使用后的文具。此外，所有东西上都附着着一种令人作呕的恶臭。警察们，可怜的傻瓜们，自顾自地想出一套他们自己的理论，一直到现在还在寻找那些被赶走的邪恶的仆人，但他们早就在骚动中不知去向了。他们说这是针对往事的一种可怕报复，而我之所以也被牵连了，是因为我是爱德华最好的朋友，总是给予他忠告和建议。

这群白痴！难道他们觉得那些粗野的小丑能伪造出那样的笔迹吗？难道他们以为是那些小丑造成了后续一系列的事件？难道他们真的对爱德华身体里的变化视而不见吗？至于我，我现在已经完全相信爱德华·德比告诉我的一切。有些恐怖的事物远远超出我们所知道和能想象到的生命的边界之外，有时人类邪恶的窥探会把它们召唤到我们的认知范围里。伊弗雷姆·亚西纳就是他们召唤来的魔鬼，他们已经把爱德华吞噬了，现在他们打算吞噬掉我。

我能确保自己是安全的吗？那些力量在肉体的生命消失之后仍然能存活。第二天下午，当我从虚脱中恢复正常，能够清醒连贯地走路和说话后，我去了疯人院，然后用手枪打死了他。这是为爱德华好，也是为了整个世界的安危，但在火化之前，我根本无法确定他是否真的死去了。他们把他的尸体留下来，由不同的医生进行愚蠢的尸检。但我不断强调，他必须火化，必须被火焰烧成灰烬。在我枪杀他的时候，他已经不是爱德华·德比了。如果他没疯，那么我就要疯了，因为很可能下一个就是我了。虽然我的意志并没有那么薄弱，并且我知道那些恐怖的东西在不断尝试动摇我的意志，但我不会让它们得偿所愿的。先是伊弗雷姆，接着是亚西纳，现在是爱德华，以后又会是谁呢？我绝不能被赶出自己的身体……我绝对不能和那个疯人院里被子弹打死的巫妖交换灵魂！

但请让我试着条理清楚地叙述我最后所经历的那段恐怖之事。那些警方始终不愿正视的事我就不再赘述，像是夜里刚过两点的时候，起码有三个路人在高街上看到了一个身材矮小、十分怪异而且发臭的东西，某些地方还留有十分独特的一个脚印。我要说的是在两点钟时所发生的事情。那时，我被一阵门铃声和敲门声吵醒了。门铃和门环以一种有些迟疑的节奏交替响了起来，敲门人似乎陷入了一种无力的绝望境地。无论是门铃还是敲门声，都在试图以爱德华过去经常使用的"三加二"暗号被敲响着。

我从酣睡中惊醒，坐起身来，脑子里一片混乱。爱德华在门前，他依然记得先前的密码！那个新的灵魂肯定不知道这个密码……难道爱德华突然恢复了他本人的状态了吗？可为什么他此时此刻会表现得如此紧张和匆忙呢？他到底是提前出院了，还是从疗养院里逃跑了？我一边想着，一边披上一件长袍，走下楼梯的时候，我还在想，或许他真的回到了原本的自己，又变得胡言乱语、行为疯癫起来，于是医院干脆撤销了让他出院的决定，这使得他绝望地逃了出来。但不管发生了什么，他还是那个善良的爱德华，我会帮助他的！

我打开门，走到榆木拱门下的阴影中，扑面而来的一股几乎让人无法忍受的恶臭的风，几乎把我吹倒在地上。我恶心得几乎透不过气来，在那么一瞬间，我隐隐约约看见有一个驼背的矮个子站在门前的台阶上。敲门的人应该是爱德华，但眼下这个矮小恶臭的肮脏的家伙是谁？爱德华怎么这么快就离开了呢？他几乎是在我打开门的前一秒刚按过门铃。

这位访客身上穿着一件爱德华的外套，外套的下摆几乎拖在地面上，尽管他把袖子卷了起来，但袖子的长度依旧盖住了他的手。他头上戴着一顶拉得很低的帽檐下垂的软帽，脸上蒙着一条黑色的丝绸围巾。当我摇摇晃晃地向前走去的时候，那个身影发出了一种像是液体一样的声音，和我在电话里听到那个声音一样："咕嘟……咕嘟……"接着，他递给我一张写得密密麻麻的大张稿纸，纸被插在一根长铅笔上。尽管我还在因为这种病态而又无法言喻的恶臭而头昏脑涨，但我已经下意识地抓住了那张纸片，开始试图在门廊的灯光下阅读上面所写的内容。

毫无疑问，这是爱德华的笔迹。但为什么他来到我家按响了门铃，却又要写了这张纸条给我？并且纸条上的字这么难看？无比潦草，似乎是颤抖着写下来的。在昏暗模糊的灯光下，我什么也看不清，只能侧着身子回到大厅里。那个矮小的身影机械地跟着我走到内门的门槛前，然后停了下来。这个奇怪的送信人所散发出的气味着实令人害怕又难以忍受，我不由得开始祈祷自己的妻子这时不要醒过来下楼查看。（感谢老天，我的祈祷应验了。）

但是当我开始阅读纸上所写的内容时，我觉得膝盖一下子就软了，眼前也随之一黑。当我再次醒来时，我仍旧躺在地板上，那张该死的纸还被我紧紧攥在因为恐惧而僵直的手里。那上面写着：

丹：

去疗养院把它杀了。一定要消灭它，那具身体已经不再是爱德华·德比了。她抓住了我——现如今里面的灵魂是亚西纳，但她在三个半月前就死了。我曾对你说她已经离开了，其实我说了谎。是我杀了她，我必须要这么做。那件事发生得太过突然，当时周围没有其他人，并且我还在自己的身体里。我看见一只烛台，就拿起烛台砸向她的头部，把她砸死了，她原本打算在万圣节时永远地占据我的身体。

我把她埋在更远一些的地窖的储藏室里，并把一些旧箱子压在上面，之后把所有的痕迹清理干净。但那些仆人在第二天早晨时就开始怀疑，但他们不敢将这个秘密告诉警察。于是我就把他们打发走了，但天知道他们和那个邪教的其他成员会做些什么。

有那么一段时间，我觉得已经没事了，但很快我就发现有什么东西在撕扯我的大脑。我知道那是什么——我应该记得的。像她或是伊弗雷姆那样的灵魂，已经有一部分是可以独立在肉体之外存活的，只要肉体存在，灵魂就能继续存活。她抓住了我，并和我交换了身体，然后把我的灵魂送进那具被埋在地窖下的亚西纳的尸体里。

我知道会发生什么，这就是我会崩溃的原因，不得不被送进精神疗养院里。然后一切都发生了，我发现自己被困在无边的黑暗里，被困在亚西纳那具被我埋在地窖的箱子下的日渐腐烂的尸体里。我知道她一定已经进入我被关进疗养院的身体里，这次是永久的转换，因为万圣节已经过去了，即使她不在现场，献祭也发生了应有的作用。她现在头脑清醒，准备好要把一个极大的威胁投进这个世界里。无论如何，我都要不顾一切找出一条路来。

我已经不能说话了，我没办法打电话，但好在我可以写字。我会设法弥补这一切的，把我的遗言和最终的警告都告诉你。如果你珍惜这个世界现有的和平和安定。那么就杀了那个恶魔，把它火化掉。如果你不这么做，它就会一直存活下去，从一个身体转移到另一个身体，永远存活下去，我不能告诉你它究竟会做出什么事。千万别碰黑魔法，丹，这是与魔鬼打交道的事。再见了，你真的是个非常好的朋友。警察相信什么，你就告诉他们什么。很抱歉，我把你牵连进这一系列事情中。很快我就能得到永久的安息，这具身体已经维持不了多久了。希望你可以看到这封信，杀了那个东西，杀了它！

你亲爱的爱德华

我直到后来才读完了这张纸的后半部分。因为那天晚上，当我刚读完第三段，就昏了过去。后来，当我睁开眼看到那个在门槛上正被温暖的空气吹过的东西，闻到它散发出的恶臭味道时，我再一次昏了过去。而那个信使已经完全不再动弹了，也没有丝毫的意识。

第二天一早，管家来到大厅，也看到了那个东西。但他没有昏过去，显然，他的承受力要比我更强一些。并且，他还报了警。等警察到来时，我已经被安顿在二楼的床上，但是那一堆东西依旧在前一天晚上倒下的地方，围观的人们不由得全都用手帕捂住了口鼻。

最后，在那堆明显属于爱德华的衣物堆里发现了令人毛骨悚然的恐怖景象。里面的东西几乎已经液化了，里面混杂着一些骨头，其中还有一个向内凹陷的头骨。经过牙齿的比对，他们确认，那正是亚西纳的头骨。

伊比德
Ibid

作品最初于1938年1月发表在《渊源河流》第1期第3卷。

作品写于1928年。洛夫克拉夫特将本文放入信中一起寄给了朋友莫里斯·W.莫。小说的引语很可能是摘自莫伊高中学生的真实文章，引出了整篇文章的内容。然而，真正讽刺的焦点并不是无知学生的愚笨行为，而是学者的骄傲自大。本篇小说的写作手法有点古怪，是洛夫克拉夫特为数不多的幽默作品之一。

> "……正如伊比德在他著名的作品《诗人传》中所说的。"
>
> ——选自某个学生的作品

认为《诗人传》的作者是伊比德的错误时有发生，即使在那些自诩为有一定文化修养的人中间也是如此，这个错误十分有必要纠正。众所周知，本文中一些常识性的问题都由 Cf. 来负责。另一方面，伊比德最著名的杰作就是《前揭书》，书中对希腊罗马式的潜在表达做了意义深刻的归纳性的总结，尽管当时作者年事已高，但所表达内容的精确度依然令人钦佩。在冯·施维科普夫不朽的巨著《意大利的东哥特史》[1]之前的现代书籍中，经常会出现一种十分普遍的错误报道，即称伊比德是一个罗马化的西哥特人，并于公元410年跟随阿努尔夫[2]定居在皮亚琴察。对于这个观点，再怎么强调其谬误性都不为过。自冯·施维科普夫之后，利特尔维特[3]和贝特诺瓦都言之凿凿地表示，伊比德是当时唯一一个纯粹的罗马人，同时，也是在那个衰败、退化和混杂的年代中最后一个纯正的罗马人。他就像吉本所写的波依提乌斯一样："他是连加图和西塞罗都视为同胞的最后一位真正

---

[1] 虚构的作者和作品。

[2] 神圣罗马帝国的皇帝。

[3] 该名取自于洛夫克拉夫特的笔名汉弗莱·利特尔维特，因此该人的作品也是虚构的。

的罗马人。"伊比德就像是波依提乌斯，以及那个时代中所有的著名人士一样，也出身于伟大的阿尼奇乌斯家族，血统渊源可以准确地、引以为傲地追溯到共和时代的所有英雄。他的全名也遵循着那个时代的风俗，夸张而又冗长，完全背离了古罗马人简单的三名法原则。据冯·施维科普夫的研究，为盖乌斯·阿尼奇乌斯·玛格努斯·弗里乌斯·卡米路斯·埃米利亚努斯·科尔涅里乌斯·瓦勒里乌斯·庞培乌斯·优利乌斯·伊比都斯，但利特尔维特却认为，其中的埃米利亚努斯应当替换成克劳狄乌斯·德奇乌斯·优尼亚努斯，然而贝特诺瓦则全盘否定了上面的说法，他认为伊比德的全名应当是玛格努斯·弗里乌斯·卡米路斯·奥勒里乌斯·安东尼乌斯·弗拉维乌斯·阿尼奇乌斯·佩特罗尼乌斯·瓦伦提尼亚努斯·埃吉都斯·伊比都斯。

　　伊比德是一位杰出的批评家和传记作家，他于公元486年，出生于高卢，此时克洛维[1]刚刚结束对罗马的统治。尽管罗马和拉文纳一直在争论，表示自己才是无比荣耀的伊比德的诞生之地，但可以肯定的是，他的确是在雅典进行了修辞学和哲学的学习。由此可见，一个世纪之前，发生在奥多西的那场镇压运动明显被公众和后世肤浅地夸大了。公元512年，在东哥特王狄奥多里克开明的政策和治理下，伊比德开始在罗马教授修辞学，并在公元516年的时候，和庞庇里乌斯·努曼提亚·波姆巴斯特斯·马塞林·迪奥达姆图斯一起担任执政官。公元526年，狄奥多里克去世，伊比德便正式退出公众的视线，开始创作他的巨著。他写得一手纯正的西塞罗体文风，就像是克劳迪亚斯·克劳狄安所写的诗歌一样，展现出深厚的古典文学内蕴。但很快，他又被王室召回，以宫廷修辞学家的身份，开始教授狄奥多里克的侄子狄奥达图斯学习。

　　维提吉斯夺取了东哥特王室的政权后，伊比德也遭到连累，一度身陷牢狱。不过，随着贝利萨留所率领的东罗马军的攻入，他很快便恢复了自由之身和所有的荣誉。围攻罗马期间，他一直在军队中英勇地协助守城，随后又跟着贝利萨留的鹰旗，前往阿尔巴、波尔多和森图姆塞利地区。但法兰克人结束了对米兰的围攻后，伊比德被学识渊博的达提乌斯主教看

---

　　[1]　统一法兰克王国的克洛维一世。

中，选为陪伴，一起前往希腊，并在公元539年和他一起居住在科林斯。约在公元541年时，他来到君士坦丁堡，并在那里受到查士丁尼大帝和查士丁尼二世的尊崇。提贝里乌斯和莫里斯两位大帝对他年岁已高和不朽的贡献给予了极大的尊敬。尤其是莫里斯大帝，他对于伊比德把他的家族渊源上溯到古罗马这件事十分高兴，尽管他实际上出生于卡帕多西亚的阿拉比苏斯。这位诗人一百零一岁高龄之际，莫里斯大帝将他的著作指定为帝国学校的课本教材，以彰显他的贡献。这一荣誉给这位老修辞学家带来了莫大的压力，这之后不久，他就在圣索菲亚大教堂附近的家中与世长辞了。当时正值公元587年九月初一的前六日，伊比德享年一百零二岁。

伊比德的遗体被运回了时局依旧动荡不安的意大利，埋葬在拉文纳的克拉瑟郊区。但那之后，他的遗体却被伦巴第王国的斯波雷托公爵挖出来，大加嘲弄，还把伊比德的头骨献给了奥赛里斯国王，制成了饮酒的酒杯。于是这一头骨酒杯便在伦巴第的王族中骄傲地世代相传，直到公元774年，查理曼大帝攻陷了伦巴第的首都帕维亚，德西迪里厄斯手里的这个头骨酒杯又被劫走，转而落入法兰克征服者手中。公元800年，罗马教皇利奥三世把这个头骨杯当作盛放油膏的容器，用在神圣罗马帝国皇帝查理曼的加冕典礼上。随后，查理曼将头骨杯带回首都，存放在埃克斯教堂中，不久又把它送给了撒克逊教师阿尔昆。公元804年，阿尔昆去世，头骨被送至他英格兰的亲属那里。

阿尔昆的家人将这个珍贵的头骨存放在某个修道院的壁龛中，威廉一世在这里发现了这个头骨杯，他对这个拥有渊源历史的头骨十分尊崇。1539年，亨利八世损毁英格兰的修道院时，头骨被一个虔诚的罗马天主教徒秘密送到了爱尔兰。然而，克伦威尔手下那些粗鲁的士兵在1650年时，破坏了位于爱尔兰的巴里罗修道院，于是这个神圣的遗物再度遭到粗暴的对待。

头骨被一个因了解而悲伤的士兵霍普金斯据为己有，但很快，他又用这个头骨换取了一口弗吉尼亚新产的香烟，头骨转而到了虔诚的教徒斯塔布斯手中。1661年时，斯塔布斯认为王朝复辟对一个年轻虔诚的自由民不利，于是送他的儿子赛路巴别尔去新英格兰寻找新的路子。这时，他把圣伊比德——更确切来说，极度厌恶天主教的斯塔布斯更愿意称其为伊比德兄弟——的头骨作为一个护身符，给他的儿子带在身上。赛路巴别尔甫在塞勒姆登陆，便找到一个靠近镇子水泵的地方，建了一座不大不小的房屋，把这个头骨放在紧挨着烟囱的橱柜中。然而，赛路巴别尔最终也没能逃开王朝复辟所带来的一系列恶习，他痴迷上了赌博，并在一次赌博中把头骨输给了从普罗维斯过来的自由民以拜尼土·德克斯特。

德克斯特的房子位于普罗维斯北部，也就是现如今北大街和奥尔尼街交叉处，他把赢来的这个头骨藏于此[1]。菲利普王之战中，纳拉甘西特的酋长卡诺切特在1676年3月30日袭击了这座房子，这位精明的酋长一眼就认出来这颗庄严高贵的头骨与众不同，于是立刻将它送给康涅狄格州的佩克特人，以示结盟的诚意。4月4日，卡诺切特被殖民者抓住并迅速处死，于是伊比德那颗庄严的头骨自此开始了一段颠沛流离的历程。

佩克特人先前已经经历过一场战争，实力衰弱，无力再给予正遭受袭击的纳拉甘西特人任何援助。1680年，一位来自奥尔巴尼的荷兰皮毛商彼得鲁斯·范·沙克以仅仅两盾的价格，收购了这个无价的头骨。他认出了头骨上几乎被磨灭殆尽的伦巴第小字，并因此得知了它的价值。这位荷兰皮毛商如此高深的古文造诣，或许可以侧面印证为何新尼德兰皮毛商在17世纪叱咤一时的原因。那上面所写的文字，正是"罗马修辞学家伊比德"。

Ibidus rhetor romanus

但不幸的是，这个神圣的遗物被一个法国商人让·格雷涅尔从范·沙克那里偷走了。这个法国商人是一名虔诚狂热的天主教徒，从小就被母亲谆谆教导，要尊敬圣伊比德。他也因此对于这件神圣的遗物落入一名清教徒手中十分愤怒，于是，一天夜里，他用斧头砍碎了范·沙克的脑袋，然后带着这颗头骨一路逃亡北方。然而，他却死在了混血船

---

[1]　在洛夫克拉夫特的作品《查尔斯·迪克斯特·瓦德事件》提及过。

长米歇尔·索瓦德手里，神圣的头骨也被抢走。索瓦德目不识丁，没有认出这件圣物，只是把它和自己那些相似的收藏品放在一起，但那些藏品都并非古物。

1701年，索瓦德去世，他的混血儿子皮埃尔在与索克人和福克斯人的几名使者交易时，将这个头骨和其他物品一起换给了对方。于是这件圣物便被挂在族长圆锥形的帐篷外长达一个世纪，直到一个在威斯康辛的格林湾开设交易所的殖民者查尔斯·丹·朗格拉德发现了它，怀着对圣物的崇敬，他花了许多玻璃珠将其赎买回来。那之后，伊比德的头骨便几经易手，有时出现在温尼贝格湖的殖民者手中，有时又在曼多塔湖附近的部落中出现。直到19世纪初期，在位于梅诺米尼河与密歇根湖的密尔沃基一家新开的交易所中，它落到一个名叫所罗门·朱诺的法国人手中。

后来，头骨又被卖给一个叫作雅克·卡波彻的殖民者。1850年，他在与新来的殖民者汉斯·齐默尔曼的象棋又或是扑克的赌博中，将头骨输给了对方。齐默尔曼一直把这个头骨当作酒杯使用，直到有一天，他喝得酩酊大醉，将头骨扔到了自家门前台阶下的草地上。结果头骨滚入一个土拨鼠洞中，当他酒醒之后再去寻找时，已经没了踪迹。

许多年过去了，这位罗马帝国的执政官、众多大帝的宠臣、罗马教会的圣徒盖乌斯·阿尼奇乌斯·玛格努斯·弗里乌斯·卡米路斯·埃米利亚努斯·科尔涅里乌斯·瓦勒里乌斯·庞培乌斯·优利乌斯·伊比都斯神圣的头骨，随着外界城市的发展，就这样埋在泥土之中。起初，土拨鼠们把它视为从天而降的圣物，心怀崇敬地用黑暗仪式祭拜它。但当这些天生的挖洞者遭遇到外界的入侵时，便完全将它弃之不顾，仓皇逃窜了。下水道从此通过，但恰好绕过了它。一座座房屋拔地而起，大约有两千三百栋甚至更多。最终，在一个命运之夜，一件惊天动地的大事发生了。玄妙的大自然烈烈颤动起来，它就像是装在容器中的饮料泡沫一样，将高贵者贬入尘埃，将低贱者抬至高位，看哪，在玫瑰色的黎明里，密尔沃基的市民醒来后，会发现以往的草原变成了高地，那片一望无垠的广阔区域如今成了高地，埋藏在地下多年的奥秘也终于重见天日。那带着执政官的威严，宛如穹顶般的形状，泰然自若泛着神圣白光的庄严之物，正是伊比德的头骨啊！

伊比德
169

来自犹格斯的真菌
Fungi from Yuggoth

————————

    这是洛夫克拉夫特创作的一组诗。总共三十六首，每首十四行，因此被世人称为"十四行诗"。同样展示了洛夫克拉夫特强大的灵感。

Ⅰ 书(The Book)

这地方暗无天日，尘土飞扬，
几乎消失在码头附近混乱嘈杂的老巷子里；
它散发着来自海洋的奇怪恶臭，
还有伴随着西风袭来的怪异雾气旋涡。
小型的菱形窗格淹没在烟雾和寒霜中，
刚好把那些宛如扭曲树木般堆积的书展示于众，
从地板一直堆到房顶，全都腐烂殆尽，
崩坏碎裂的古老知识显得如此廉价。

我走入房间，着魔般从满是蛛网的书堆中，
捡起离我最近的那本，随手翻开阅读起来。
书中颤抖的古怪文字似乎在保守着某种秘密，
如果你知晓了这个秘密，那真是可怕至极。
当我开始寻找和这堆古老制品同样年老的卖家时，
却发现这里空无一人，空余一个声音在嘲笑着我。

Ⅱ 追赶(Pursuit)

我把那本书藏在大衣下面，竭尽所能，
把它藏在这样一个别人无法看见的地方，

我穿过古老的海滨小巷，

不断回头张望，步履紧张。

摇摇欲坠的砖墙上藏匿的阴暗鬼祟的窗户，

在我匆匆经过时诡异地凝视着我，

一想到它们背后藏匿的东西，一种恶心感涌上心头，

尽管我抬头看了一眼洁净的蓝天来驱赶不适。

没有人看到我带走了这样东西，

但那空洞的笑声仍然回响在我眩晕的脑中，

我能猜到在我无比渴望得到的那些书中，

隐藏着怎样的犹如黑夜般邪恶的暗黑世界。

道路越发诡异，那些墙面越发相似，令人发狂，

在我身后很远的地方，一双看不见的脚正无声地踱步。

Ⅲ 钥匙(The Key)

我不知道是怎样的扭曲与缠绕，

在那些怪异的海港巷道废墟中，引领我回到了家，

在门廊上我不住地颤抖，脸色苍白，

我慌忙走进屋，给厚重的大门拴上门闩。

我得到了这本书，它讲述了那些隐藏的道路，

可使人穿越虚空，穿过悬挂于空间之间的幕布，

它维持着海港中无法用维度形容的世界，

将遗失亿万年的世界坚守在自己的领地内。

我终于找到这把通往那些模糊景象的钥匙，

那些在夕阳下沉思的塔尖和暮色中的森林，

在超越了地球密度的深渊中逐渐黯淡。

它潜藏着无穷无尽的记忆。

这把钥匙是属于我的，当我坐在那里喃喃自语时，

阁楼的窗户随着一阵轻微的摸索晃动起来。

IV 识别(Recognition)

这一天再度来临了，当我还是个孩子时，
仅有一次，我看到老橡树下的深渊，
灰色的雾气回环缭绕，令人窒息，
到处充斥着亵渎神灵的疯狂鬼祟形状。
与那时一样，肆无忌惮疯长的野草，
环绕着刻有神秘标记的祭坛，
记载着对那个不可名状之物的祈求，
从高耸的不洁塔群中升腾起无数烟雾。

我看到潮湿的石头上躺着的那具身体，
明白了正在享用盛宴的并非人类，
我知晓这个灰色的古怪世界并不属于我，
而属于犹格斯，那个位于群星中的虚无的存在。
接着那具身体冲我发出濒死的尖叫和哭泣，
我才发觉为时已晚，那正是我的身体！

V 归家(Homecoming)

那个魔鬼说他可以带我回家，
带我回到我依稀记得的那个苍白阴郁之处，
那是一块高地，由楼梯与天台组成，
大理石栏杆包围着它，天空中的风吹拂着它，
就在几英里之下，却是一个——
沿着海岸延展开的重重圆型屋顶和高塔组成的迷宫。
一次，他告诉我，我终究会站在这些古老的至高处，
着迷地聆听远处传来的阵阵潮水声。

他向我许诺这所有的一切，带我穿过落日的大门，
他拖拽着我，穿过猛烈的火焰湖，
以及叫不出名的诸神们身下红金色的王座，
他们为某个即将降临的命运发出惊惧的尖叫。
接着一个声音伴着海潮从漆黑的海港传来。
"当你能看到时，"他嘲笑着说，"这就是你的家！"

VI 油灯(The Lamp)

我们在那些中空的悬崖里找到了那盏油灯，
底比斯的祭司也无法看懂上面所刻的字迹，
悬崖的洞穴中有极其可怕的象形文字，
警告着地球上每一种大地所孕育出的生物。
再也没有更多东西——除了那盏黄铜的杯状物，
里面布满了奇怪的灯油痕迹，
还有一卷画着难以理解的图案的磨损卷轴，
以及隐约暗示着奇怪罪行的符号。

当我们获得那件细长的战利品时，
四千年的恐惧变得毫无意义，
我们在昏暗的帐篷中仔细检视它，
接着划了一根火柴来测试这古老的灯油。
天哪！它发光了！但就在这疯狂的闪光中，
我们的生命已经在敬畏中被那些巨大形状吸食殆尽。

VII 扎曼之山(Zaman's Hill)

那座大山紧临着老城，宛如悬于半空的穹顶，
主街的尽头是一片悬崖，
绿荫覆盖，高耸直立，阴沉地俯视着，

来自犹格斯的真菌

175

公路转弯处的尖塔。

两百年来谣言四起，内容如出一辙，

关于那人人自危的山坡上的怪事，

关于莫名受伤的鹿或者鸟的故事，

或是那些早已被亲人们放弃希望的迷路孩童们。

一天，邮递员发现这座城镇消失了。

再也没有人看见过这里的居民和房屋；

人们从艾尔斯伯里来到这里观看，

但他们都告诉邮递员，事情非常清楚。

他已经因为发现了那座大山，

贪婪的眼睛与张开的大嘴而发疯了。

Ⅷ 港口(The Port)

我在距离阿卡姆十英里的地方寻到了踪迹，

这小路就在博因顿海滩正上方的悬崖边缘，

希望在落日之前我能够到达，

在那座山顶能一览位于山谷里的印斯茅斯。

海面上航行着一艘渐渐远去的帆船，

洁白无比，如同被古老的风吹拂过的岁月，

但却充满了不可名状的邪恶预兆，

所以我并没有向它挥手致意。

从印斯茅斯起航！在逝去的遥远时光里，

回响起古老的名望。

如今夜晚已然迅速迫近，而我已抵达那座高峰，

我常常从那里眺望远方的小镇。

那些尖塔和屋顶都在那儿——可是你看！

黑暗笼罩着幽深的小巷，宛如坟墓一般黯淡无光！

IX 庭院(The Courtyard)

这就是我曾经熟识的城市，
一个古老肮脏的城市，充斥着杂等人群，
在靠近岸边的肮脏小巷下的地窖里，
对陌生的神灵们赞美吟诵，敲打着亵渎的锣鼓。
腐烂的鱼眼房屋，用它们倾斜的，
如同醉汉一般，宛如有生命的眼睛，暗中注视着我，
我蹑手蹑脚穿过那些污秽之地，走过了那扇大门，
来"那个人"会出现的幽暗庭院内。

黑暗的墙将我阻隔，我大声咒骂着，
我从未到过如此肮脏的洞穴，
突然，二十扇窗户迸裂开来，
变成狂热的光线，跳舞的人群潮涌进来：
那是由步伐拖曳的死者举行的疯狂无声的狂欢——
那些尸体没有一具保留着头颅或双手！

X 飞鸽传书(The Pigeon Flyers)

他们带我去了贫民窟，这里到处砖墙嶙峋，
向外膨胀着积存下来的黏腻邪恶，
脸庞扭曲的邪恶人们蜂拥而至，
向异星的神灵和魔鬼发送出夺目的讯号。
无数火焰在街上熊熊燃烧，
在那平坦的屋顶上，几个家伙偷偷摸摸飞向空中，
精疲力竭的鸟儿们飞入敞开巨口的天空，
隐藏的鼓点开始有节奏地嗡嗡作响。

我知道这些火焰正在酝酿着可怕的东西，

那些空中的飞鸟曾经是在"外面"——
我猜它们来自某个黑暗星球的地窖里，
它们双翼下从索格带来的东西又是什么样的存在？
其他人大笑起来——直到他们瞥见一只飞鸟邪恶的嘴里，
被里面的东西吓得声音嘶哑，说不出话来。

XI 井(The Well)

农夫赛斯·阿特伍德已年过八十，
他试图把家门前的深井继续挖掘下去，
只有艾布来帮助他，不停地又挖又钻。
我们笑了，希望他能尽快恢复理智。
然而，意想不到的是，年轻的艾布也疯了，
所以他们把他送到了郡里的农场。
赛斯用砖块把井口封得像胶一样坚固——
接下来他就砍断了自己粗糙左臂上的一根动脉。

葬礼之后，我们觉得一定要去弄清楚井中之物，
于是我们走到井边，砸开那堆砖块，
但所看到的全部东西仅仅只是一副铁质手摇装置，
下面的黑洞比我们想象中的所有洞都要深。
于是我们又把砖块全部堆了回去——因为我们发现，
这个洞太深了，没有任何绳子能够测出它的深度。

XII 嗥叫者(The Howler)

他们告诉我不要走布里格斯山的小路，
那原本是通往琐珥的公路，
因为古迪·怀特金丝1704年曾在此上吊，
从而留下了十分可怕的诅咒。

但是我并未遵循他们的叮嘱，甚至在看到那座，
巨石山坡下方长满藤蔓的小屋时，
我依然未在意那些榆树和麻绳，
却十分好奇为什么房子看上去如此崭新。

当我驻足片刻，观看夕阳的风光时，
我听到了隐隐的咆哮声，好像是从楼上的房间里传出的，
当一缕夕阳的光辉透过爬满常春藤的窗格，
闯入房间内，无意间捕捉到那个嗥叫者的身影。
我只看了一眼，就疯狂地逃离了那个地方，
逃离那个长着人类面孔的四爪怪兽。

XIII 西方之国(Hesperia)

寒冬的夕阳，在螺旋尖塔和烟囱上方闪耀着光辉，
几乎超脱于这个世界呆板停滞的气氛之外，
它打开了通往某个被遗忘的年代的巨门，
那个年代充满了古老的光辉和神圣的欲望。
令人期待的奇迹在熊熊的火焰中燃烧，
充斥着冒险精神，也无所畏惧；
在斯芬克斯的脚下，一条道路清晰地把人指向，
那些在远处琴声中微微颤抖的城墙与角楼。

在这片土地上：美丽意味着怒放的繁花；
每一个没有依靠的记忆在此皆拥有一个源头；
时间这条伟大的河流自此开始了它的漫漫长途，
在星光照耀下的流光中，自浩瀚的虚空中穿行。
梦境带着我们靠近——但古老的学识不断重复着：
人类的脚步从未玷污过这些街道。

XIV 星之风（Star-Winds）

这是一个暮色苍茫的时刻，
大约是在秋天，星之风倾盆而落的时候。
沿着山顶上的街道，户外的一切变得荒凉无比，
但舒适温暖的屋内则早早透出了灯火。
凋亡的枯叶怪异而奇妙地扭曲缠绕着匆匆飞过，
烟囱里的烟以异样的优雅不停旋转着，
形成令人在意的来自外太空的几何形状，
北落师门[1]透过向南边的薄雾窥视着一切。

迷乱的诗人们皆知晓这个时刻，
怎样的真菌在犹格斯上发芽，
怎样的香气和花朵的色彩充斥着尼松的大陆，
就如同贫瘠的尘世花园中被吹拂过一样。
但是这些风所带来的梦境的代价，
就是将更多属于我们的梦境一扫而空！

XV 极南(Antarktos)

在我的梦中，那只巨鸟在我耳边奇怪地低语，
说着极地荒原上黑色的锥体；
它孤独沉闷地穿过冰盖，破冰而出，
经历了暴风肆虐的万古岁月，身上遍布污损凹痕。
这里没有任何地球生命体存活，
只有苍白的极光与微弱的阳光，
闪耀在坑洼不平的岩石上，那是岩石最初的起源，
被隐隐认定为来自上古者们。

---

[1] 属北宫玄武的室宿，同时也是南鱼座的主星。

如果有人曾看到过它，他们只会好奇，

大自然是如此地鬼斧神工，造就了他们眼前这番奇景；

但那只鸟讲述了更深奥的部分：在这些冰雪覆盖着的，

几英里深的地方，有东西在那里潜伏着，孵化着，等待着。

天哪！帮帮那个做梦的人吧！那疯狂的幻觉梦境向他展示了，

那水晶般的深渊下方，闪烁着死亡气息的眼睛！

XVI 窗户（The Window）

这座房屋极其老旧，有着向外延伸的杂乱厢房，

谁也无法完全描述出它的形状，

就在靠近房屋后面的一个小房间里，

有一扇用远古石块密封的诡异窗户。

那里，在被梦境困扰的童年里，我经常独自一人来到这里，

这是被朦胧而邪恶的暗夜所覆盖的地方；

分开那些蛛网时，我心里毫无恐惧之感，

甚至感受到一种随时间流逝逐渐增长的惊异。

直到有一天，我带了几个泥瓦匠过去，

想看看我不太熟悉的祖先们究竟封住了什么，

当凿穿石块时一阵急促的气流从裂开的诡异虚空中喷涌而出。

它们逃走了——但我透过那裂隙看了看，

发现我曾讲述过的那些梦境中的狂野世界，

完整出现在了我眼前。

XVII 记忆(A Memory)

这里有辽阔的大草原和遍布岩石的台地，

在星光灿烂的夜晚仿佛无止境地蔓延开去，

诡异的萤火散发出微弱的光，
照耀着身上挂着叮当作响的铃铛的野兽和松垮的兽群。
在遥远的南方，平原渐渐向下倾斜，变得又低又宽，
直到抵达一堵黑色的锯齿状的墙壁，
这些墙壁如同来自原始时代的巨蟒，
被漫长的岁月冰冻和石化。

我在寒冷稀薄的空气中诡异地颤抖起来，
并开始思考我在哪里，我如何到这里来的，
这时，一个披着斗篷的身影迎着萤火的火光，
他起身靠近我，同时喊着我的名字。
我盯着兜帽下毫无生机的脸，
我不再希冀——因为我已知晓。

XVIII 阴花园(The Gardens of Yin)

在那古老的砖石墙外，
青苔遍布的塔楼几乎高耸入云，
那里有种满鲜花的大片阶梯花园，
鸟语花香，蜂蝶嬉戏。
那里有人行步道，悬于温暖的荷花池上方的拱桥，
池水则映射出庙宇的寺檐，
还有长着精致树枝和花瓣的樱桃树，
苍鹭在粉红色的天空中遨游盘旋。

一切都将在那儿，因为还不曾有古老的梦境不经意间，
打开过那扇通向石灯笼装饰着的迷宫之门。
潺潺溪流在蜿蜒的水道里悠闲流淌，
绿色的藤蔓从弯曲的树枝上盘旋垂落。
我匆匆赶去——但当这些冷酷而高大的墙体升起来，

我发现大门已经不复存在了。

XIX 钟(The Bells)

年复一年，我听到那隐隐约约飘荡在漆黑的午夜的风中，
来自几口大钟发出的深重而遥远的钟声；
我无法感知究竟是哪座尖塔上发出的轰鸣声，
但很奇怪，仿佛它们是从某个巨大的虚空穿越而来。
我在梦中和记忆中寻找线索，
同时回忆起在我想象中的所有钟声；
宁静的印斯茅斯，白鸥群在那里飞翔逗留，
围绕着一座我曾熟悉的古老尖塔。

我总是在困惑中听着那些遥远的音符慢慢飘散，
直到3月的一个夜晚，阴冷的雨散发出阵阵寒意，
呼唤着我穿过那道回忆的大门，
到达那片古老的塔群，那里到处轰鸣着的疯狂的钟声。
它们咆哮着——却是从海底死寂的沉没山谷中，
那些倾泻而出的阴冷黑暗的潮水里传出的。

XX 夜魔[1](Night-Gaunts)

我无法描述，它们到底来自什么样可怖的地窖，
但每晚我都能看见这些橡胶状的东西，
浑身漆黑，头上有角，身体细长，还长着带膜的翅膀，
它们的尾巴有着地狱般的分叉且长着倒刺。
它们成群结队，在北风的呼啸中前来，

---

[1] 克苏鲁神话中的一种生物，外观有双翼和长尾的人形生物，没有五官，头上有尖角，能理解各种语言，与各个神秘种族为友。

它们用亵渎的爪子不停地挠抓，既可怕又痛楚，

它们将我抓走，开始进行恐怖的旅途，

前往那个隐藏在噩梦之源深处的灰色世界。

它们掠过带锯齿状的托克山顶峰，

并不理会我试图发出的呼喊，

接着降落抵达下方那片污秽的湖泊，

肿泡的修格斯疑似睡眠般液体四溅。

但是呵！假如它们能发出一丁点儿声音，

或者在本该是脸的部位有一张面孔就更好了！

XXI 奈亚拉托提普 [1](Nyarlathotep)

终于，从内埃及到来的，

是那个让农夫们鞠躬致敬的诡异暗黑者；

沉默，瘦削，散发着神秘的骄傲，

周身上下被包裹在如晚霞般火红的织物里。

人群簇拥着他，疯狂地等待着他的命令，

但当他们离去时，却对所闻的内容不明所以；

同时令人敬畏的话语传遍了列国，

传闻中，野兽们追随着他，舔舐着他的双手。

不久，海中的某些可憎的存在开始滋生；

被遗忘的土地上，黄金螺旋尖塔被野草包围着；

大地龟裂，狂暴的极光翻滚着，

降落在人类颤抖的城堡上。

然后粉碎了他在游戏中偶然塑造的东西，

---

[1] 克苏鲁神话中的外神之一，是以阿撒托斯为首的外神们在地球上的使者兼代行者。

那愚蠢的混沌将地球上的尘埃全都吹散了。

XXII 阿撒托斯[1]（Azathoth）

在毫无理智的虚空中，恶魔孕育了我，
穿过明亮的维度空间群，
直到时间和物质都不在我面前延展，
只有混沌，没有形态与空间所在。
在这里，万物之主在黑暗中喃喃自语，
讲述着他在梦境中看到却无法理解的事情，
在他身旁，一些无形的蝙蝠样的存在扑打着翅膀，
在射线流激起的愚痴旋涡中起起落落。

它们跟随着那高昂尖细的哀鸣疯狂起舞，
这声音来自一只怪异巨爪中一支破碎的长笛。
漫无目的的声波从这里涌出，它们偶然地组合，
赋予每个脆弱的宇宙永恒的规律。
"我是他的信使。"恶魔说道，
同时轻蔑地敲打了他主人的头。

XXIII 海市蜃楼(Mirage)

我不知道它是否曾经存在过——
那失落的世界依稀漂浮在时间的长河中——
然而我时常能看见它，被紫罗兰色的雾包围着，
在一些朦胧的梦境深处闪着微光。
那里有奇怪的高塔和曲折往复的古怪河流，

---

[1] 克苏鲁神话中的外神之一，被称为"盲目愚钝之神"或"原初混沌之神"，
为万物之源。

神奇的迷宫，和低矮的光明穹顶，
还有树枝交错下的火焰天空，
就像在冬夜前满怀渴望地颤动着的东西。

荒原通向没有人烟，莎草遍布的海岸，
无数鸟儿在风中盘旋，在一座风中的山丘上，
有一座古老的，遍布白色尖塔的村庄，
我静静聆听着伴随夜晚一起到来的钟声。
我不知道这是什么地方——或者说我不敢，
询问我什么时候或是为什么，抑或是将来是否会在那里。

XXIV 水道(The Canal)

在梦境的某处有一个邪恶的地方，
那里耸立着废弃的高大建筑，
它们充斥在一条深邃、漆黑而狭窄的水道两旁，
臭气熏天。油腻的洋流在水道里激流而过。
小巷里的老墙在头顶上方几乎要撞在一起，
交错着通往人们知道或不知道的街道；
微弱的月光散发出奇异的光芒，
照在一排排窗户上，漆黑且毫无生气。

这里没有任何脚步声，只有一种轻柔的声音，
就是来自那油腻的水流声，
它流过石桥下，顺着河岸边。
沿着深深的引水槽，流向某个模糊而特定的海洋。
没有人能活着说出那条水流是在什么时候，
从这黏土的世界冲走了它遗失在梦中的区域。

XXV 圣·陶德的(St.Toad's)

"当心圣·陶德的破钟！"我听到他尖叫着，
此时我刚进入那些狂风肆虐的巷子，
它们纵横交错，如昏暗且晕眩的迷宫，
在那条河的南岸，古老的世纪进入梦乡。
他身形鬼祟，弯腰驼背，衣衫褴褛，
转瞬间已踉踉跄跄消失在视线之外，
因此，我仍然在夜里继续探寻，
朝着那有更多扭曲的，参差不齐的屋顶弧线升起的地方行进。

没有一本指南告诉我这里潜伏着什么——
但现在我听到另一个老人尖叫道：
"当心圣·陶德的破钟！"他声音渐渐消逝，
我停下脚步，这时第三个灰白胡子的人惊恐地嘶哑着叫道：
"当心圣·陶德的破钟！"在恐惧中，我逃离了——
直到那黑色的塔尖在前方隐隐约约地突然出现。

XXVI 熟人们 (The Familiars)

约翰·霍特利住在离镇子约一英里的地方，
那里的山丘紧密地挤在一起；
在看到他让他的农场迅速垮掉之前，
我们从没想到他的头脑如此敏捷。
他过去经常把大量的时间花在那些——
他从阁楼周遭发现的怪异书籍上。
直到他脸上长满了诡异的皱纹，
人们都说他们不喜欢他这副模样。

当他开始在夜晚发出号叫时，我们宣布，
他最好被锁起来，以免造成威胁，

于是三个来自艾尔斯伯里镇农场的男人，
前去制服他，却纷纷带着极大的恐惧逃了回来。
他们发现他正和两个蜷缩着的东西说话，
而它们在他们进门后便张开巨大的黑色翅膀飞走了。

XXVII 旧灯塔 (The Elder Pharos)

冷原上岩石外露的山峰阴冷且荒芜地，
耸立在人类看不到的阴沉凛冽的星光下，
黄昏时，一束孤寂的光从那里射出，
这遥远的蓝色光芒让牧羊人们在祈祷中哀号。
他们说（虽然没有人去过那里）那道光来自——
位于高耸的石塔中的一盏航标灯，
最后一位上古者独自居住在那里，
伴随着他的还有鼓声与混沌的交谈。

他们相互窃窃私语，说那个存在戴着一副黄色的丝质面具，
面具上诡异的皱褶似乎暗示着一张——
不存在于地球上的面孔，但并没有人敢问——
那些从内部凸显出来的形状到底是什么。
许多人在最年轻的时候，都想到那耀眼的光芒处探寻，
但他们最终发现的东西，永远不会有人知道。

XXVIII 期待 (Expectancy)

我不知道为什么有些事情对我来说，
像是一种深不可测的奇迹降临的感觉，
或是如同地平线上方幕墙的裂缝，
那里是只有神明存在的世界。
那是一种令人窒息的朦胧期待，

我隐约记得那是雄伟壮丽的古老盛典，
或是一种狂野的冒险，无踪无影，
令人心醉神迷，又像是一场自由自在的白日梦。

它在落日中，在诡异城市的塔尖中，
在古老的村庄，森林，和薄雾弥漫的丘陵上，
在南风中、大海里和矮山旁，在灯火通明的城镇里，
它在古老花园里，朦胧的歌声里，还有月亮的光辉里。
虽然它仅给出一丝诱惑就使生命值得存在，
却无人理解或猜到它所给予的一切暗示了什么。

XXIX 乡愁 (Nostalgia)

每年都如期出现，在秋季的惆怅中，
鸟儿们飞过一片荒凉的汪洋，
在充满欢乐的匆忙中呼朋引伴，鸣叫不已，
前往某个它们记忆深处所熟知的土地。
广阔的阶梯花园中，风中盛开着鲜艳的花朵，
一串串味道甘美无比的芒果，
树枝交错的神殿果园中，遮挡阴凉的小径的上方——
这一切都在它们朦胧的梦境中出现。

它们在海上寻找着属于它们的古老海滩的痕迹——
寻找那座高耸的白色的城市，塔楼遍布——
但却只有空旷的水面在眼前延伸，
最终它们又一次转身离去。
在异形水螅聚集的深渊深处，
古老的高塔怀念着它们失落却又怀念的歌。

XXX 背景 （Background）

我绝不会被原始的新奇事物所束缚，
因为我第一次看到那片光是在一个古老的镇子上，
我从挤成一团的窗口外看到层层向下倾斜的屋顶，
一直抵达一座古雅的如幻境般的海港。
街上有手工雕刻的门廊，充满夕阳的余晖，
古老的楣窗和小窗格淹没在这余晖中，
格鲁吉亚式的塔尖顶端竖着镀金的风向标——
这些景象造就了我孩童时代的梦境。

这些宝藏，在极为谨慎的潜移默化中被留下，
不得不放开对这些脆弱幻影的控制，
这些幻影随着习惯和信仰的混乱而飘忽不定，
穿过尘世和天堂间那永恒不变的壁垒。
它们切断了刹那间的纽带，让我自由，
且孤独地在永世之间伫立。

XXXI 居民 (The Dweller)

在巴比伦王国刚诞生时，它已经古老无比了；
没人知道到底它在那土堆下长眠了多久，
但我们的挖掘铲最终还是找到了，
它的花岗岩砖块，让它重见天日。
它有着巨大的通道和基墙，
还有几近破碎的石板和雕刻的塑像，
那是来自很久以前某些神奇的存在，
比人类能回忆起的任何事物都要古老。

接着我们看到那些继续向下延伸的石阶，
穿过一扇满是雕饰的白云石大门，
来到了某个永恒之夜的黑暗天堂，

古老的印记和原始的秘密在这里显得无比憎恶。
我们开辟出了一条通道——但当我们听到从下面传来，
重重的脚步声时，我们疯狂地四下逃窜了。

XXXII 异化 (Alienation)

他结实的肉体从未离开，
因为每逢黎明，他都会回到原先的地方，
但他的精神在每个夜晚都喜欢飞速前行，
穿过深渊，远离日常的世界。
他看到过亚狄斯星，但神志依然清醒，
并且从戈瑞克区安全归来，
而在寂静夜晚的另一边，
从扭曲的空间后的虚空中飘出一阵诱人的笛声。

那天早上，他苏醒后已是一位老人模样，
从那以后，任何事物在他眼中都变了模样。
周围的物体飘浮着，朦胧而黯淡——
如同某个更宏大的计划中的幻影般无足轻重的插曲。
现在他的家人和朋友都是一群异形，
他徒劳挣扎着想要融入它们。

XXXIII 海港的汽笛声 (Harbour Whistles)

越过古老的屋顶，穿过腐坏的塔尖，
港口的汽笛声整夜反复呼啸；
那声音来自诡异的码头，来自遥远的白沙滩，
来自神话般的海洋，如同唱诗班杂糅的合唱一般四处散布。
每个声音都显得诡异而陌生，
所有的这一切都是由某种力量用令人费解的方式，
集中从黄道十二宫之外幽深的深渊里传出来，

融合进了宇宙中的神秘声音中。

他们透过朦胧的梦境，放出一条不断行进的，
包含着更多朦胧的形体，暗示和景象；
以及外界虚空的回声和微妙的线索，
传达着他们自己也无法名状的存在。
在那合唱中，我们总能发现其中混杂着微弱的，
并非任何地球飞船发送过的音符。

XXXIV 夺回 (Recapture)

这条路通往一个黑暗的，树木稀疏的荒野，
这灰蒙蒙的巨石在发霉的泥土堆积，
奇怪的水滴，令人不安且冰冷刺骨，
从下方深渊里看不见的溪流中喷涌而出。
这个令人迷惑的灌木丛和形状异样的树林中，
没有风，没有一丝声音，
前方也没有任何视野——直到突如其来的，
在我的正前方，一座巨大诡异的土堆出现了。

那陡峭的山坡耸立在半空，几乎快要接近穹顶，
上面杂草丛生，杂乱地堆砌着，
破碎不堪地通往令人惊惧高度的熔岩阶梯，
对于人类来说，这阶梯太过于巨大而无法踏步。
我尖叫着——知晓了是怎样原始的星辰和年份，
把我从人类梦境般短暂易逝的时空下拉扯了回去！

XXXV 黄昏之星 (Evening Star)

我在那个隐藏的寂静之地看见了它，
那片古老的树林几乎把那片草地遮掩起来。

它在落日的余晖中闪耀微光，
渐渐地，它逐渐变得明亮了起来。
夜幕降临，那孤独琥珀色的信号，
以它从未有过的方式在我的视线内跳动着；
那黄昏之星——呈千倍地增长，
在这寂静与孤独中更令人难以忘怀。

它在那颤动的天空中描绘出了诡异的画面——
我的眼前开始出现那些模糊而真实的记忆——
巨大的塔楼和花园；奇妙的海洋和天空，
那是属于某种模糊的存在——我从来无法说出它们的所在。
但现在我知道了，透过宇宙的穹顶，
那些光线正来自我遥远的、被遗忘的家乡。

XXXVI 连续性 (Continuity)

在某些古老的事物中存在一种痕迹，
具有某种模糊的本质——超越形态或者重量；
是一种脆弱的以太，还未定型，
却又和时空的规律紧密联系。
是一种模糊又含蓄的连续性迹象，
外界的视线绝无可能辨别；
这是一种锁住的维度，承载着过去流逝的岁月，
除了隐藏的钥匙以外，它无法被触及。

最让我感动的是当斜射的阳光投在，
紧靠着山的一座古老农场的建筑上时，
日光描绘出了那些静止不动的，经历许多世纪的形状，
几个世纪以来，我们知晓这只是一个梦境。
在那诡异的光线中，我感到自己距离那些，
固定的群体并不遥远，时间就是组成它们的其中一面。

H.P.洛夫克拉夫特自述
H.P.Lovecraft self-reporting

译者：玖羽

　　关于我[1]自身的情况：我生于1890年8月20日，出生地位于现住所以东约一英里处。当时我家[2]靠近郊外，都市的景色和乡村的风景——野地、森林、农田、小溪、山谷，以及树木在它高高的堤坝上茂密生长的锡康克河，都是我幼年记忆中不可分割的一部分。当时那一带的房屋不过刚建成三十年左右，小时候的我对建在现在住的山丘[3]上的房屋相当倾心。古老的事物无论何时都能让我感动——在我家昏暗的阁楼里有许多藏书[4]，其中也有年代非常久远的古书。在所有的书中，我最爱读这些古书。就这样，我熟悉了各种不同的古式活字印刷术。神秘之物与幻想之物皆能叩响我的心弦——外祖父[5]为我讲述的魔女、幽灵和童话故事是我最喜欢听的。我四岁开始读书，最开始读的书里有《格林童话》和《一千零一夜》。之后，我开始阅读希腊罗马神话的普及版，并为之深深倾倒。从八岁开始，我对科学也产生了兴趣——最初是化学（还在家里的地下室做过一些小实验），然后是地理学、

---

[1] 是1889年6月结婚的温菲尔德·斯科特·洛夫克拉夫特(Winfield Scott Lovecraft)和莎拉·苏珊·菲利普斯(Sarah Susan Phillips)的独子。

[2] 即建于安吉尔街(Angell Street)454号的母亲娘家。1893年父亲进入精神病院后，他和母亲一起住在这里。

[3] 学院山。

[4] 母亲家里的藏书。

[5] 惠普尔·菲利普斯(Whipple Phillips)，恐怖小说和哥特小说的爱好者，经常把这些故事讲给外孙听。

天文学等学科。但我对神话和神秘的热爱并没有因此减少。

我最初写作是在六岁的时候[1]，但我最早的记忆是七岁时写的《高尚的偷听者》[2]，是个关于盗贼山洞的故事。从八岁起，我写了一堆粗劣不堪的小说，这些小说现在还留下两篇，分别是《神秘船》和《墓地的奥秘》。我从一本1797年出版的古书中学到了格律，从此开始写诗。我的散文和韵文文风颇古，因为我对18世纪——我所爱的古书和旧宅问世的时代——抱有不可思议的亲近感，对古罗马也有非常亲近的感觉。当时我体弱多病，基本不去上学，所以不管追求什么、选择什么，都有充足的自由。因为多次的精神疾病发作，我连大学也没上。实际上，我到三十岁以后才变得和常人一样健康。八岁或九岁时，我第一次读到了爱伦·坡的作品，从此就把他的作品当成范本。我写的尽是和字面意义一样的怪奇小说——关于时间、空间和未知事物的谜团使我心荡神驰，没有什么东西能赶上它们的一半……当然，从八岁以后，我就完全不信宗教或任何超自然事物了。我的想象力在南极、外星和异界等难以接近的远方土地上驰骋，天文学对我有特别的吸引力。我买了不大但很棒的望远镜[3]（现在还留着），十三岁时还出版了小小的天文学杂志，叫《罗得岛天文杂志》[4]，用胶版印刷，由我自己编辑并出版。

十六岁时，我还在上高中，第一次给报纸投稿[5]。我为新创刊的日报[6]撰写每月一次的天象报告，同时还为地方刊物[7]撰写天文记事[8]。

---

[1] 现存一篇叫《小玻璃瓶》的作品。

[2] 已佚。

[3] 直径三英寸的折射望远镜，1906年花50美元（约相当于今天的1200美元）购入。

[4] 每次印25册，从1903年持续到1907年。

[5] 1906年5月27日的《普罗维登斯星期日日报》上刊登了他的来信。

[6] 1906年8月1日至1908年为《普罗维登斯论坛报》撰稿。

[7] 1906年7月至12月为周刊《鲍图基特谷拾穗者》撰稿。

[8] 洛夫克拉夫特在高中的外号原本是"甜心"（Lovey），开始给报纸撰稿后外号变成了"教授"。

十八岁时，我对自己过去写的小说感到全都不满意，把它们悉数烧掉了[1]。那时我的兴趣完全转移到了诗作[2]、随笔和评论上，有九年没写小说[3]。我当时的健康状况很差，每天茫茫然地混过，也不旅行，只是喜欢在天气很好的夏日午后（专门骑自行车）到乡村中去[4]。

1914年，我加入了一个全国规模的联合业余刊物协会[5]——它对孤立的文学入门者非常有用；我结识了很多有才华的作家，他们帮我克服怪奇的文风，还劝我重新拾起作为我的主要表达方式的怪奇小说[6]。就这样，以《坟墓》和《大衮》为起点，我从1917年起重新开始撰写怪奇小说。1918年，我写了《北极星》，1919年写了《翻越睡眠之墙》，当时我并没有把它们在商业杂志上发表的打算，在同人志上登了好几篇。1919年年末，我初次接触到邓萨尼的作品，受到他莫大的影响，进入一段创作欲望空前绝后发达的时期[7]。1923年，我开始接触亚瑟·梅琴的作品，想象力进一步受到激发。这期间（1920年以后）我的健康状况也逐渐变好，遂摆脱隐居生活，开始旅行（1921年去了新汉普郡，1922年去了纽约和克里夫兰），同

---

［1］此年因神经疾病从高中退学，在消沉中烧掉了所有小说原稿，只有上面提到的两篇被母亲保留下来。

［2］诗作受其姨父富兰克林·蔡斯·克拉克(Franklin Chase Clark)影响甚大。

［3］自1908年撰写《炼金术士》之后的九年。

［4］1904年，因为经济状况恶化，全家不得不搬出洛夫克拉夫特从小长大的宅邸，住进位于安吉尔街598号的较小的房子。这对洛夫克拉夫特打击很大。他一直在那里住到1924年。

［5］"联合业余刊物协会"是业余作者们互相交换同人志和文学评论的组织，当时有三个全美规模的协会。1913年，洛夫克拉夫特给杂志《大船》(The Argosy)投了一封抨击弗莱德·杰克森(Fred Jackson)的恋爱小说的信，激起一场大辩论，因而受到注目，被邀请入会，他遂于1914年4月6日加入了"联合业余刊物协会"(United Amateur Press Association, UAPA)。

［6］1916年，《炼金术士》在同人志《业余作者集》(United Amateur)上刊登后，W. 保罗·库克(W. Paul Cook)等人力劝他继续创作小说。

［7］单1920年一年就写了《屋中画》等十二篇小说。

时也开始仔细调查普罗维登斯以外的古市镇（我小说中的阿卡姆和金斯波特实际上就是塞勒姆和马布尔黑德）。1922年，我的小说首次在商业杂志上刊登——那是一份由联合业余刊物协会会员担任编辑的小杂志，叫《家酿》(Home Brew)，刊载的是十分拙劣的《尸体复活者赫伯特·威斯特》[1]，连载六期。同年年末，同一家杂志刊登了《潜伏的恐惧》（后来它在《诡丽幻谭》上也刊载过），给那篇文章绘制插图的正是克拉克·埃什顿·史密斯，我们是通过联合业余刊物协会相识的[2]。1923年，《诡丽幻谭》创刊，我在史密斯的鼓励下投去了七篇小说[3]，结果全被采纳——当时的主编埃德温·贝尔德对我十分友好，比莱特好得多。《大衮》首先在该年的10月号上刊登，接下来我的小说和诗作就不断在《诡丽幻谭》上发表。

很快，我开始鼓励年轻的朋友弗兰克·贝尔科纳福·朗（也是通过业余作家协会认识的）向《诡丽幻谭》投稿。朗的小说于1924年年底见刊。当时我的健康日渐好转，就想把眼界开拓得更广——甚至曾搬到朋友很多的纽约去，但最终的结果很失败。我厌恶大城市的生活，永不愿住在那里，于1926年回到故乡[4]。但我已经养成了旅行的爱好，调查的范围也向南北不断扩大。1924年我去了费城，1925年去了华盛顿和弗吉尼亚北部，1927年去了波特兰、缅因和佛蒙特南部，1928年去了佛蒙特的其他地方，莫霍克、阿尔巴尼、巴尔的摩、安纳波利斯、华盛顿，以及弗吉尼亚西部的无尽洞窟（第一次欣赏到了美妙的地下世界景观）。1929年参观了金斯敦、纽约的历史古迹，以及威廉斯堡、里士满、弗吉尼亚的约克城和詹姆斯城，1930年南到查尔斯

---

[1]这篇粗糙的小说后来被多次改编成B级片，以至于成了洛夫克拉夫特最有名的作品之一。

[2]洛夫克拉夫特读过史密斯的诗集《黑檀与水晶》后，给他寄去读者信，两人从此成了亲密的笔友。

[3]洛夫克拉夫特在这里记错了，实际上是五篇。

[4]这里十分轻描淡写，但实际上他从1924—1926年经历了一次惨痛的婚姻，几乎是逃回普罗维登斯的。

顿、北到魁北克，1931年到了佛罗里达的基韦斯特，1932年去了查塔努加、孟菲斯、维克斯堡、纳奇兹、新奥尔良、莫比尔。因为经济状况恶化——现在简直是绝望的[1]——旅行计划暂时搁置了。以前有钱的时候身体不好，现在身体好了却没有钱了，我现在只能坐便宜的大巴到处走走。为小说等作品改稿或代笔是我创作以外的主要收入来源（已故的胡迪尼[2]也曾是主顾之一），但现在我却陷入了地狱般的状况[3]。

超乎寻常的事件在我的生活中极其稀少——我的人生就是慢慢地失去一切的过程。我的家族现在只剩下我和一个姨妈[4]，去年5月，我们搬到一所古旧的公寓中居住[5]。这所公寓属大学所有，位置很不错[6]，面积也大，暖气和热水都齐备，租金非常便宜[7]。我一直想住在古旧的住宅里，因贫困而搬到这里之后，恰好偿了心愿。我非常喜欢这栋房子。由于面积大，原来家里的很多东西（家具、绘画、雕像等）也都有地方放了。在各种意义上，虽然只有一点影子，但我还是觉得它和我长大的地方很像[8]。我的房间由书房和寝室组成，在以前写给你的信里应该也提过——我的书桌就摆在西窗前，从窗户里能望见古老的宅邸和庭院、尖尖的屋顶和塔楼，还有美不胜收的晚霞。我的藏书约有两千本[9]，我只

---

[1] 整个1934和1935年的鬻文所得只有137.5美元。

[2] 哈利·胡迪尼（Harry Houdini），美国著名魔术师。洛夫克拉夫特为他代笔过小说《金字塔下》。

[3] 洛夫克拉夫特从1915年开始改稿，这是他主要的收入来源，但写此信时他的改稿大多已变成免费的了。

[4] 母亲的姐姐莉莉安·D.克拉克（Lillian D. Clark）。

[5] 学院路66号的公寓，于1825年建成。洛夫克拉夫特和姨妈住在二楼。另外，1926—1933年期间他住在巴恩斯街（Barnes Street)10号。

[6] 正如洛夫克拉夫特在《夜魔》中描述的，就在布朗大学的约翰·海伊图书馆后面的山丘上。

[7] 周租金10美元。

[8] 洛夫克拉夫特母亲的娘家是一栋有三层、十五间屋的大宅子。

[9] 大半是母亲家里的。

为怪奇小说制作了目录。

　　我喜欢的作家，除希腊罗马作家及18世纪的英国诗人、散文家之外，都是爱伦·坡、邓萨尼、梅琴、布莱克伍德、蒙塔古·詹姆斯、沃尔特·德·拉·梅尔这种类型的。在幻想小说以外，我喜欢现实主义的小说——也就是巴尔扎克、福楼拜、莫泊桑、左拉、普鲁斯特等人的作品。我认为，法国人最适合写那种反映人生全景的作品——而我们盎格鲁-撒克逊人擅长的领域是诗歌。我十分讨厌维多利亚时代的文艺作品，几乎没有例外。我相信，新近出现的逃避主义文学一类的东西，比大多数先前的文学都有希望。超现实主义大抵已经走进了死胡同，但它的某些特定要素也许还能影响到主流文学。我在文学欣赏上很保守，我认为最近的散文既草率又有非艺术的倾向。

　　说到音乐，我的爱好十分贫乏——这可能是小时候被逼着学小提琴的后遗症。小提琴早就不会拉了[1]。维克多·赫伯特[2]是我真心鉴赏音乐的上限。总之，在音乐领域，我是个野蛮人。在绘画方面，我的审美十分保守，喜欢风景画。我家里有很多人都画画，我也曾经想画，但最后还是没画。至于建筑，我就像牛讨厌红布那样讨厌功能主义的现代派建筑。我还是喜欢古典风格的建筑，高耸的哥特式建筑最合我意，但总的来说，我对美学的兴趣可能比不上对科学、历史和哲学的兴趣。

　　我的政治倾向是反动保守——就是保皇党和联邦党[3]中的前者。但受到现实，也就是最近的思潮影响，开始转向与之对立的经济自由主义：国有经济、人为分配工作、严格保证工资支付时间和劳动时间、失业保险、养老金，等等。但我不认为人民能很好地管理自己。除非他们能自己逐渐平息混乱，否则改革就必须由少数精英通过法西斯式

---

[1] 据他自己说，"忘得如此彻底，就像从来没碰过小提琴一样"。

[2] 爱尔兰裔美国作曲家。

[3] 指美国独立时赞成和反对的两派。在洛夫克拉夫特的时代，这两个词早已是历史名词了。

的集权进行。当然，无论如何也要把主要的文化传统保留下来，但像俄国的布尔什维克主义那种极端的剧变是和我无缘的。

在哲学上，我是如乔治·桑塔亚纳[1]那般持机械论的物质主义者。从考古学和人类学两方面，我都对原始人之谜充满兴趣，在某种意义上，我是个天生的好古之人。我最关注的，可能就是在想象中再次体验18世纪的美国了；罗马史也令我十分着迷。如果缺少罗马人的视点，我根本无法想象古代世界。罗马时代的不列颠颇能引发我的遐想（就像亚瑟·梅琴那样），正是在彼时彼地，罗马文化的浪潮和我祖先的家系发生了交集。我倒是没写过以罗马治下的不列颠为背景的小说，但这只是因为觉得不好下笔而已。

我不想见到伟大的文明被分割开来，就美国从大英帝国分裂出去这件事，我感到深深的惋惜；我从心底里站在英国这一边。1775年的纷争要是能在大英帝国内部解决就好了。我敬佩墨索里尼[2]，但我认为希特勒只是墨索里尼拙劣的复制品，他完全被浪漫的构想和伪科学冲昏了头脑。不过他做的事可能也是必要之恶——为了防止祖国崩溃的必要之恶。总体来说，我认为任何一个国家都应该保持统治民族的血统纯粹，是北欧日耳曼裔的国家就尽量保留北欧日耳曼裔，是拉丁裔的国家就尽量保留拉丁裔，这样就能很方便地保证文化的统一性和延续性了。不过我觉得希特勒那种基于"纯粹人种"的优越感既愚蠢又变态，每个民族都有各自的习惯和癖好，真的在生物学上劣于其他种族的，只有黑人和大洋洲原住民而已，应该对他们执行严格的种族分类政策。

至于我自己的情况、撰写小说的方法、对文学的见解等等，都在过去的信里告诉你了，因此这里没有什么特别要写的。而那些琐事，

---

[1] George Santayana，西班牙裔美国哲学家。

[2] 墨索里尼掌权后采取的政策对部分外国人来说是很有欺骗性的，他的种种复古举动也很对洛夫克拉夫特这种好古之人的胃口。顺便一提，乔治·桑塔亚纳也很欣赏墨索里尼。

比如一切类型的游戏和运动，我都不感兴趣，所以也不想写在这里。最让我感到愉快的，是观望古旧的宅邸，以及夏日里在充满古风、景色优美如画的土地上漫步。只要天气允许，夏天我绝不待在家里——我会在包里装上原稿和书，到森林或原野里去。我喜欢炎热，但无法忍受寒冷。因此，虽然我对故乡的风景和气氛十分留恋，但以后说不定会有必须搬到南方去的一天。散步是我唯一的正经运动。受坚持散步之惠，近年来我养成了几乎永无止境的忍耐力。

虽然就餐时间不固定，但我习惯每天只吃两顿。一般来说夜里的工作效率最高。我对海产品无比厌恶，甚至都不愿提起。十分喜爱奶酪、巧克力、冰激凌[1]。我不喜欢抽烟，对酒精类饮料根本不碰。大体上，比起酒神的生活方式，我更喜欢太阳神的生活方式[2]。我极其热爱猫，从最健壮的到最萎靡的都很喜欢。至于外表，我身高五英尺十一英寸，体重一百四十五磅[3]，肤色为白色，瞳色为褐色，发色为渐变到铁灰色的褐色，驼背、长鼻、颏部突出，长得奇丑无比。衣着非常朴素而保守，除了进入辩论时之外，对人的态度克制而客气。但在辩论时，无论是口头还是写信，一旦开始，我就不能保持克制了。

……我在四十岁后精通了希腊语，这应该算是值得夸耀吧；因为我十六七岁时学的一点皮毛早就忘干净了。原先在我家昏暗的阁楼里摆着三语对照版（拉丁语、希腊语、英语）《圣经》，但当生活发生剧变时，我把它抛下了。对这件事我至今都感到遗憾——实际上，我对自己曾经抛下的任何书籍都感到遗憾。

……没有人为我的家族立传——家谱里倒是记载着，有几个担任过牧师的祖先（全是英国人）出版过讲道集之类的东西，但我对这些一无所知。我所留下的家人的纪念品，只是母亲（故于1921年）的画

---

[1] 洛夫克拉夫特的母亲惯着他，使他养成了偏食的习惯。从喜欢甜食这方面，也可窥见低血糖症的倾向。

[2] 指尼采"酒神精神"和"太阳神精神"的理论。

[3] 约178厘米、66公斤。

和姨妈[1]（故于1932年）的画而已。除去亲人之间的纪念价值之外，它们也的确具有一定的美学价值（特别是姨妈的画）。还有很多画因为长期放在仓库里，已经毁损了，不过也有没入过仓库的画，毁损的画也修复了一些。我姨妈画的海景画现在还挂在楼梯的墙上，外祖母的蜡笔画也留着，有朝一日姨婆的画可能也会传给我。如果证明家人才华的遗物不是很占地方的画，而是书的话，就能保存得更久了，但我会把这些画尽可能长久地挂在墙上。对于生活这种东西，我既不关心，也不想关心。即使经过五次搬家，我依然把很多从生下来就和我相伴的东西留在身边。这些桌子、椅子、书箱、画作、书、摆设等等，都是我非常熟悉的。对我来说，这些东西就意味着"家"。如果它们消失的话，我真不知道该怎么办才好了……

摘自1934年2月13日给F. 李·鲍德温(F. Lee Baldwin)的信

---

[1] 母亲的妹妹安妮·E.菲利普斯·加姆威尔(Annie E.philips Gamwell)。

图书在版编目（CIP）数据

克苏鲁神话Ⅳ异界之色／（美）H.P.洛夫克拉夫特著；双木译. -- 北京：作家出版社，2022.2（2023.10重印）

（悬疑世界文库）

ISBN 978-7-5212-1397-3

Ⅰ. ①克… Ⅱ. ①H… ②双… Ⅲ. ①中篇小说 - 小说集 - 美国 -现代 ②短篇小说 - 小说集 - 美国 -现代 Ⅳ. ①I712.45

中国版本图书馆CIP数据核字（2021）第275828号

克苏鲁神话Ⅳ异界之色

作　　者：[美] H.P.洛夫克拉夫特
译　　者：双　木
出版统筹策划：汉　睿
特约编辑：李　翠　丁文君
责任编辑：翟婧婧
装帧设计：几何创想
出版发行：作家出版社有限公司
社　　址：北京农展馆南里10号　　邮　　编：100125
电话传真：86-10-65067186（发行中心及邮购部）
　　　　　86-10-65004079（总编室）
E-mail:zuojia@zuojia.net.cn
http://www.zuojiachubanshe.com
印　　刷：河北鹏润印刷有限公司
成品尺寸：142×210
字　　数：250千
印　　张：6.75
版　　次：2022年2月第1版
印　　次：2023年10月第8次印刷
ISBN　978-7-5212-1397-3
定　　价：43.00元

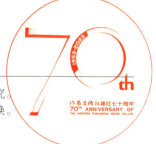

悬疑世界文库
蔡骏策划
悬疑世界打造

H.P.洛夫克拉夫特《异界之色》
最古老强烈的恐惧就是未知

悬疑世界文库
中国类型小说殿堂卷帙
『悬疑世界文库』魅惑解锁
时间从此分叉
万象森罗　蛰伏如谜
爱与恨正在演绎无数可能
悬疑无界　故事无常
敬请期待